Adam Mickiewicz

Wybrane Listy

密茨凯维奇书信选

[波兰]亚当·密茨凯维奇　著

张振辉　译

四川文艺出版社

图书在版编目（CIP）数据

密茨凯维奇书信选 / (波) 亚当·密茨凯维奇著 ;张振辉译.
— 成都 : 四川文艺出版社, 2021.11
ISBN 978-7-5411-4929-0

Ⅰ.①密… Ⅱ.①亚… ②张… Ⅲ.①书信集—波兰—近代
Ⅳ.①I513.64

中国版本图书馆CIP数据核字（2021）第160411号

MICIKAIWEIQI SHUXINXUAN

密茨凯维奇书信选

［波兰］亚当·密茨凯维奇　著

张振辉　译

出品人	张庆宁
策　划	副本制作文学机构
出版统筹	冯俊华
责任编辑	周　轶　苟婉莹
责任校对	蓝　海
责任印制	桑　蓉
装帧设计	Tsui-shichi　黄　几
封面原画	欧飞鸿

出版发行　四川文艺出版社（成都市槐树街2号）
网　　址　www.scwys.com
电　　话　028-86259287（发行部）　028-86259303（编辑部）
传　　真　028-86259306

邮购地址　成都市槐树街2号四川文艺出版社邮购部　610031
排　　版　四川最近文化传播有限公司
印　　刷　成都东江印务有限公司
成品尺寸　140mm×203mm　　　开　本　32开
印　　张　16　　　　　　　　字　数　290千
版　　次　2021年11月第一版　　印　次　2021年11月第一次印刷
书　　号　ISBN 978-7-5411-4929-0
定　　价　88.00元

目　录

致扬·切乔特 [1]

维尔诺　约1817年6月25日 / 7月7日 [2]

亲爱的朋友！

我很高兴地收到了你的信！你不知道我的处境是怎么样的，所以你对我很难有什么想法。你不知道，当我见到至少有一个多情的灵魂在对我的不幸表示怜悯的时候，我是多么高兴。上天要惩罚我，因为我这么久都不让人知道我的心理状态，它过去比现在感到幸福，也感到更加宁静。我今天很想要把我的痛苦都说出来，可是有谁听呢？你不在我的身边，我身边没有一个朋友。我这里只有一些陌生的人，他们对我并不关心，听了我的话，也只是笑一笑，甚至感到厌烦。我只好沉默不语，我是多么痛苦，平心静气地说，你那

---

① 扬·切乔特（1796—1847），诗人在诺沃格鲁德克中学的同学，后一起入读维尔诺大学。因为参加了密茨凯维奇等组织和领导的爱学社（1817年成立），他被流放到哈萨克斯坦和俄国，回来后在什却尔塞当图书管理员，编有白俄罗斯民歌集。

② 密茨凯维奇流亡欧洲前写的信署两个日期。当时俄国及被其占领的波兰、立陶宛、乌克兰等地用两种日历，即新历（公历）和旧历（儒略历）；19世纪时，新历日期减十二日等于儒略历日期。

毫无疑问也真的是有远见的提示给我带来了安慰，我把这些提示看成你对我的友好和关照。虽然其中有的看起来很严厉，甚至有点不公道。我知道，你写这些东西是出于理智，没有受到任何思想的干扰。而我呢？一个写作的人和他的读者是多么不一样！我要对你的这些提示做出回答，可是我的一些想法又这么乱七八糟，我不知道，在这封难以卒读的信中，你能不能看懂我的意思？但我所有的一切，也就是在你离开之后我到底是个什么样子，都要对你作真实的描写。

虽然我和你告别时的那次谈话我记不清了，但我依然感到是很平静的。明天，我要去博罗夫斯基①那里参加下一次的考试，我也没有怎么去想它。我每天都要按照事先定好的题目写一点东西，但我除了重抄过去的东西之外，却干不了别的。因为我感到头痛，我没有参加后来的一些考试。我把我的作业都交给了教授，因为我要到阿涅娜那里去，我好久没有见到她了，过去我是每天都要到她那里去的。我见到了母亲，她还没睡醒，就和她住在一起的一个伴侣，到邻近的一栋房子里的朋友家去了。我不得不离开，没有和她打招呼。我有各种想法，正要对她说，第二天，我鼓起了勇气，要去找她，但依然感到十分烦恐。她看到我来了，感到很高兴。

---

① 列昂·博罗夫斯基（1784—1864），维尔诺大学的助教，教讲演术和诗歌，后成为该校的教授。

朋友！她的这种高兴可把我吓坏了，我非要把它消除不可！你知道，她过去是怎么用那些美丽的色彩来描绘我们未来的幸福的？我一想起我要从这些梦想中醒过来，我全身就要不停地颤抖。因此我决定做我自己该做的事，丝毫也不改变。每当阿涅娜的母亲和她的一个外甥女到外面去散步，留下这个患了头痛病的女儿在家里，我便把她家里所有的东西都翻了个过。

我恳求她要不把我忘了，要不还是像过去那样；不要总以为，所有一切都是靠不住的。她对我说的这个"靠不住"感到很委屈。我这时也哭了，我吻着她的手，对她说，你这双手对我来说比你自己还要珍贵。我什么都可以牺牲，但不会为她对命运和幸福这种不明智的选择做出牺牲。她说她不懂得我在说些什么，她也哭了，一边说道，如果我爱她像她爱我那样，我就不会说这对她是一种不幸。我表示同意她的这个说法，但这个我以后会不会感到后悔？她说她没有办法改变我对她的不忠实，她表示什么她都同意，但是她不知道，我虽然爱她，但我能够忍受这种一年连一次都见不到她的痛苦吗？她还说她要嫁给我，为此她可以舍弃她的一切，如果非得这样，或者我要求她这样做的话。她好像对什么最终都有了一些认识，认为我的话是很认真的，她表示愿承受这种别离的痛苦，任何时候都不会怀疑我对她的忠贞不贰，但她依然很害怕这种别离的处境。我们决定把这个情况告诉母亲，也许她对我要说些什么。

我们两个人在一起哭了很久。我晚上八点钟离开了她，我当时的情况也很不好，整个晚上我都没有想到要睡，第二天我觉得脑袋好像被针扎了一下，这是我从来没感受过的。两天之后，我见到阿涅娜和许多人在一起，但我明天又要走了，我们知道是时候了，要和母亲谈一谈这件事。

朋友！我现在才知道你没有在我的身边，我一个人待在宿舍里，或者在花园里散步，好几次都望着那栋主教的房子①在叹息。如果你认为我这封信写得太长，看不懂，那么请原谅！特别是今天，我没法写得更好一点。以后怎么样，我会写信告诉你。礼拜天我就会在维尔诺了，然后我要去诺沃格鲁德克②。我不知道，我的这种不幸会有一个什么结局，我还想多写一点，但是爱列乌泰拉·哈齐斯卡③要我去散步，就像你的马车夫正在等着你一样。祝你健康，心平气和和幸福！

在你以后的信中，希望不要再有什么讥讽了，也不要责骂我的阿涅娜！啊！如果你了解她，你决不会这么写。你没有见过她倒好些，我倒是希望你见到有人说美丽的时候，你对这永远也不感兴趣。你会见到有人说这些吗？什么也不会使你感兴趣，你甚至不能保持你的平静。你不要以为你的性

---

① 在维尔诺圣约翰教堂的对面，有一位红衣主教住过。
② 立陶宛地名，曾是立宛大公国的首都，今属白俄罗斯。诗人在这里出生和长大。
③ 诗人当时的邻居。

情更随和，也更理智，从不接触爱情，迟早你会知道她是个什么样的人。对不起，我对你作了明示，这个你以前是不明白的。但我说的是真话，因为我对这有亲身的体会。我这一次不得不就写到这里了，但我依然在玩这种写长信的把戏。

等你的回信！

亚当·拿破仑①

---

① 诗人年轻时崇拜拿破仑·波拿巴，署名时喜欢加上"拿破仑"，而且拿破仑的教名是亚当·贝尔纳尔德，和他一样都有"亚当"。

致扬·切乔特

维尔诺　1817年7月约5日/17日

　　朋友！我没有收到你对我第一封信的回答，由于时间关系，我不可能详细地说明我的期盼是怎么最最幸福地得到了实现的。啊！你要是知道，我现在处于一种什么样的状况就好了。以后如果有机会，我会把所有一切都告诉你。现在我对你要说的只是，这几天我的心绪平静了一些，我的身体也觉得康复了一些。以后你会知道，这个悲惨事件的发生，真是给了我迎头痛击，使我的脑袋都要开花了，现在我感觉好了一些。

　　朋友！我本来要写封信给我的母亲，说我已经来了，已经坐上了去日托米耶什①的马车，但这一切又变了，这使我感到多么痛苦。再过几天我就要去诺沃格鲁德克，如果你要写信，就把信寄到那里去！我没有更多的时间，来享受写信给你的快乐了。现在我一个人待在这个讨厌的维尔诺，见

---

① 立陶宛地名。

不到我的母亲，也见不到你，而且这还不够，我是多么不幸啊！

啊！你要是知道所有的一切就好了。

你的朋友

亚当·拿破仑

致尤泽夫·耶若夫斯基[1]

诺沃格鲁德克 1818年7月约12日 / 24日

我亲爱的卡尼约来的尤泽夫!

我已经走了,我来到了诺沃格鲁德克,我在这里玩得很高兴,我要写信给所有的维夫拉斯们。我给伊维尔已经写了信,给别的人也要寄信。你不会相信,诺沃格鲁德克有多少东西引起了我的兴趣。许多宝物的原件,具有各种各样的特色,是那么丰富多彩,引起了我的哲理思维,但最终也只是一笑了之。

我包好了我的纸笔,但我什么也没写,因为我过几天就要走了,等我回来的时候,我就要写《给我女儿的指点》[2]了,写完了再寄出去。但我现在写了一篇文章给《马路消

---

① 尤泽夫·耶若夫斯基(1798—1855),祖籍乌克兰,曾担任爱学社的社长。和密茨凯维奇一起被流放到俄国,在莫斯科教古希腊语和拉丁语,后来回了乌克兰。
② 指翻译《给我女儿的指点》,这是法国作家让-尼古拉·布伊的爱国者故事集,1811年出版。

息》①，正急着等它的发表。如果你有可能，那就请你给我发发慈悲，到那里去随便找一个人，叫他快点把我的文章登出来，因为这篇文章报道了许多我很感兴趣的真实的消息，为此我要对你表示感谢！这篇文章的名字叫《从扎涅姆诺斯这个小城的耶路撒冷街这边来的一个旅游者的告密》。

更多的我没有时间写了，请给我再发一次慈悲，记住我的请求。

诺沃格鲁德克来的

拿破仑

---

① 维尔诺的一份周刊，出版于1816—1822年，主张社会民主改革。不过诗人的文章最终没发表，原稿也没保存下来，其内容大概是讽刺维尔诺的一些人和习俗。

致尤泽夫·耶若夫斯基

诺沃格鲁德克　1818年8月约26日／9月7日

亲爱的卡尼约来的尤泽夫！

对不起！我感到很愧疚，对你们这些最爱写信的人我没有及时写回信。怎么办呢？但这也不是我的罪过，因为我不能好几天都一直待在诺沃格鲁德克，我在这里留下了一些信，其中有两封或者三封（虽然不是写给你的）都很**不幸地**①丢失了。我们的弗兰齐谢克②是个受到尊敬的人，他因为没有收到我的信，也不想给我回信，但他想到了我一定很挂念他，这个我却要从先生你说起。

你写过信给弗兰齐谢克，在信的结尾还盖了章，你要我把它封上，我认认真真地把它封上了，我真的不知道你给那么多重要的东西都穿上了新衣。但对这封信的回答是：要

---

① 原文是拉丁语。
② 弗兰齐谢克·西罗尼姆·马列夫斯基（1800—1870），爱学社的创始人之一、重要社员，后来和密茨凯维奇一起被流放到俄国，在彼得堡当过律师。

知道，**既有反对的权利，也有解释的权利**①。我很认真地对待这个回答，看到了那里有粗野的，真的是很粗野的胡说八道，一连三次又是一连三次地口出狂言，连魔鬼都比不上。还有那些大大小小的笔记本，记载的都是维夫拉斯们、托马什的火焰②、普拉克塞泰斯这个印刷工人③的事等等。请你发发慈悲，给我寄来一把能够打开这些迷宫的钥匙，要不我一直到9月1日④都会很生气，我不会第一个说对不起的！

　　不久前，我去过斯托沃维奇的集市（它和罗莎⑤的集市不一样），距省城（诺沃格鲁德克）六英里，当我靠在这里的一根柱子上，就想起了我们大家的一些事，可我的左耳朵很清楚地听见了一声叫喊："维瓦拉斯！"你猜一猜，这是怎么回事？我自己也没有猜出来，也可能是我过于集中我的思想，甚至不敢去周围看一下，但我又听到有人在叫"维瓦拉斯！"因此我转身一看，原来有一个皮肤很黑、中等身材、一头黑发、满面笑容的人站在我的身边，你猜他是谁？

----

①　原文是拉丁语。
②　托马什·赞（1796—1855），爱学社和爱德社的重要社员，同时是爱光社的领导人，诗人最亲密的朋友之一。他有一个"火焰"理论，认为道德的完美要有明亮的光照。
③　古罗马诗人塞克斯图斯·普罗佩提乌斯有一句诗："要出现比普拉克塞泰斯的作品更伟大的东西。"原文是拉丁语，耶若夫斯基把它刻在爱学社的印章上。普拉克塞泰斯是古希腊雕塑家，也是印刷工人，因此印章上开玩笑地落了他的款。
④　诗人9月1日要去维尔诺。
⑤　立陶宛地名，在维尔诺城郊。

我猜到了，他就是托马什·赞先生。

祝你健康！我在等你的回信。

诺沃格鲁德克的林子里的松球要长和重得多，它要是掉下来，风是阻挡不住的。①

---

① 爱学社社员在集体旅游时，会玩一种争夺碉堡的游戏，常用松球作为相互攻击的弹药。

致约阿西姆·列列韦尔 ①

维尔诺　1818年11月9日／21日

尊敬的慈善家先生阁下：

我从先生你的名字就知道你是一个慈善家，我作为你的学生，在维尔诺大学听过你的课，但我任何时候都不敢向你提出我的请求，因为我怕你这个慈善家不能给我一点点好处，或者因为某种情况不许你这么做。

你收到的我那封信中表示了对托马谢夫斯基的《雅盖沃之歌》②的一些看法，我要将它发表在随便一个定期的刊物上，因为这些和我的关系都非常密切。在维尔诺，有一位很重要的批评家和所有这里定期出版的文学刊物也都想要表达一点对它的看法，如果是这样，我这封信在维尔诺就发表不了啦，我甚至要把它撕毁，但我要把它拿到华沙去发表，

① 约阿西姆·列列韦尔（1786—1861），波兰历史学家、文献学家、政治家，曾任维尔诺大学历史系的教授，十一月起义期间是波兰临时政府成员，后流亡法国和比利时。他是著名的爱国者，受学生们、尤其爱学社社员的爱戴，诗人和他有很深的友谊；爱德社事件中，列列韦尔被革除了教职。

② 一部长篇叙事诗，1817年底发表。

那里我知道，是不会有人管的。不管我这封信有没有什么价值，还是华沙什么地方能够发表或者拒绝发表，我都不会以不断的请求去找别人的麻烦，我只是等着看情况会怎么样。但是在文学这门职业中，即便有较大的才能，如果没有做出努力和得到支持，要做一件事，也没有平坦的路可走，因此我也担心我的这个愿望能不能实现，在这种情况下，我只好求你这个慈善家，去对《华沙回忆录》的主编说几句话（如果这个杂志愿意发表我这封信的话）①，为此我一辈子都会对你表示深深的感谢！

慈善家你最下贱的奴仆和门生
亚当·拿破仑·密茨凯维奇

---

① 　这封信以《对D. B. 托马谢夫斯基的〈雅盖沃之歌〉的一些看法》为题，1819年1月发表在《华沙回忆录》上。

致系主任菲利普·内列乌什·戈兰斯基 [1]

维尔诺　1819年5月16日 / 28日

致尊敬的和至圣的

维尔诺皇家大学文学和解放艺术系主任

圣安娜勋章的获得者

菲利普·内列乌什·戈兰斯基先生

我在维尔诺皇家大学读过四年书，最早是在1815年9月
15日，作为一个听课的学生，我就登记入册了，我学过物
理、代数和化学，也学过拉丁语学、希腊语、讲演术、诗歌
和世界历史——为了我在这里要提出的以下的请求拿出的这
些证据就可以证明——我在物理和数学学科的领域中，获得
了哲学硕士的学位。后来在1816年9月15日，我又进了那一
年办的一个学习班，学了希腊和罗马文学、讲演术、诗歌、
历史、逻辑学和俄国文学。我要尽一切努力，获得我应有的

---

① 他是维尔诺大学文学和解放艺术系主任，此前在神学系任教。原信是法
语，译者据波兰语版转译。

15

权利，完成我的所有的职责，我想，我在这里提出我要获得助教的职称是没有错的。

因此我在这里大胆地向您提出这个请求，使我能够获得这个职称，并且使我有一天，能够参加希腊和罗马文学、讲演术、世界历史和波兰语学这些主科和我作为补助学科选择的逻辑学和俄国文学的考试！①

亚当·密茨凯维奇
教师进修班的学员
帝国享受助学金的学生

---

① 诗人在5月29日、6月4日参加了口试，回答古典文学、讲演术、诗歌、俄国文学、逻辑学和历史方面的提问，之后被要求写一篇题目为《关于批评的运用和意义》的论文。

致扬·切乔特

考纳斯[①]　1819年9月22日／10月4日

扬！

虽然寄信是那么麻烦，我还是要给你写一点东西，告诉我你后来是怎么样的吧！你是不是还住在那个老地方？还是过去的那些打算？把你的《水神》和别的一些新诗和《男式大衣》等都寄给我吧！这将是你对我最大的恩赐。

我也想给你寄去一些短诗，但又没有时间抄写。我现在在翻译维吉尔和奥维德的作品的一些片段，奥维德的《一只黑夜和白天的手》[②]我也正在看。此外我也在赶紧地写。我要给你寄去一首荷马的颂歌和奥维德的几首诗，如果这些能寄到你们那里，你在协会或者俱乐部里就可以看到。你若对这些写在草纸上的东西真的有什么看法，也要写信告诉我，这对我是有好处的。我的意见你在俱乐部里可以看到，等你的回信！

---

① 立陶宛地名。
② 原文是拉丁语，出自贺拉斯，奥维德把它作为标题。

你要常给我写信，不要忘了把你的诗也给我寄来！

亚当·密茨凯维奇

致尤泽夫·耶若夫斯基

考纳斯　1819年10月9日／21日

亲爱的尤泽夫！

你又来到了我们这一边。如果真的是我们这一边，我们在我们的信中就可以说点什么了。这么久没有和你取得联系，我有很多东西要写，但我并不是什么时候都能够写的。假期①参加了许多一般性的娱乐活动，还有流浪、找工作、和下级或上级政府机关打交道，还有闲散，因此一直没有给你写信。

现在——当我又要说"现在"的时候，我却要说一些假期中的事了，**当然**②是有关文学的事。虽然有各种各样的不方便，比如在我的家中要经常会客，还去乡下短时期地（五天）玩了一下，但不管怎样，我还是做了一些事的。我在什却尔撒③玩了将近一个礼拜，并且写了两首赞美诗，再加上

① 诗人从维尔诺大学毕业后，被派去考纳斯的一所中学任教，这里指该中学的假期。
② 原文是拉丁语。
③ 立陶宛地名，大概离考纳斯不远。

19

在维尔诺度假时写的一首，一共写了三首诗。我还读了很多东西，重要的有佩特内齐翻译的贺拉斯①的诗，还有许多模仿科霍夫斯基②、科哈诺夫斯基③、特瓦尔多夫斯基④等的作品，看到了它们在伦敦出版的漂亮的版本，由巴克斯泰尔和贝特列伊作的注，在维尔诺还出版了瓦德布格的著作。所有这一切都使我想到了以后我还要做些什么，我会和你走得很近，但是请你告诉我，你的路已经走了多远了？尽管我还没有想到你会有很大的进步。

《狄摩西尼》⑤我还没有写多少，但我现在脑子里却没有想它，也是因为我有各种各样的困难。我虽然在写，但因为没有写悲剧的激情，我总是写不下去。我已经写完了它的第二幕，后来我对它又作了一些增补和改动，重抄了一遍。它的第三幕也差不多写完了，第四幕还有很多东西要写，实际上我写这一幕时又增添了一些段落，对这一切，我都感到十分自豪。我到今天写的所有的诗如果还有一点价值的话，

---

① 指塞巴斯迪扬·佩特内齐（1554—1626）的改编著作《贺拉斯·弗拉库斯在莫斯科监狱中的劳动》。
② 韦斯帕齐扬·科霍夫斯基（1633—1700），波兰诗人。
③ 扬·科哈诺夫斯基（1530—1584），波兰诗人。
④ 有两个特瓦尔多夫斯基：卡斯佩尔·特瓦尔多夫斯基（约1592—1641以前）和沙姆埃尔·特瓦尔多夫斯基（1600以前—1661），都是波兰诗人，这里不确定指哪个。
⑤ 作品名。狄摩西尼是古希腊的雅典政治家，著名的讲演家。

那首先是因为它的语言的运用和出版都很不错^①，我为此作了很大的努力，也表现了我的熟练的技巧。写悲剧不需要什么装饰，而且我也认为，它很难有好的装饰。但是我也十分担心，不能把它写得过于散文化，因此我经常是犹豫不决，好像是没有信心能把它写好。我早就想把它的第一幕给你看，我现在就把它寄来，希望你对它的风格和思想的表达提出一点意见，这样我以后的工作中就有了目标。关于《狄摩西尼》就说这些。

现在……我在写到这个不幸的"现在"的时候，心情是多么沉重，所有的希望和计划都不再有了。相信我，尤泽夫！虽然我的爱远远超过我所遭受的痛苦，但我对你却不能给予什么（帮助），给协会^②也不能做很多事，我的甜蜜的梦想已经破产了，我再也不会想什么了。考纳斯的情况同志们也一定给你说过一些，他们都使我感到高兴，也使我有了依靠，因为有了他们，我才能这么活下去。这些时候，我一直在写，这是我所有的娱乐活动，也是我所有的乐趣。我因为从你们那里收到了那么多的信，感到很幸福。我总是那么一个人待着，见不到一个熟人^③，因为我和他们没有一点联系。我很爱散步，可是我对上帝说，我没有时间，整整一个

---

① 出版在当时指作品面貌的成形、呈现；这里还是写作行为，不是传播意义上的出版。

② 指爱学社。

③ 指维尔诺和维尔诺大学的朋友们。

月，我是那么寂寞和无聊，如果没有你们，没有工作，我真的要死了。

我在学校里的工作和学生们对我的爱都是对我的赏赐，前者和后者是连在一起的。我要尽可能把这些课讲好，因此我要写的东西很多，而且要在圣诞节以前把它们都写完[1]，然后才能够休息。请你给我寄来一本，就算是借给我一本拉丁语学史吧！你有没有彭特科夫斯基？这本书[2]写得并不出色，只能用作三年级和四年级的教材，但我担心的是，要得到它，还要等多久？我愿意读它，已经是前进了一大步。

今年我的全部收入是一百九十七卢布，在我走之前，我得到了一百卢布，都花光了。我在考纳斯的头十天，就用了十二卢布，现在情况好了一些，我的食宿问题都已经解决。我甚至想到了明年一开始就应当得到一百卢布，有五十个卢布可以存起来，就不用花钱去买衣服和食品了，此外我在别的地方还可能有一点进益，但是要等一年！只是我对我的家里、对我的兄弟不能给予任何帮助，虽然他们很需要这样的帮助。我欠别人的债今年也还不了，这也使我感到十分忧虑。你要给我多写一点：你是怎么到那里去的？你在那里安置好了吗？以后你怎么办？要多写一点！什么时候我们的情况会好一点？

---

[1]　指备课。
[2]　指菲莉克斯·彭特科夫斯基的《波兰语学史》，1814年出版。

今年我要把《狄摩西尼》写完，如果能写完《土豆》①就更好，除了这些像传单一样转瞬即逝的文字之外，什么别的都没有。我教三年级的文学已经计划好了，但是以后，所有的一切都会是那么乱七八糟，因为我有一些别的想法，有一些别的打算。今年我把我的教案都写在一个个的笔记本上，明年我就要搞出一个系统来。这种系统化的教学在学院里是不难做到的，但是在一个学校里就难了。对一种理论，要把它概括地讲给低年级的学生听，比对这个理论作具体的分析还难。在三年级和四年级的课中，向学生讲一些小的作品，首先要让他们知道一些大的作品。当我们谈到风格、谈到形象、谈到语言、谈到其他一些散文方面的问题时，这里面某种情况的出现是由于另种情况的出现而来的，要把它们说清楚有的容易有的很难，最容易把它们搞混。愈是进一步地对它们进行研究，就会遇到更多的困难，**要克服这一切需要耐心的工作**②，也许我什么时候会取得**胜利**③。一些细节我已经抓住，永远不会放过，对于整体我也十分了解，以后再过几年，我的工作会容易得多！

亚当·密茨凯维奇

---

① 一首长诗。
② 原文是拉丁语，出自维吉尔。
③ 原文是拉丁语。

致弗兰齐谢克·西罗尼姆·马列夫斯基

考纳斯 1819年10月30日 / 11月11日

致西罗尼姆！

我本来要参加你的命名日[1]，但我没有参加；我本来要写一些抑扬顿挫的诗，也没有写。我虽有满腔的热情，可我做事总是优柔寡断，拖拖拉拉，想大胆一点，也做不到，结果剩下的，全都是悲哀。我的诗没有抑扬顿挫，但也没有不清楚的地方，因为我知道，我不能使你感到烦恼。你虽然有一首写得不怎么样的诗[2]，但你在吟唱的时候，不要忘了亚当。我在礼拜六七点钟，要买一瓶葡萄酒，跟涅瓦维茨基一起喝（那个时候，也许你在读书，可我已经喝了），我要为你干杯，虽不会大声喊叫，但我是真诚的，因为我永远爱你，我的雅罗什[3]！

亚当

---

① 和本人同名的圣徒的纪念日，是基督教国家的民俗。
② 指《啊，眼睛发出了快乐的闪光！》，是爱学社的代表诗作之一。
③ 在古波兰语中，西罗尼姆叫雅罗什。

致奥努弗尔!

这封信是写给西罗尼姆的,你在酒会上可以读一下,代表我拥抱他。

致尤泽夫·耶若夫斯基

考纳斯　1819年11月19日 / 12月1日

亚当祝尤泽夫健康和顺利！

我等你的信等了那么久，都白等了，我把我的那些旧信一封又一封地寄给了你，只望都能够到你的手中。但我从邮局里却什么也没有得到，我的期盼都落空了。

所有的情况都跟过去一样，就像我最先告诉你的那样。所有的一切都那么糟糕，因为过去就是这么样的。但我也只是说，我这里的情况不是太好。寂寞，每个人整天都是那么无精打采，想睡觉，做事拖拖拉拉，都不愿努力去把课讲好。在高年级，那些学生的脑袋都麻木了，那些教授也在埋怨，说从来没有见过一个学校这么缺乏有才能的人。实际上，我们都在遭受痛苦的折磨。美学这门课的内容我缩简了一些，有的东西没有讲，但也增加了一些内容，这个我已经说了。我不知道这样做会不会好些，或者至少好懂一些？关于诗歌，只要一般地谈一下就够了；对文学，就要钻研得更深一点。

至于修辞学这门课怎么讲，我脑子还是一片混乱。我也不止一次地读过多迈龙[①]、波托茨基[②]和西塞罗（我这里也有亚里士多德或者模仿亚里士多德关于修辞学）的著作，他们对这门学科都有不同的看法。我认为，关于演讲的艺术，至少在我们这里还没有形成一个系统的学科。对某些东西的研究都带有盲目性，我们没法认定，也不能明确地指出，什么是演讲的艺术也就是修辞学？因此我们把许多原来属于诗学、属于逻辑学，而更多的是把一些不必要的和非常麻烦和无法理清的东西都归并到修辞学去了。但是除了这些错误的做法，总还要有一些值得赞赏的想法，我正在这么想，我也正在收集一些材料，要把它们编一下，想做一个这样的尝试。我写了一篇关于修辞学的文章，但我在这里只是举了一些例子。我本来想引用一些波托茨基、赫让诺夫斯基和卡尔宾斯基[③]的论据，但我这里没有他们的书，我引不了。上课之前，我还要把我讲课的内容都写在一些纸上，现在这些纸张对我来说也是奇缺。

我感到高兴的是，你给我提供了一些论著[④]。我也在读一些批评家们的著作，学习希腊语我也有了很大的进步，

---

① 多迈龙（1745—1807），法国文学批评家。
② 斯坦尼斯瓦夫·波托茨基（1752—1821），波兰作家、修辞学家，著有《论辞令和风格》。
③ 这些是比密茨凯维奇早一些或同时代的波兰诗人、作家和理论家。
④ 系贺拉斯的著作。

但希腊文的学习进度迟缓，大概要丢了。好在还有阿波罗尼奥斯的《阿尔戈英雄纪》可以使我能够想起它一些。我很惭愧，因为我给你们至今没有写过一封信，说实在的，我没有什么好的东西要写，我对上帝发誓，我什么也写不出来。你想想看，我今天要干些什么？午后我要去五年级和六年级讲罗马史，讲政治法律、波兰和俄国的历史，还有政治经济学的课。这些课的讲稿我在课堂上都要大声地读出来。唉！这些法律，这些**丑八怪**①，还有这些可怕的历史我都要讲。

你是不是出生在形而上学中？请你把你的一些著作的原本，或者复印本都给我寄来！我求你哪！圣诞节我也许到维尔诺来，但也可能没有这些开支。

我家的弗兰齐谢克②写信告诉我，他和罗兹托茨基③在圣诞节要去维尔诺，他把马都给我送来了。在从诺沃格鲁德克来的一封信中我知道了，我的一些信都寄到了你们那里，我虽有一些疏忽，但没有挨批评。他们都要我督促亚历山大④快点写信，有一些关于他的传说，你要说给他听！

你提的一些意见大大地触动了我，看来你是看到那些

---

① 原文是拉丁语。

② 弗兰齐谢克·密茨凯维奇（1796—1862），诗人的哥哥。

③ 诗人的朋友，曾帮忙照顾他的家人。

④ 密茨凯维奇家有五兄弟，诗人是老二，还有老大弗兰齐谢克·密茨凯维奇、老三亚历山大·密茨凯维奇、老四耶日·密茨凯维奇，和早夭的老五安托尼·密茨凯维奇。

理论著作写得太多，很不满意，但这也不必，因为我们不能说，这些东西都只是为了写在纸上给人看的，就像有人让一支部队进行战斗的操练，要在操场上做个样子一样。和平时期我们不要暴露自己的实力，我们要毫不声张地锻炼自己，如果战争来临，我们就可以一个又一个地出来迎战了。我们现在别的什么都干不了啦！不管是增加我们的成员，还是让我们有更多的书信来往，都办不到了，看来我们也只能这样了。难道我们把时间都浪费掉了？我总是说，我们已经做了很多，也总能够维持这么一种关系。

我同意我们的工作现在要更多联系实际，要以实践代替空谈理论，要改变我们的计划，改变我们的工作方法，改变我们过去在口头上和在工作中曾经熟练地运用过的那种社交关系中的逻辑思维。我对你提出的下一步要怎么做的想法很感兴趣，你如果已经把它写好，那就盖上你的印章，寄到我这里来！你对我关于俱乐部的划分有什么意见？也请你告诉我，我在等着你的回信！如果你们还干了什么别的，也要告诉我，你们干得怎么样？

我总是想让我不要害怕过多地写我自己……我没有再去散步了，因此我也感到更寂寞了，我只有待在家里想来想去，但什么好的东西也想不出来。《狄摩西尼》也写得不好，我写了一些，又勾掉了。几天前，我有过一个稍微幸福一点的时刻，在两刻钟就写了半页，但我还是以为我写得过于拖拉，以前写的那些东西，过了一段时期我就觉得它们已经毫无价值，可是现在，我好像是越写越好了。

亚当·密茨凯维奇

赞！为什么？你什么也不写吗？扬也是这样。W.马强斯基的那一包东西是不是寄到了你们那里？

致扬·切乔特

考纳斯　1819年12月20日／1820年1月1日

扬！

收到了你的信，全都是表示友爱的话和充满了热情的幻想。我读了后，和以前看了你们所有的信一样，感到很高兴，也像以前经常可以看到你的信那样，深受感动。我特别高兴的是，你已经完全康复了，可你一定要好好保养，不要从家里出去。你的病曾使我感到非常烦恐不安。雅罗什告诉过我，但我在我收到的信中，却没有见到任何有关的提示，就像我的脸上长了斑，从来没有人告诉过我那样。你是那么危险，我事先也不知道。正是在你这次来信之前，我这里死了一个也是害你这样的病的人，此外还有几个人，也突然患上了这种病。这种情况的发生使我晕头转向，晚上睡不了觉，即便睡着了，也要做梦，梦见你已经故去，因此我又吓得爬了起来，叫把蜡烛点燃，便做起祷告来（我对上帝说，我害怕）。这时候，我的脑子里出现了一个像梦中一样胡乱的想法，神魂颠倒地写下了两首歌谣，这些歌谣写得很差，第一首只有我自己才看得懂，第二首我还要改一下，在赞的命名日上念给你们听。

　　我这里的情况，在以后的信中，再跟你详细地谈，但是现在我也不能不说，请你以后不要做那种有碍于加深我们友谊的事！我的这个请求是很真诚的，你了解我，也要相信我。你告诉我你很害怕，但我要说的是，我不很清楚你害怕什么。我希望你全都说出来，你对我是怎么想的？即使你把我想得很坏，或者认为我和你没有任何关系，都可以说。最后，我能不能在你的这些训示中，得到一些有益的教化呢？

　　你的害怕出自你早就认为我这个人总是高人一等的错误的认识。你总是以为，我问你对我是怎么看的，不是为了改正我的错误，而是想要知道你在想些什么，就像一个教师要纠正一个学生的错误一样。因此你的害怕，是因为你在这个不是朋友而是审判官的面前，不愿暴露你的思想。如果你这么想，那就完全错了。这种脸上长了斑的高人一等，我在自己的身上，是没有见到的。这并不是我要表示谦虚，而是因为我还没有蠢到我身上没有的东西，我非得说有。我的朋友，我们既不要自负，也不要过于谦虚。谁要说他自己怎么样，就让他说吧！"我比你更有才能"，"我比你更会"，这样的话在世界上是说不完的，但我们不要去说。我可以告诉你，即使这样的话没有错，或者应当说，我也不会说。我知道，我不会对你说这样的话。我没有抱怨那些使我遭受的屈辱，我很满足于这些屈辱给我的恩赐，这种恩赐在别的地方也许不会有这么美妙，可是在我这里真的是非常美妙的。

我给你写的这些都是我的感受，可能是错的，但这是我亲身感受的东西。我没有见到我身上有什么不一般的才能，也没有见到有什么强于你的本事。我是这么写的，也这么以为。我在大学读了四年书，你读了还不到一年，我比你学得多一些，但这是不是说"你有更好的素质"①呢？你以后不要对我说这样的话，也就是说，你任何时候也不要这么看我。我不是医生，而且我自己还有病，如果你完全了解我的心（我自己还不完全了解），就会发现我的心上有一些大的斑块，我也许能让你看到我比你病得更重。我好像在什么地方迷了路，请你随时提醒我，我也会提醒你，这样我们两人都会得到好处。

　　如果你要保守这个秘密，我就保守，我们互相保守。

　　关于赞的命名日想要怎么过，你从奥鲁弗尔那里会知道！

亚当

---

① 这是什楚特给诗人的信中的话，"你"指密茨凯维奇。

致尤泽夫·耶若夫斯基

考纳斯　1820年1月15日／27日

　　我来到这里，已经一个礼拜了。但是到复活节，也就是我又能够见到你们的时候还有很多天。在这个时候，就只有写信和看信了。可你们头一个礼拜并没有给我写信，我从你们那里什么都没有得到。我本想让哈列维奇[①]把你们的情况告诉我，可是他什么也没有说，就回家去了。我只好等着看明天有什么邮件了。我最感兴趣的是，你们那里是怎么样的？那个自然科学的神父[②]的胡说八道是怎么结束的，他是不是又在耍新的花招等等。我在维尔诺大学的领导开会之前就准备好了材料，要送上去。我还读了《赫尔墨斯》[③]，并且写了一条关于科学的新闻报道，会在这个月底和你们见面。《夫人》[④]我得到了，我还要抄一首

------

① 　考纳斯郊区农村的一位地主。
② 　指维尔诺大学的一位生物学教授。
③ 　德文杂志名，1819至1923年在莱比锡出版。
④ 　密茨凯维奇写过关于司各特长诗《湖上夫人》波兰语翻译的报道，弗兰齐谢克·马列夫斯基对此发表了评论；这里指诗人见到了评论。

诗，要对你们召开的会议给予适当的补贴，尽管这种补贴很少。《夫人》这首长诗是在1817年3月翻译过来的，还没有来得及对它进行校对。总的来说，我回来之后，感到我更有精力投入工作了，可是就在前天，我的脾脏突然剧烈疼痛起来[①]，这是我从来没感受过的。是我内脏的病，而且这才开始。可是我把这种忧郁告诉你们，会给你们带来烦恼，它对我来说也已经够了。我本来想出去走走，但是不行，我不走了。

雅罗什什么时候来考试，他收到格鲁德克寄给他的书没有？我等这本书也等得不耐烦了，因为我在节后要写一篇评论，现正在为它伤透了脑筋，其他的工作我只好废止了。我对校长[②]说过，为什么要对西蒙[③]说呢，什么不能说，雅罗什事先告诉过我，说西蒙对这会感到奇怪。多布罗沃尔斯基也不知道要写些什么。但他已经写了，他好像埋怨学校里那种怠惰的作风。实际上他在会上已经说了，希望教师们将他们所有的热情都投入工作中去。他叹了口气，说："一个人如果有了干劲，如果努力工作，这里的情况就会是另一个样。"他总是以为，他给这个学校增添了无限的光彩。如果还是这些教师，就不要指望这种怠惰的作风能够得到改变。

---

① 指感到忧郁和苦闷，是当时惯用的一种修辞。
② 考纳斯中学的校长。
③ 弗兰齐谢克·马列夫斯基的父亲。

倘若让一个这样的教师去别的学校当领导，即使他是一个爱学社的社员，也是一样，有什么办法呢？

我要给扬单独地写信，但要写的东西并不多，都可以写。我想的是《处女达尔强卡》①什么时候能够写完。我们这里这样的东西很多，在很多地方都大量地堆集起来了②。有时看它们的韵律如何，有时看表现手法等等，没有统一的标准，但有的地方也没有看到，扬想不想看看？我把它们都放在一起，已经整理好了。如果有空，就把这些已经写好的都寄给你。

我要吻所有的人！我要在赞的第一封信中就看到他的流水③，要他尽快地准备好。我以为，他的哀诗甚至一部分抑扬顿挫的诗都是合乎他的理论标准的，方便的时候也可以给我寄来一些！我要照我的想法在其中挑选一些。

请奥鲁弗尔在俄罗斯的商店里给我买一些小酒杯、茶壶、高脚杯和茶杯来，这就是一套餐具，他只管买，要花多少钱告诉我，我给他寄去。舒姆斯基的第二卷④在不在谢罗

---

① 爱学社在社员聚会时，要求各自分享自己的科学或文学作品，然后进行讨论；后来一次，密茨凯维奇分享了他翻译的伏尔泰长诗《奥尔列安的处女达尔强卡》片段。
② 指各种诗歌作品。
③ 托马什·赞提出了一种"爱的流水"理论，也称为"爱和世界"，认为世界充满了爱，爱是永恒的，像水一样永流不断。它表现为心灵的跳动、像火一样的热烈、苦中有甜、快乐中有痛苦、对爱的思念、爱情的流水、欢乐、动情和温情等，在爱学社有很大影响。
④ 塔杜施·舒姆斯基的《对波兰语言和风格的深入研究》，共两卷。

卡那里？莎尔特尔在不在扎瓦茨基那里？有没有什么值钱的东西？

纸牌我忘了买，你们就给我发发慈悲吧！

致扬·什楚特

考纳斯　　1820年1月15—18日 / 27—30日

扬科^①！

我太高兴了，实在忍不住要给你写信。这对我来说，在考纳斯，真的是少有的。我出去散步，可这是什么散步啊！我们坐了几个雪橇，要到哈列维奇的庄园里去。我和漂亮的科瓦尔斯卡坐在一起，领着她走了一半的路。说真的，我话说得并不多，但我总是用一只眼睛在那挺讨厌的帽子下面看着。在距离庄园还有一俄里的地方，我们又从雪橇上下来了，因为所有人（除了我和一位神学课的教师外）都不认得哈列维奇。我因为看了你们的信，出于好奇，便和这位神学课教师一起到哈列维奇那里去了。但我后来拿着箱子，又回到了这些友好的同伴的身边，因为我当时在酒店里和他们告别时，就有点舍不得。我从雪橇里取出一个水壶，把咖啡煮好后，他们便把它都倒了出来，一边笑嘻嘻的，一边开玩笑。我没有忘记把喝完的添上，一个杯子里空了，我就喝科

---

① 扬的爱称。

瓦尔斯卡那个杯子里的。你们的来信我看了一半，我要把我们在这个肮脏的酒店里喝酒和盛大的宴会相比，最有意思的是和科瓦尔斯卡一起喝咖啡。对参加社交活动的各种各样的想法和回忆使我产生了一种真正的浪漫主义幽默感。有人说我郁郁寡欢，其实我玩得很开心。我只得依依不舍地告别了酒店。他们离开酒店后都回去了，但我还是和神学课教师一起到庄园里去了（因为我们以前去过那里），我的一只手这时突然碰到一个篱笆墙上，被上面的刺扎出了血，但我并没有感到不愉快，而且表面上还装得很高兴的样子。

我一直到晚七点半才回来，科瓦尔斯基夫妇请我吃晚饭，我没有去，因为我在写我明天要写的东西。我坐下来写的时候，连晚饭都没有吃，但我感到很高兴。我要给你把我这里所有的感受都写出来，如果时间能再延长半个小时就好了。可是我要写的都写完了，还有什么要写的呢？

> 是的，我任何时候都不会说了，啊，很遗憾！
> 有人总是埋怨我，说我让你们听到的，都是一些很
> 　难听的东西。
> 但是扬科！你会感到高兴的，因为我写起两韵八行
> 　诗了。

我真的要写两韵八行诗了，但是我忘了写这种诗有什么规矩，因此我要到诗歌的巴夫拉戈尼那里去看，但我并没有去看，就已经记起来了。唉，遗憾的是

这些规矩又来了，唉，真遗憾！

是为了亚当，为了朋友，为了爱人，为了诗人。

我看见那些判决都取消了，但留下了规矩。

这些规矩一定是有的，真遗憾！

有人总是埋怨我，因为我让你们听到的，都是一些
　　很难听的东西。

　　这是我的一首即兴朗诵诗，我不知道怎么才算把它写完
了，但我已经把它写完了，这就是我的两韵八行诗。祝你健
康，给我写信！

你的

亚当

礼拜四，十五日九点

　　如果你们见到我在礼拜五和礼拜六生了病，是那么困
乏，一句话，那是我的脾脏患了病，非常难受，可今天我却
是那么高兴。我一早就起来，写了一首《处女》。现在我和
四个伙伴要去离这里三英里远的一个铁厂那里去，这里没有
科瓦尔斯卡，我们也没有坐雪橇去。我现在有很多好的构
思，回来要写一首关于铁厂的诗。

礼拜天，十七日上午十点

致爱学社的社员们

考纳斯　1820年1月27日／2月8日

亚当——祝爱学社的社员们身体健康，万事如意！

我想更经常地给你们写一些像使徒一样圣洁的信，但是我没有写，为什么？只有一个很重要的原因，就是我没有什么好写的。说真的，所有的一切和你们都有关系，我都非常感兴趣，也是我所期盼的。我想，你们也一定很高兴地想要知道我的日子过得怎么样，我的工作怎么样，我玩得高兴吗？其实我的生活、工作和娱乐活动还是而且将来也会是这个样子。如果有可能，你们将来就会发现在我9月从考纳斯到你们那里之后写给你们的信中，你们有多少次想要知道我是怎么样的，就多少次都会知道。另外你们看我的信还有一个好处，就是我已经学会了把信写好了后再读一遍，这样你们就不会再以为我的信中有没有什么写得不清楚的地方了。现在每封信我写好后都要读十遍，看我有没有什么忘记写了。

可我在这里很寂寞，感到很不好受，一句话，我很不幸，你们在维尔诺，是永远体会不到的。扬和奥鲁弗尔还有你们所有在维尔诺的人，都在马莎的办公桌[①]前度过了那些最无聊的岁月，当然不能和我相比，因为我已经退出了马莎，肩膀上已经没有任何负担，现在可以跟你们见面、交谈和唱歌了，虽然这只能有一个钟头的时间。但我，上帝知道，为了这一个钟头我可以牺牲我的礼拜二和礼拜四整个下午的时间。你们想想看，我来到考纳斯之后，从来没有听到过有人叫一声"亚当"！也没有人对我笑过，我和任何人都没有动情地拥抱过。我从学校里出来，总是感到那么难受，或者感到有什么不顺手，而且经常感到那些学生的脑子的反应是那么迟钝，我的努力都白费了！我只好躺在床上，一睡就是好几个小时，什么也不想，只有生气，很不高兴。我的不高兴和生气是这么厉害，如果再加两个盎斯[②]，我就要发疯和上吊了。

我在写这些的时候，情绪的确是不很好的。明天怎么办？**想起来我的理智都要发抖**[③]。这就是说，我会要颤抖起来。但是我知道：我一定要学会喝酒，下午每节课之后我都要喝酒（酒我会准备好），喝完酒我就睡觉。虽然我说这个你们会笑，但我决不是开玩笑，我是在苦笑。我看见弗兰齐谢克在大声地喊着："真是说梦话，自己不懂，却还要引用

---

① 一个处理财产继承纠纷的机构，全名马莎·拉齐维沃夫斯卡，有许多维尔诺大学的学生在这里工作。

② 古罗马铜币。

③ 原文是拉丁语，出自《埃涅阿斯纪》。

米哈乌·鲁克维奇的'唉！葡萄酒，一点好处也没有，肆无忌惮地狂饮会很糟糕'这句话。"谢罗克感到很奇怪，扬在写诗，他要进行劝说，耶日[①]不声不响地走出来了，他在图书馆里借了《希腊罗马名人比较列传》、蒙田的《随笔集》、塞内加的《论慰藉》[②]和《论宽宏大量》等等，他还把这些东西都给我寄来了，要使我感到高兴，可是我没有读这些混账东西，他们还要我消除贫困（我听见了）。这些蠢货，我再说一遍，他们教别人游泳，自己却站在岸上。有时候，他们也跳进一个水池里，以为自己一出来，就会说出一套理论。还有，如果有人把他们往一个池子里，比如往考纳斯这个池子里一扔，两年之后，也许他们会比我游得更远（我不信），但既然是一个蠢货，一个哲学家，就一定会淹死。最好不要去感受这一切，但是又不能不感受。

我的信写完了，我的情绪很不好，我嘲笑我自己，祝你们健康，给我写信吧！

亚当

礼拜四，28日[③]来到了邮局。

---

① 耶若夫斯基的爱称。
② 原文是拉丁语，后同。
③ 应为29日。

致尤泽夫·耶若夫斯基

考纳斯　1820年4月8日 / 4月20日

　　我到考纳斯才几天，没有多少东西要写的。如果我任何快乐的或者什么悲哀的东西都不写，我倒是很乐于这样。走了两站路后，我感到轻松多了，这个讨厌的咽喉炎使我完全说不了话，但是到了考纳斯后，我倒是康复了，现在胃口很好，吃了一大块巴尔比亚尼的奶酪①和几块糕点，这就是我的晚餐。第二天，我的嗓子完全好了，食欲不错，思想情绪也很高兴。当我想要读书和写作的时候，那维尔诺的柔和的西风②又好像吹到我这里来了，也许这是因为我太孤单引起的一种幻想。我说的这些都是真的，但我的《杜卡伊》③快要写完（今天可以写完）了，席勒的歌谣《手套》我也翻译完了。今天我本来可以寄给你，但我还要把它抄一遍，我

---

① 这是一种药，由立陶宛的一位意大利医生孔斯坦丁·巴尔比亚尼制作，他在维尔诺大学学过医。
② 爱学社社员喜欢用这比喻一个人懒惰、不愿干活。
③ 作品名，也是其中主人公的名字。

现在脑子正在想一些问题，因为明天我就要考试了①。我还没有去看那些对我的判决书②，但我觉得我有的是力气，要把这些压在我的肩膀上的东西通通甩掉。可以肯定地说，没等到布罗夫斯基大声地叫起来，这些判决书就已经离我远远的了。

我的耶日！你如果现在在考纳斯，就会看到这里的别墅周围有一大片草地，中间一些小山堆像小岛一样。城边的河③上有几十条普鲁士的小船、驳船和带帆的激流④，在不断地行驶。你要是能够听到单簧管和小提琴的演奏和那些船工在甲板上一边喝啤酒一边唱着的德国歌就好了。这些歌声连续不断，听起来很爽心，也使我想起了拜伦的《海盗》。

我来这里之后的第三天，就遇到了一个险情，但是不要紧。因为我们骑在小太阳⑤上飞跑，巴尔比尼骑的马又是跑，又是跳，连他的帽子都好几次被甩到了泥坑里。有人叫我也来骑马，我的这匹疯狂的驽骍难得⑥踩着各种各样的脚步，使我难受极了，它的两条后腿因为挨得太近，走着走着便昂面倒了下来。幸好我知道它会这样，早就把我的脚从马

①　指想考题。
②　指批评意见。
③　穆纳斯河，流经考纳斯。
④　当地的一种船。
⑤　当地的一种鸟，诗人把他们骑的马比作这种鸟。
⑥　堂吉诃德骑的马的名字，西班牙语意为"从前的瘦马"或"第一流的瘦马"。

镫子上抽出来了，这时我马上跳到了一边，要不是这样，它会倒在我的胸脯上，可它最后轻轻地扯了下，把马鞍子也撕破了，我的这次郊游太不成功了。

替我紧握兄弟们的手，告诉我捷维容特科维奇① 怎么样了！

亚当·密茨凯维奇

---

① 亚当·捷维容特科维奇（约1799—1820），爱学社社员，诗人在维尔诺的朋友。

致尤泽夫·耶若夫斯基

考纳斯　　1820年6月11日 / 23日

亲爱的尤泽夫！

我早就收到了你们的来信，但我在这之前也给你们写过信。我有好几次都想要拿起笔再写一些东西，只是我这段时期感到很难受，心神不安，要写也只会写一些离奇古怪和看不懂的东西，我在等着我的心绪是否能够冷静一点。今天我不去上课，虽然我的备课已经写了好几页。这个讨厌的阴雨天是这么长，它大大地阻碍了我要做的一切，因此我也不得不把自己关在四面墙内，只有自己想着自己了，这样就使我所有的病全都发作，严重地损害了我的健康。我现在虽然好了一点，但我的喉咙和胸脯依然感到很疼痛。科瓦尔斯基要我到学校里去，但是我在课堂上只要大声地讲十几个字，就会感到一点力气都没有了，胸口也像被针扎了一样，我不知道我能不能给学生上课和考试。就像过去，我多少次来到这个港口城市，都有好几个礼拜不能了结我的这些病痛。你不难想象，每到学期的终了，我是多么高兴。我会要见到你们所有的人，虽然我眼下很糟糕的健康状况毒化了我的这种过

47

早的兴奋。如果我的这种状态不能改变，整个假期我就没有什么乐趣了，在这个该诅咒的考纳斯，它让我付出那么多，还不如和你们在一起更加亲近。

我看了弗兰齐谢克的一些来信，他是不是认为我要改变一下我的职业？我也这么想过，他的这个提议我也不能不动心，有些什么样的痛苦和高兴的想法，什么样的愿望和决心，我都不愿意去想它，也不会去写。这是真的，如果我要永远待在考纳斯，我就一定要干别的了，因为像现在这样，我是不能长时期地忍受的。

邮差来过两次，都没有你们的信，我想，至少明天要有了。我最想知道的是，那些全身都闪耀着光芒的爱学社的社员们现在怎么样了！如果我的喉咙不让我和你们说这些，难道这不是我的悲哀吗？

关于捷维容特科维奇的消息①使我大吃一惊，他是爱学社一个很好的社员。我还记得他在圣诞节开的一次会上的发言，他说他要加倍努力地工作，我们一直是很亲热的。他死前献给图书馆②的东西就是很好的例证。另外，有许多大学生都来参加了他的葬礼，为他捐款，这是同志间友爱的突出表现。

我感到很羞愧，恨自己没有即时把买燕尾服的钱汇过

---

① 他在这一年的5月26日去世。
② 指维尔诺大学图书馆。

来。看病用了很多钱，我也没法算这个账了，神学课教师要借给我，但他现在没有钱，我只有等了。我什么时候都战胜不了我的厄运，现在我欠了账，以后到了期也还不了，尽管我十分节俭，也想从各个方面得到一点恩惠，但不论在什么时候，都没有一个人能够做点好事。我要大家都来担当一点，但我的脑子里却不敢这么想，上帝知道，这不是我的罪过。

当然我也有不对的地方，因为我不管什么时候，对什么支出都要精打细算，最后，扬也只好对我表示原谅和等待了。

好在你们中如果有人，比如你在圣诞节前一个礼拜能够到考纳斯来，就会有和我见面的机会，和我一起离开这里，或者代替我去听学生在考场上的回答。请告诉我，你能不能来？快点回信！

今天早晨，我躺在床上，译了席勒的一首小诗，现在一并寄给你。席勒的作品早就是我唯一的和最喜爱的读物。关于他的悲剧《强盗》，我写不出什么东西，但是任何别的东西没有也不会像他的作品给我留下那么多的印象。这些东西要么在高高的天上，要么在地狱里，而不会在中间，特别是图画、思想、翻译的方法，我已经不敢想《狄摩西尼》了。

光和暖 ①

在世俗人群中有一个勇敢的年轻人，
他总是那么振奋和热情洋溢。
只要他心里在想着什么，
就马上会表露出来。
他吞食了天上的火焰，在往前奔跑，
他勇于肩挑重担，要去追求真理。

但很遗憾，他把所有的一切都过了秤后，
发现它们都是那么微不足道，那么渺小。
他虽然只是在一些普通人中，
但总觉得自己要时刻保持警惕。
他的那颗高傲的心，
在这次毫无热情的尝试之后
只跳给他自己听了。

真实，啊真理！你那金色的光芒，
总是在照耀，但不是永远在燃烧。
幸福的人们在寻找科学的宝藏，
没有花费多少心血。

---

① 原作是德语，译者据密茨凯维奇翻译的波兰语版转译。

一个最幸福的人，总是要将一颗火热的心
和一个世故的头脑结合在一起。

请告诉我，通过以上的翻译，你能够懂得作者有什么美
好的想法吗？我在这里也许取得了成功，因为翻译席勒的诗
是很难的，我现在要翻《顺从》①这首高贵的小诗了，不知
道能不能翻好。

亚当·密茨凯维奇

我来考纳斯后，真的是这么想的，给我回信，这是对我
最大的恩赐。

---

① 原文是英语。

致奥鲁弗尔·别特拉什凯维奇

考纳斯　1820年6月16日／28日

鲁弗尔——奥鲁弗尔！

我们之间很少通信，现在一定要写了，但要写得简洁一点，因为我没有更多的时间。

我们这里要考试了，可我的衣领还没有缝好①。虽然这是一件小事，但没有它还是不好看的。告诉给我缝燕尾服的那个裁缝，如果他能够把衣领给我寄来，我9月②就给他付款。实际上，我放假的时候见过他，已经对他说了。我本来不愿意欠账，但我需要这个缝好的衣领，希望你快点去问他一下，给我回信，因为我这里要考试了。

告诉扬，钱大概要我自己还，因为神学课老师在钱庄里没有拿到钱之前，是不会借给我的。他如果不借钱给我，我明年的伙食费就有一部分缴不了啦！就是在这种情况下，我还是欠了债。祝你健康！我等着礼拜二寄来的衣领和你的

---

① 指燕尾服，需要穿上出席学校的隆重场合。
② 原文是英语。

回信!

你在想华沙①，但是我在圣彼得节那一天一定要见到你，在这之前你不要到别的地方去，在7月2日以前也不要让别的人离开，给耶日准备的酒宴大概也办不成了。

扬能不能给我寄一些白色的裤子来，这样的话，我在圣彼得节那天就可以拿到了！

①　别特拉什凯维奇当时在维尔诺度假，然后要去华沙继续深造。

致尤泽夫·耶若夫斯基

考纳斯　1820年9月30日 / 10月12日

　　你们都渐渐地不再给我写信啦！只有雅罗什在上个月中给我写了最后一封信，就让那些对我生气的人①都保持沉默吧！可是耶日！是不是该去检查一下荷马的作品②的译文？谁要是仇恨上帝，他也会讨厌人们。

　　我从雅罗什的一句半话中，已经知道了你还没有完全恢复健康，我只想从你那里得到一点好消息，什却尔撒他们的情况怎么样？在这些时候，协会里总有点儿事吧！我要购买图书的计划实现不了啦，因为有几个人除了这个还有别的花销，神学课老师对这也不积极。

　　我写信给雅罗什，要他给我一些书。你本来也要寄给我一本关于生理学的书，这个你就不要再拖了。我很需要对康德的解释，因为这样也会使我对他这一派的美学家有更多的了解。我正在读德列韦斯的《结果》③，很有意思，也很

---

① 指托马什·赞和切乔特。
② 指《伊利亚特》。
③ 指《哲学化理性的结果，论娱乐、美和崇高的本性》。

重要。

爱尔维修的《精神论》第一部分中有几句诗使我看到了这里面的热情。我想了很久，这种美学观点对我有什么启示，我找到了一种方法[1]，可以对它进行研究。现在我已经很清楚地把我的全部思想观点写在我的《关于美的谈话》中了，我知道，这个问题要从哪个方面来看，哪一种推论是错的，哪些观点是正确的，这个爱尔维修的著作你还要给我寄一些来！

请雅罗什告诉扎瓦茨基[2]，要他寄一些学校里用的初级读本来，要多少钱先记一下账，我这里需要欧特罗庇厄斯的[3]二十本、尤斯蒂努斯的史书[4]二十本、《世界史》（好像是沙维茨基写的[5]，我在赞那里见过）八本。可以把这个告诉卡林凯维奇[6]。如果他们不愿记账，那就请你问一下这些书的价钱是多少，我先把钱寄过来。

大学里的管理机关因为我的迟到扣发了我的工资，我写信给他们作了很清楚的解释，但是没有得到他们的回答，现在又不得不很讨厌地来写请求了。

我读完了最可爱的席勒的最后一卷。还有《玛丽娅·斯

---

[1]　诗人当时很爱用这个词。
[2]　尤泽夫·扎瓦茨基（1791—1838），波兰出版人、书商，维尔诺大学印刷厂的厂长；密茨凯维奇的头两部诗集是他出版的。
[3]　指《罗马史概论》。
[4]　指《菲利比史》，菲利比系古马其顿的首都。
[5]　指《世界编年简史》，1818年出版。
[6]　维尔诺大学图书馆的助理会计师。

图亚特》^①，是多么美啊！所有的一切都写得那么真实。你们要给我寄来一些德文的东西，因为我现在很好，可是没有什么东西好读了。替我向比阿塞茨基问好，告诉他，我只相信他的来信，因为我至今和他心中的办公室并没有签任何贸易协定^②，这样的话，我能够相信和他有什么情谊吗？他自己说说！

我以后会给鲁弗尔写信，我们已经约定好了。你们也可以写信给我，我还会写信。

《维特》^③，克洛卜施托克的诗，歌德的《浮士德》，《瓦列利耶》^④，海涅的一卷^⑤和《埃涅阿斯纪》的第一卷以及贺拉斯的几首可以在课堂上讲的颂诗。我要用这些给学生们举例。

今天是礼拜四，天气很好，我要到外面去散步！

当我和你或者你和我在一起的时候，
我想得很美，不急不躁。^⑥

---

① 席勒的历史剧。
② 卡齐米日·比阿塞茨基是爱学社社员、律师，似乎也经商。诗人这里是开玩笑，他俩的关系并不密切，也没什么约定。
③ 即《少年维特之烦恼》。
④ 法国作家克吕德内的一部诗集，1803年出版。
⑤ 指《维吉尔》。
⑥ 摘自《想到的东西》，波兰诗人伊格纳齐·克拉西茨基（1735—1801）的诗。

致奥鲁弗尔·别特拉什凯维奇

考纳斯　1820年11月1日 / 13日

亲爱的鲁弗尔！

我有很多很多的事情要对你说！但是有一种情况的出现，使我觉得写信也没有十分必要了，因此我今天只好写得简单一点。

这里要说的是考纳斯一些过去的事，我已经没有以前那么难受了，但总是感到对什么都无所谓。

你在维尔诺总有些什么要说的吧！我虽然不能经常收到你们的信，但你给我还是写了信的，你不仅自己写了信，还责怪别的人不写信，对此只有雅罗什作了回应。耶日现在在喝什却尔索夫的啤酒，根本没有写，因此我一点也不知道他那里怎么样。专制政体维持不了啦，留下了过去的领导机构，虽然增加了谢罗基一个人，但是这个机构的组成人员和他们之间的联系都少了，这些情况都没有人告诉过我，还有他们每个人过去的情况也没有人告诉过我。雅罗什遇到了一些麻烦事^①，这个我过去写给你的一封信中已经告诉你了。这样我也不用再花钱了，你也可以走了。

我收到你的第二封信后，感到很高兴，可是从你写的第一封信来看，你的处境一定很困难，大家都为你的离去感到遗憾，但我们也认为，你也不要再去争取这个讨厌的硕士学位了，因为这样你不仅要花很多时间，而且有损于你的健康。从目前的情况来看，你再也不能去白费你的精力了。

在考纳斯要成立或者说将要成立一个委员会，专门管理所有波兰杂志的订阅，因此我不想再把我的作品藏起来了，除了这个其他的都不在我这里，你过了一月就把它们都发表出来吧！我们这个委员会读到这些作品会对它们做出评价，其中有的我还可以拿到国外的杂志上去发表。这个委员会的头是科瓦尔斯基，我建议他开一个阅览室，你懂吗？我晚上有时候就可以在那里读书，你懂吗？这个阅览室在今年的开设已经不是过去那个样子了。

我没有再写文学作品了，除了以前写的几个小的东西我这里也没有别的。我想在放假后带着我的《狄摩西尼》到你那里去。我对十几种美学观点都表示反对，在这方面大大地前进了一步。如果你在《回忆录》^②或者《日报》^③上发表

---

① 他在维尔诺大学讲授自然法的计划不顺利。
② 指《华沙回忆录》杂志。
③ 指《维尔诺日报》；实际上，别特拉什凯维奇1817年就在《维尔诺周刊》发表了诗作。

了什么东西，哪怕一首田园诗，也是再好不过的。还有关于电学的文章在哪里，你对电是怎么认识的？①

请照过去的地址给我回信！如果W.斯凯尔斯利茨基能把我的信转交给你，你就有礼貌地收下。他是个好人，是我们之间通信的中转站。

你能见到列列韦尔吗？有没有这个机会？

在维尔诺，所有的人都在叫唤你，但是在每一个角落都找不到你，那么我们什么时候还能取得联系？

谢谢你提供的信息，如果你还有什么消息，也要告诉我！

可是你写给维尔诺的我的信没有盖章。

---

① 　别特拉什凯维奇在1819年做了两个报告，《关于电学理论》和《对电的认识的历史》。

致扬·切乔特

考纳斯　1821年3月31日／4月12日

扬！祝你健康，万事如意！

你也可以想象，实际上你是早就知道了，我看到关于你签订的契约①的报道之后，感到多么辛酸和痛苦。如果我对你说，我早就料到会有这样的结果，要你有所警惕的话，你会感到奇怪。但我没有这么说，是怕我的怀疑是多余的，结果反而引起你对我这个朋友的不信任。特别是我以为，我这么一说，如果没有根据，会伤害迪奥尼扎。但我还是要说，我已经料到有两种可能，即神父没有兑现他的承诺，或者他兑现了自己的承诺。不管怎样，这都和你的父母有密切的关系，而且这也曾不止一次地使你担忧。我感到遗憾的是，一些情况的出现，使得你不得不去求助于神父。你把人都想得太好了，可是你把自己的穷困都说出来，反而使得他们瞧不

---

① 切乔特和诺沃格鲁德克的神父迪奥尼扎·赫列文斯基（也是爱学社社员）签了契约，其中他的父亲能负责该教区的教产管理；但后来迪奥尼扎没有兑现，切乔特的父亲继续失业。

起你，因为他们认为，友谊什么时候都和利益是分不开的，只要看到有利可图，那就会慢慢地成为忠实的朋友，所以对这样的人要永远保持警惕。

我深知你父母的处境和他们的困惑。这是多么不幸，一些普通人我们对他们本来是很尊重的，因为他们的话接地气，可是他们的话在我们这个理想世界中根本就没有人听，因为这里的人只和那些呆如泥塑的人打交道，可我们是不愿降低我们的思想水平的。他们最爱做各种各样的猜想，总以为会出现奇迹，可我们却认为这都是异想天开，我们有我们自己的想法，会做出我们的决定。对于这个我已经有过几次经验教训了，也逐渐地认识到了像我们这样的人只有几个，是很少的，像你这样的好人就更少了。

致扬·切乔特

考纳斯　1821年5月23日／6月4日

扬！祝你健康，万事如意！

你一定在雅罗什那里见到了或者听说了我写过的一封信[1]，也很高兴地表示了你作为一个朋友对我的关心。亚当·斯密的这本书[2]寄到我这里的时候，我正病卧在床上，我的腿上缠了绷带，天黑了，不愿写什么东西，因此那封信交给哈列维奇的时候也没有写地址，只好由他或者别的人把它添上了。现在我的病已经好了，胃口不错，情绪也好，一个礼拜前曾出去郊游，可是礼拜二我刚一回来，又倒霉了，而且是最糟糕的，因为我的鼻子和脸都肿了，眼睛也肿了，看起来就像个木头人。另外，我当时躺在床上还发高烧，一直到礼拜六才止住，因此到了晚上，我又出去走了走。从5月4日开始，我的病这已经是第四次复发了，它那已经过去的一次复发和一些美食使我在欢乐中感受了那么多的痛苦，

---

[1]　指诗人在5月初写给雅罗什的信。
[2]　指《国民财富的性质和原因的研究》，诗人向切乔特借了这本书。

现在我既不能吃，脸上也没有笑容，我那涂抹上了什么东西的皮肤也难看死了。

这就是我对考纳斯的贫困最简单的描写，在绿色的节日来到①的时候我不会离开，但是雅罗什写信告诉我，他好像有事②。你们已经很穷困了，我不想再问你们要钱，但我自己也出不起路费，只好等到放假的时候了。可是我任何时候也没有像现在这样，觉得这个假期有没有都无所谓了，我甚至很少去想它，想也只是很短的时间去想一下。在诺沃格鲁德克，除了一件让我铭刻在心的事外③，还有什么值得去想它的呢？我经常问自己：我的祖国到底在哪里？对这个问题我回答不了，因为考纳斯只是我一个客居的地方。我一点也不知道，我是不是要到诺沃格鲁德克去，如果不是那里有我的兄弟，我必须和他们见面，我就不去了。维尔诺现在成了我们共有的家，我们也总是把目光投向那里，但这能够长久吗？我的身心慢慢地进入了一种分散的状态，去什么地方对我来说都无所谓，可所有的地方我又都很喜欢，这就是说——一句话——什么地方也不去。

我的钱包永远鼓不起来，已经有好几个月没有领到薪水了，可是查账的人还没有来。由于来到这里路费的支出，

---

① 波兰民间的春节（非天主教节日），在5月或6月。
② 雅罗什要参加赞的命名日。
③ 指诗人的母亲1820年10月9日在诺沃格鲁德克去世。

我又亏空了，我现在很需要钱，因为我给人送了很多礼，并且用一个月的收入制了一件礼服，病也使我消瘦多了，我非得借十几个卢布不可。6月份的薪水我大概又领不到了，在走之前我一定要拿到两个月假期的补贴，只有这样，我最近才能还清我欠下的债。多布罗沃尔斯基借给了我差不多三十个卢布，事实上，他约我去吃的晚饭我也没有去吃，中餐我只吃了一样或者两样菜，总要表现得客气一点，如果不是这样，我就要花掉假期的补贴了。

我这里有一个叫斯卡奇科夫斯基的先生，是个大学生，他说他是个"闪光的人"。但我认为他并不是爱德社①的社员，至少在我和他简短的谈话中，感到他和爱德社的社员们的思想状况不一样。后来我再也没有和他来往，以免和他发生矛盾。他要去维尔诺，可我每天都在等着给我寄来的东西。

前不久寄来了四期《百科阅览》②，以后还会按常规地寄来，而且会寄得很快，但是订阅这个杂志要半年前就在邮局里付款。我忘了它的定价，因为是在很久以前订的，好像是一年要付一百八十或一百九十兹罗体③。利用我这次寄书的机会，我也要明确地告诉你们要付多少钱，你们就

---

① 经过密茨凯维奇的倡议和组织，1820年秋天在爱学社基础上改组、建立了爱德社。
② 原文是法语，这份杂志出版于1818至1833年。
③ 约三十卢布。

先汇过来一半的数目吧！因为发货的说了，余下的款可以以后付。

　　鲁弗内半年没有写信，现在一连寄来了两封。

致奥鲁弗尔·别特罗谢维奇

考纳斯　1821年6月19日／7月1日

亲爱的鲁弗尔，祝你身体健康，万事如意！

我的病又急性发作了，说不了话。你既没有给维尔诺写信，也没有回答我提出的这么重要的问题，可我一次又一次从邮局里寄来的东西中，已经查看了这么久了。在过节以前，彼得还敲了你门，要你快点写回信。

你从我的前一封信中，已经知道我在维尔诺逗留的情况和托马斯的命名日是怎么过的。应当承认，我这里现在好了一些，因为在一阵不满情绪的出现和几乎是处于睡眠状态的贪懒之后，我们开始积极地行动起来了。爱德社的社员们都很活跃，相互之间的联系也很密切。爱学社在等待着进行改革，要使它变得像协会[1]那样。我们已经进入了一个更大的世界。托马斯对乌鸡鸟[2]很有情意，可是这里又来了一群

---

[1]　指爱国者协会，1821年在华沙成立，是波兰当时最大的秘密团体，在各省和军队里都有组织，和俄国十二月党人的南社、北社，还有斯拉夫人联合会也有联系。
[2]　指国民共济会，1819年在华沙成立。

很大的鸟①，是从南方飞到这里来的，这种鸟具有高超的技能，我们至今并没有主动地和它们接触，但它们会来到我们中间。

我毫无疑问可以自由一点了，但这又怎么样呢？我不知道。也许我会和雅罗什一起到国外去，也许就留在维尔诺（不留在那里），也许，也许什么？以后再说吧！

我第一次等圣彼得节的到来是在冬天。除了庆幸这些讨厌的课快要讲完了外，我并没有更多的欣喜。我要到哪里去？要干什么？想什么？

你不要说我这是堕落腐化，那次开枪射击②我简直要疯了。可现在呢，现在我也感到很遗憾，你想想看，就像是一尊天神，在他的背上有一根头发，在白色的凡而纱中，在一张豪华的床上，在一间很漂亮的房间里耍戏法。我每天都能见到这样的神，但我已经没有审美的感觉了。我听那些"闪光的人"的那些异端邪说，感到是一种耻辱，我还在听，但不会太久了。圣彼得节快到了，希望一切顺利！

一切都能够顺利吗？我知道，假期我也可能去华沙。告诉我，你在那里要玩多久？什么时候离开？你想没有想过要解除你的债务？如果你提出了这个要求，会有什么结果？第一批要缴纳的费用你是能够缴纳的，可是在维尔诺，没有

---

① 指维尔诺的煤矿工人。
② 密茨凯维奇有一次要和人决斗，最后没实施。

人知道你会这么做，也不会有人管。因此你要快点写信告诉我！第二批在9月又要缴纳了。在维尔诺，你会有一个很好的家庭教师的职业，我们也很需要你，但你为什么至今也没有写回信？

亚当

致维尔诺大学领导

维尔诺　1821年7月12日／24日

　　我受维尔诺皇家大学的派遣，来到考纳斯，当了一名教师。在这里，我曾尽自己的一切可能，努力要把我担任这个职务的工作做好，可是来到这里两年之后，我的健康状况越来越差了，这不仅妨碍我作为一个教师要做的工作，而且我现在也感到全身乏力，非得遵照医生的嘱咐，在一段时期，放下这项严重有损于我的健康的工作不可。因此我在这里向大学的领导提出请求，让我至少有一年的时间，能够离开这个工作岗位。

　　尽管这个职业收入是这么低，甚至难以维持生活，但我还是把它看成我应尽的责任，全力以赴地对待，不敢有丝毫要辞去的想法。我永远不会离开这个地方，我早就下了决心，要当一名教师。尤其是我现在身体这么差，更不能去从事别的职业。如果我没有收入，就一定会有更多的痛苦，因为这样我就更没有办法恢复我的健康了。要恢复我的健康，是要花很多钱的，因此我在这里要大胆地表示，希望大学的领导理解我的这个请求，在我离开之后的这一年，仍能保持我在考纳斯县的这所中学担任教师的这个职业，按月发给我薪水，这是对我的赏赐，我以后是要尽全力地回报的！

这个请求是1821年7月12日在维尔诺提出的。

亚当·密茨凯维奇

致扬·切乔特

杜哈诺维奇[①]　1821年7月约25日／8月6日

我亲爱的扬！

我并不是每一次感受到这么多的快乐而实际上是悲哀和伤感的时候，都给你写了信，这是为什么？难道这是为了把这种快乐留给我自己？我要说的是，这些过去的事情，大概也只有我能够把它们说清楚。虽然你对我的状况和我的性情都很了解，我能够感受到的东西你也部分地能够感受到，但是我不知道，我一点也不知道，我的这种快乐你以后还能够和我分享吗？

我一离开维尔诺，就马上感到不应该离开那里。我一路上都感到非常寂寞和孤单，当我走进一栋过去是我们现在已经是别人的房子里后，便在那曾经是我们的院子里跑来跑去。我心中的感伤使我不忍去看那空空如也的四周，我们以

---

① 杜哈诺维奇是马雷娜·维列什恰库夫娜的庄园，密茨凯维奇回到诺沃格鲁德克后专程去了这里。他在二十岁出头时与马雷娜相恋，但她是大贵族出身，社会地位的不匹配让两人的爱情遭到马雷娜家人的反对。她最终嫁给瓦夫任涅茨·普特卡梅尔伯爵，给诗人造成了终生之痛。

前住过的那一间厢房的门是开着的，但里面一片漆黑，你可以到我这里来看看。我在这里什么人也没有见到，也听不到过去那种"亚当！亚当！"的叫唤声。这种痛苦层层叠叠地压在我的心上，使得我长时间透不过气来。我走遍了房子里所有的角落，可是当我打开仓库的大门时，突然见到我们过去的那个女仆从上面走下来，在黑暗中只看见她的一个模模糊糊的身影，她是那么苍白，看起来非常穷困，我真是很难把她认出来。互相呼唤一声才认出了她，这时我们都哭了。这个女仆曾长年住在我们这里，靠劳动养活自己，现在她生活无着，仍不得不在这里栖身，也只能一个人孤孤单单地在这里转来转去。我身上如果有最后一个格罗什，都是要给她的。

我想到好心的泰拉耶维奇①那里去玩，但我现在没有单独的住地，我还要去吃早饭、午饭和晚饭，还要等几个小时，和一些人聊天，说一些无关紧要的事。最后我只好到鲁达②那里去了，但是我在那里也不会待一整天。在诺沃格鲁德克，至少还有我们家里过去的庭院和近处的墓地③，是要去看一下的。

我还见到了一些女人，见到了约阿霞④，那时候我很爱

---

① 诗人家的朋友，他的一个女儿后来嫁给了亚历山大·密茨凯维奇。
② 诗人小时候去过的村庄。
③ 指诗人父母的墓地。
④ 诗人少年时爱过的女孩。

她，虽然她只是个普通女子，但也使我领悟到了这里的悲哀，这些过去的事我一想起来就感到难受，对女人我也不愿再想了。现在我离杜哈诺维奇已经很近了，可我又想起了一些路上的事。赫雷纳什凯维奇①说，普特卡梅尔的住地离这里只有一英里路……只有一英里。我慢慢地走着，每走上一条道都要问一下，朝着那个方向看一下，想要找到去马雷娜家里的路。但我最后还是打消了去那里的想法，就好像她不在那里一样。

从鲁达终于来到了杜哈诺维奇，在这个庄园的大门前就见到了马雷娜，她坐在一辆马车上，我马上认出了她，实际上是感觉到了她就在这里。我不知道，我不知道这是怎么回事，我们之间已经错过了，所有的一切都成了一张白纸。我不敢去呼叫，也不知道我是怎么到这里来的。我要想想，我过去是怎么见到她的？我当时心里是怎么想的？这栋房子已经是另外一个样了，过去的一切都不存在了，我不知道，它的壁炉在哪里？钢琴在哪里？

世上有乐趣的事是有的，如果我在这个地方遇见了她就好了，但我不敢这么想！

杜哈诺维奇庄园里有许多像天堂一样美好的景象，米哈乌是一位饱读诗书、德高望重和富于激情的浪漫主义者，因为长年保持的骑士风度而令人赞叹，这是我们要说的。这里

---

① 诗人母亲的娘家亲戚。

我们还要说一些很重要的事情，因为我们见到了各种各样的人，比如赞在去年，有时候情绪不好，我的妹妹斯迪普乌科夫斯卡在晚上便和他一起唱歌。照米哈乌的计划，不管是哪一天，我们都要到希维特斯的丛林里去，到那个小庄园里去住几天，我们要去林子里走走，要想一想，什么人应当爱。但是和去年相比，我们这里就只有一个空落落的院子了，因为许多人都走了。我四处还要看一遍，因为我以后再也不会到这些地方来了。我经历过多少事，我的审美的使命已经完成，就写到这里吧！要再写也写不下去了。

　　祝你健康，亲爱的扬！我不知道，我在这里是不是待得太久，还有那些最值得我们爱戴和尊敬的人，他们都在哪里？但是我却要假装我保持了良好的心态。有人问我，我为什么感到厌烦，我却怕我使别人感到厌烦，这是我最不愿意的。

致弗兰齐谢克·马列夫斯基

维尔诺　1822年1月23日 / 2月4日

亚当祝愿弗兰齐谢克身体健康，万事如意！

这么多礼拜和月份过去了，我没有写过信，也没有人给我写信，我根本没有像我在考纳斯那么大的写信的热情。难道我们通信的时候已经过去了？但我只要拿起笔，就不会马上放下。关于我们的维尔诺，我现在或许没有什么好写的，要不我们以后私下再谈吧！现在对那些和我们关系最密切的事，是多少要知道一点的。

你一定听说过方法学和历史的教学，我们的姆鲁卡维①正像我所期盼的那样，他在课堂上讲得真好，堪称典范，如果他讲得更通俗一点，那就更有用了。

我不久前有过十几天上课的狂热，现在终于清醒过来了，这种热度虽没有给我带来更多的烦恼，但却使我产生了各种症状，如眼睛痛、腿疼、胡思乱想，最糟糕的是我

---

① 指尤泽夫·耶若夫斯基，他在维尔诺大学开科学方法论的课，受到了极大欢迎。

的牙齿，好像被拔掉了，全都被拔掉了，但是通过这些付出，我总算赢来了几个月的清闲日子。如果我这时候很愚蠢地认定一个幸福的人什么都不会失去，那它最后就会证明我会进入天堂。我有过很多钱，使我不愁日子过不下去，而且以后的几个月，还给我带来了料想不到的惊喜。实际上，我的日子真的是在文学中度过的，一天到晚哼着各种韵调，这会使我感到满足，我不知道，我以后还要读些什么精深博大的东西，才会使我感到习惯。除了对日耳曼的兴趣，现在又爱上了不列颠，莎士比亚词典我紧握在手里，就像一个福音教派的富豪，要穿过小小的针眼，到天上去。现在关于拜伦的研究，我这里已经很容易了，我肯定要翻译他的《异教徒》①。但是这位最伟大的诗人也不能把席勒从我的口袋里赶走，新发表的他的几首诗我没有读过，但我也不可能长时期地只停留在英国文学上。

我不可能把你需要的《歌谣》都寄给你，现在只寄给你一本，因为很难找到抄书的人。而我自己也想到华沙去，因为在这里，特别是像新的《先人祭》②这样的东西，是印不了的。它恐怕要等我以后给你朗诵了，别的人很少会把它朗诵出来。

华沙有什么计划请尽快地告诉我，你要到盲人街那里去

---

① 这部叙事诗在十年后终于译了出来。
② 指诗人在考纳斯写的《先人祭》第二部和第四部。

玩，什么时候去？从哪里回来？

　　我已经给校长说了，我要离开这里，他完全同意，你猜猜这是为什么？其实这里也有对我的指责，我可以间接地体会到，但这是以后的事。

亚当

致约阿西姆·列列韦尔

维尔诺　1822年8月①24日／9月5日

尊敬的大善人阁下！

达尼沃维奇②阁下刚从华沙来，他告诉我，尊敬的大善人您，要马上知道我这里有什么变化。我早就是这么整天地团团转了，但我不愿再把时间花在那几次没有用的写作上了。我现在对什么都拿不准，每天都要作另外一种安排，但我是要做出最后的决定的时候了。

要出国是不可能了，因为各种困难现在都集中地表现出来，特别是我不知道在我需要的护照上，写上去什么地方，什么时候去，所以我得不到它。我眯了一下眼睛，又想到了考纳斯，不幸的是，我根本就不知道我在那里以后的处境会

---

① 此处是法语。这是为了与原信件或信封上署地址和日期的语言、形式一致，后面的地址及日期标记多有这种情况，中文仍以字体区别，如无专门说明均系法语。

② 伊格纳齐·达尼沃维奇（1789—1842），维尔诺大学法律教授、爱国者，1824年被革除教职。

不会有所改善，我唯一的希望就是去克热米耶涅茨[①]。

因此我请大善人阁下打听一下，那里的波兰语学教研室要不要人。如果要人的话，我很容易就可以从考纳斯搬到那里去。

这就是我要说的话和我对大善人阁下唯一的请求，衷心感谢您还没有忘记您这个过去的学生，并对他表示关心。

大善人阁下的仆人

亚当·密茨凯维奇

如果大善人阁下要绕道来考纳斯，请在路上把这个消息告诉我。

[①] 波兰地名。诗人想去克热米耶涅茨的政法大学讲波兰语学课，但这个愿望没能实现：维尔诺大学领导对他产生了怀疑，俄国也加强了对秘密组织的监视。

致扬·切乔特

考纳斯　1822年9月约25日 / 10月7日

亲爱的扬！

我的一些课虽已讲完，可又要学习德文，在这个时候感到全身无力，但还要尽力地去做一些别的事情，因此我的几首诗也拿不出来了。

谢谢你对我很明智地留在考纳斯的赞许，对什么都要有明智的选择，就像许多人要表现他们的美德一样。你祝愿我吃得好，喝得好，也要睡得好。实际上，我现在吃饭很方便，在一个小饭店里有我一张很好的饭桌（上面有一杯葡萄酒），我要说，那是最好的饭桌，还有咖啡、烟斗，就是没有一匹马站在那里了。我并没有想睡觉，虽然牙病又犯了，但情况还是好了一些。只是我的神经麻木，小说①写不完了。写出来的另外一些诗一行行地像铁丝一样，我不知道还有一个礼拜能不能写完，我计划是要写完的。

谢谢你寄给我的书，词典就不用了，但是请把沙德的词

---

①　指长篇叙事诗《格拉任娜》。

典给我寄来，那里的语法的分类不一样。我这里有一本书以后寄给你们，对你们也许是有用的。

亚历山大问我要一套军服，但它已经缝上了领子，我不能寄给他。

给我发发慈悲！叫茨维克利奇[①]告诉雅格明，要他告诉我，沙维茨基寄给我的包裹到哪里去了，这到底是怎么回事，我一点也不知道。

我又一次要问，科钱还了那些杜卡特[②]没有？

请茨维克利奇问一下沙维茨基的情况，写信告诉。

亚当

请耶若夫斯基或者你自己问一下列列韦尔，我寄给华沙的信是否已经到了他的手中，向他问好！

---

① 扬·茨维克利奇是爱德社社员。
② 古威尼斯金币。

致玛丽娅·普特卡梅罗娃 [1]

考纳斯　1822年10月17日 / 29日

　　玛丽娅！在我们最后一次见面你对我讲了那些话之后，我更有勇气要给你写信了！如果你看见我这封信就像看见了我那样，要表示一种鄙视的态度，那我大概也会感觉得到。但我觉得你不会这样，亲爱的玛丽娅，请你原谅我，因为我有理由采取这种迂回的办法，而且你过去也原谅过我。啊！你要知道，我一想起我的那些既幼稚又古怪和粗鲁的行为，我是多么觉得懊悔！你过去一见到我，就是那么快乐，像天使一样的纯真，可我展现了一个什么样的面貌，一种什么样的态度呢？你好像对这不习惯，也没有想到我会那样！但我又能怎么为我自己辩解呢？我想，如果说我什么时候伤害了你，什么时候头脑不清醒，你只要看到我的内心，就会知道是为什么了。

　　亲爱的玛丽娅！我很尊敬你，也很崇拜你，把你看成仙女一样。我的爱情是纯真和圣洁的，就像天使一样。但我

---

① 　马雷娜·维列什恰库夫娜结婚后的名字。

却克制不了它的突然的爆发，我曾多少次地想过，我已经永远失去了你，我只是一个别人的幸福的旁观者，你会把我忘记。但即便是这样，我也总要祈求上帝，保你幸福平安。尽管你把我忘了，我都要大喊一声，你一定要和我……死在一起！请宽恕我！你任何时候也不会像我这样，感到这么羞愧。如果有人比我聪明，品德比我高尚，他在我这种情况下，会比我更幸福。因此上帝要叫我采取某种行动，要改正你的错误，这个我知道，但我永远不会使你痛苦。

我也不敢给你造成痛苦。在我的心中，即使有某种善良和美好的愿望，在我的一生中，即使有像进入天堂那样美妙的一刻，我对你也是深感歉疚的。你是我的守护天使，你无处不在。我总是提醒自己，不管我有什么想法，都不要使你感到委屈。可每当我的心灵中有一种幸福感的时候，却反而给你造成了屈辱，其实，我的这种幸福感是很少的。是的，我的玛丽娅，你把我的过错看得太大，你错误地理解了我的话，也不愿意理解我这些话的本意，你也没有考虑到我的处境。过去，在我们相识之后，我对一些公众的舆论表示过轻蔑，你对我的这种态度也很久都没有忘记。正因为你对我的话做了错误的解释，使我感到很委屈。我来到维尔诺之后，也不愿意实际上是很害怕和你见面。我不知道，你对这是怎么看的，但我知道，是我的不好。

现在，我为了进行报复而这么激动和这么急急忙忙地说出来的话虽然有开玩笑的意思，但也十分尖刻，伤害了你，你对这不要感到奇怪！可你马上也对我进行了责备，我也不会感到奇怪。亲爱的玛丽娅！一些笑话说出来虽然可笑，但很尖利，会深深地刺在一个人的心上。你对我说，我要来到维尔诺，已经不是时候了，这是要我明白我这个人太幼稚了，以为我来看你，就可以得到你对我的尊重。我还能说些什么呢？难道我的这些话是在我要见你，想要对你说话的时候才说出来的吗？难道我也是这个时候才回到考纳斯的吗？如果是这样，那我以往的过错，那些不应该指责你的天使般美好的想法的过错是不是可以得到改正呢？而我又什么时候能够了结我那成千上万的痛苦，在维尔诺度过一段美好的时光呢？难道那些对我的怜悯总是在我的面前一闪而过，而我永远也得不到它吗？

我用了这么多的托词和辩解给你造成了烦恼，但我却忘了我写这封信的主要目的。玛丽娅！我知道你说话的意思，也听懂了其中的许多细节。你不仅不注意你的身体健康，而且在有意损害它。你的不安的心情，一片混乱的感觉都已经表现出来，使我感到十分惊恐。我最亲爱的，唯一的！你难道没有看见，我们都已站在一道深渊的上面，难道就没有一种恐惧的感觉，这种恐惧感难道不会大大地损害你的健康，使你内心不得安宁？你是不是要责怪我，说这种不幸是我造成的？如果你希望我能够冷静下来，高兴一点，会因为爱你而感到幸福，至少不会失望的话，那你就给我做一个最好的表率吧！如果是这样，我发誓也要把你当作我学习的榜样。

祝你健康，我如果什么时候还能见到玛丽娅，希望第一眼就能见到她对我的原谅！

这封信你把它烧掉吧！我不敢请你给我回信，你在每一个节日或者圣诞节都会在维尔诺吗？

致扬·切乔特

考纳斯　1823年2月26日／3月10日

亲爱的扬！

对《先人祭》的文本，你最近提出的一些问题，使我感到有点迷惑，我不知道在我写给你的信中，哪些你收到了，哪些丢失了或者还没有寄到。

我在我的另外一封信中，对爱德华的歌谣《野牛》提出了批评意见，对《先人祭》需要修改的意见也做出了回答。可是你又再一次地提出了这个问题，为了保险，我在这里再一次做出回答：我同意删去那个尸布好坏的选择的描写，为了保护脑袋可以挖掉眼睛。《幽灵》①中的那一段也可以去掉，不用担心。如果说到"栗子树的枝叶"，可以改为"柏树的枝叶"。但"显现紫红的颜色"一句一定要留下，而不用"一定要有"，或者想要有紫红的颜色。很不幸，这首诗我改不了。也许就改为"不要紫红的颜色"吧！如果你找不到更好的表达方式，可以找爱德华帮忙，但还是用"不要紫

---

① 《先人祭》的序诗。

红的颜色"这一句吧！这里不用"宝剑"这个词，因为没有这个意思。"你对他们的哪一支部队的行为很生气"这一句留下。

因为这些诗歌的修改，我没有时间进行翻译了。请你告诉我：是不是那只蝴蝶也是那愚蠢的书刊检查注意的对象？因为我不记得了。我真的要修改一下我翻译的席勒的《阿玛莉亚》，但不知道能不能改好。

告诉我，那些作品怎么样了，将以什么形式出版？首先是《格拉任娜》，然后是《历史的音符》，再就是《先人祭》的第四部，就像我的第一部诗集《歌谣和传奇》一样。在《先人祭》的第四部之后，翻过一页就是《幽灵》。然后每一页的右边都是《先人祭》第二部，左边是前言，这个前言没有题目，就从它的第一句话开始。为了使你了解得更清楚，我在这里做一个样子给你看。如果第一卷出版了，就给我寄来一册或两册。但是究竟要印多少，要等一等，因为我还要想一想，或者要查一下有多少订户。

我现在要把我的申请书和药方子寄来，你看一下，然后和约阿西姆商议一下。巴尔比亚尼大夫不再给我治病了。如果你那里有什么变动，也要马上告诉我，我没有要该发给我的工资，以后也不要，因为我在这里已经白白地享受一年了。但是除了这个，我还要等待领导给我做出的决定，即便我要办的那些事办得很快，也要等很久。如果他们认为我的请求是一个好的请求，把它提上去后，他们签章表示了同意，就要交给斯科契科夫斯基①，因为照现在的规定，一切都要经过校委会批准。我请了两年的假，如果能够找到一个好的地方，有护照，玩得好，也可能过了一年就回来。

我现在还真的有病，有整整五天只吃了一点鲱鱼和鱼子，上课的时候也只能勉强地坐在那里，还有我的痔疮也使我感到难受极了。我要把弗兰齐谢克的信寄出去，爱德华的歌谣《忠诚》写得很好，也翻译得不错，有几首诗我按我的教学的要求说明了它们很重要。《卡西诺》我真的没有搞清楚，原来它是爱德华写的。如果他没有打瞌睡的话，这倒是一个关于退尔②的很好的预卜。

今天是礼拜天，26日，我一封信都没有收到。

谢肉节那天，我不知道能不能来，因为我身体不好，身上没有钱，日子很难过，但也许还有机会③，或者得到托马什的信。

---

① 这是维尔诺教育局的副局长，诗人的申请经过他才能交给维尔诺大学的领导。
② 指《威廉·退尔》。
③ 玛丽娅·普特卡梅罗娃谢肉节会来维尔诺，诗人可以见到她；不然托马什·赞会写信给他描述情况。

致扬·切乔特

考纳斯　1823年3月23日/4月4日

我这么多次要对《先人祭》进行修改，心情是很不好的，怎么会出现这种令人羞丑的错误。我没有说要把《先人祭》第四部放在《幽灵》的前面，因为如果是这样，那它要占的位置比我料想的还多，但这也不是什么了不起的大事。在《先人祭》第二部中，我虽然已经说得很清楚，但你还是弄错了我要改的地方。

在第二小节中，祭师说：

　　要行动迅速，勇敢大胆。

"你们要照祭师说的那么去做"一句就不要了。下面要写上"你的吩咐已经照办"。那些"一桶烧酒"等语句就不要了，一直到"处处黑暗"，还有祭师说的"炼狱中的鬼魂们……"等等，这都很好，只有那个"一桶烧酒"不要。我已经说了要这么改。奇怪的是，你好像有一种对什么都要指责一下的脾气，可是你没有看见你的这种指责是很荒谬的，如果这里有一个"一桶烧酒",再来一个"一锅酒",这不就重复了吗?这么写我一开始就不同意,并且在文本中作了修改,因为这是一个很大的错误。如果有哪一页没有改,就换一页新的。我并没有说要再印,因为这种重复毫无意义。

第八种写法是:"你们把哈琳娜牵过来。"鬼才要写上这个哈琳娜啊!那里原来写的是"姑娘",抄写员,你没有看懂这句话,写错了。我已经说了要改,只是我没有再次提醒一下。可以的话,请改为上帝的爱:"姑娘"或"牧女",要那个哈琳娜干什么?

在德语的题词①中,掀起②、尸体之后要加上裹尸布和可怜,而不是口渴。还有"神父!你见到了那个戒指吗?"一句的后面,将"她把它作为纪念品送给我!"改为"她给我留下了一个悲哀的纪念品。"

其他的都保持原状,我要把所有的东西都用急件寄来,希望把这些都再校对一次,要抓紧时间。

我的请求也会邮寄过来!

---

① 指德国小说家和文艺理论家约翰·保尔·弗里德里希·里希特(1763—1825)给《先人祭》第四部写的题词:"我掀起躺在棺材里尸体上腐烂了的裹尸布。我远离顺从(屈从)带来的崇高慰藉。只是为了不断对自己说,啊,不是这样。千万欢乐都被从背后扔到坟墓里,只有你单独站在这里,对他们做出大略估算。可怜人!可怜人!不要打开过去那整本残破的书,难道你悲伤得还不够吗?"(宁瑛据德语原文译)
② 原文是德语,后同。

致维尔诺大学领导

考纳斯　1823年3月25日／4月6日

我对维尔诺皇家大学领导的请求

我从1819年9月1日到1821年7月，曾签署当任考纳斯市立中学的教师的职务，由于健康的原因，我在1821年，根据医生的建议，曾提出临时辞去这个职务的请求。维尔诺大学领导当时对我的请求表示同意，并想办法给我发了一部分工资。

一年的休息和生活方式的改变对我恢复健康产生了良好的效果，我现在精神好多了，我想，我可以在学校里复课了。因此这个学年一开始我就给学生上课了，可是一种痛苦的感觉告诉我，这样的复职对我来说还为时过早。过去的身体不适现在又出现了，而且越来越严重了。这一次医生们甚至要我辞去教师的工作，去佩尔蒙特温泉[①]，或者气候更温

[①] 一个可以治肝病的德国温泉，诗人从弗兰齐谢克·西罗尼姆·马列夫斯基那里得知的。

和一点的地方去疗养①。

因此我不得不再一次向大学的领导提出解除我的职务的请求，并且请文学系代我在地方政府那里弄到一个既能去佩尔蒙特②，也能去意大利和法国③的护照，特别是因为我现在的健康状况很不好，我得尽快地离开这里④。

可大学领导对我再一次的照顾也给我提出了一个郑重的要求，就是在我恢复了健康回来之后——上帝知道——要以更加努力的工作，来填补我在担任我的职务上的空缺。

亚当·密茨凯维奇
考纳斯中学文学和历史教师

这个请求我是1823年3月25日在考纳斯写的。

---

① 草稿加了一句"一直要到完全恢复健康"。
② 草稿写的是"德国"，后来改为"佩尔蒙特"。
③ 草稿还写了"至少去两年"。
④ 诗人被批准休假两年，但他始终没有搞到护照。

致扬·切乔特

考纳斯　1823年8月约4日／16日

我亲爱的！①

我在考纳斯到今日，坐着就是玩耍。赫列文斯基不管是哪一天，总要到这里来一下，因此我就不用急着去找他了。但我需要两本英语字典，它们就在我的箱子里，你把它们交给W.科瓦尔斯基！但你如果在扎瓦茨基那里能够找到一本名为《袖珍字典》②的英法袖珍字典的话，那两本大的字典就不需要了。还请你给我找一卷拜伦的作品，我不记得是哪一卷，它有法语的译本，其中有一首叫《梦》的诗，但我要的不是称为《黑暗》的第二个《梦》。这三本书，即两本字典和一本拜伦的作品马上寄给我！

你们那里怎么样？借这个机会也给我写一封信！我听说要登记，这些书如果不能交给W.科瓦尔斯基，就把它们放在

---

① 原文是法语。

② 原文是法语，后同。

W.马采维却娃的家里。

我的信在索博列夫斯基来之前就寄了，我本来是不想寄的，因为没有什么重要的事。

致扬·切乔特

考纳斯　1823年8月27日 / 9月8日

亲爱的扬！

如果为了这样的短诗也值得哭，那就要像人们所说的那样："坐下来哭吧！"[①]几个月前，我提出那个倒霉的请求[②]，就已经知道会有什么结果，现在看来，真的是这样。我不知道该怎么办，因为我命里注定要和一些倒霉的事乱七八糟地搅在一起。

我如果有能够返回维尔诺的证明，马上就会来维尔诺，可你当时没有给我证明。谁要过节，他就有空，可另外一个人却又少了什么。巴尔托谢维奇[③]要来了，谜底就会解开。我在信中不会说我要在考纳斯待下去，因为我不能让我的笔去写这些倒霉的话，这里的学生对我已经厌透了。但如果我待的地方要几个月或者一整年之后才会改变，我也只好就这

---

① 　当地口头语。
② 　指前面向维尔诺大学提出的休假请求。
③ 　他准备接替诗人的教职。

么待下去。到那个时候，我可真不知道我能够做什么了，所有的一切都在有意地给我为难。你也会离开维尔诺的，赫列文斯基要把我带到他没有去过的地方，但他又要待在维尔诺。我没有必要去维尔诺，因为我写了好几封信，问那里要钱，都没有回信。我在这里，已经两天没有吃中午饭了，可是这个对巴尔托谢维奇意外的任命在这个很短的时期里倒使我彻底轻松了。我以前写过信给校委会，说我出去要有护照，我计划玩一个月，到一些地方去听一听，尝试一下，如果感觉不好，就不去玩了。可我现在却只能勉强待在这个地方，过几个礼拜又会生病，这不是要我当小丑吗！

把我能够返回维尔诺的证明给我寄来吧！到礼拜五，如果巴尔托谢维奇没有来，我和校长见面和商量好后，又得留下了。

情况是千变万化的。本来要写完第三卷，但我在考纳斯是做不到了，以后在维尔诺，我也不知道。这么多不顺心的事，使得缪斯也完全抛弃了我，谁知道，她会不会永远抛弃我？有幸的是，我这里还有一个女朋友，她使我在至今难以忍受的处境中得到了安慰，我们已经习惯于聊天，交换意见，一起玩耍。我的离开会使她感到很悲哀的，给我汇十五卢布来，至少要有十个卢布是拨付的现金。

致维尔诺大学领导

（摘要）①

维尔诺　1823年9月10日／22日

　　考纳斯中学的教师亚当·密茨凯维奇9月10日提出了一个请求，说他上次向大学的领导提出了请求后，经学督大人的批准，他辞去了在该校两年教学的职务，要去国外进行疗养，以恢复他的健康。但他现在还没有拿到出国的护照，不得不在维尔诺等待。他那很少一点出国的费用，在这里为了日常所需也差不多用完了，但是他的健康状况丝毫也没有得到改善，现在他也不能复职。因此他再一次请求大学领导在他出国以前，依然保持他任该校教师的编制。②

---

① 原信没有保存，这是维尔诺大学领导9月11日收到信后的笔录。
② 这个请求得到了批准，诗人在维尔诺可以领到考纳斯中学发的工资。但就在下个月即1823年10月，爱学社被俄国当局发现，诗人和一些社员被捕；之后有段时间他没有写信。

致弗兰齐谢克·马列夫斯基

考纳斯 1824年7月初[①]

亲爱的弗拉努斯！

我来考纳斯度了假，并且已经想好了，要到哪里去。**为什么要到别的天底下去呢？**[②] 虽然我并不感到悲哀，也不感到寂寞，但不管怎样，有一个**活动的因子**[③]总是在我的身上不停地跳动。这是一个已经坏了的指南针，它总是改变方向，已经丧失了它原有的功能，找不到它要指出的目标了。

我在考纳斯玩不会超过两个礼拜，直到今天都是在会见和旅游中度过的（也正像我想要走的那样，没有走多远）。如果你们能和马利扬[④]到我这里来几天，我们就可以做最好的安排，老待在维尔诺干什么呢？我以后是要去维尔诺的，

---

① 密茨凯维奇和朋友们被捕后，不承认爱学社、爱德社有政治目的，审讯委员会也找不到指控的证据。列列韦尔出面保释他们，当局只得于1824年4月20日释放了密茨凯维奇，但不经许可不得离开维尔诺；后来诗人回到了考纳斯。
② 原文是拉丁语，这是贺拉斯的话。
③ 原文是拉丁语。
④ 即马利扬·帕塞茨基。

你们如果要来，请先告诉我一下，我们这里的学生宿舍，一个骑兵连的人都住得下。但是席勒的东西有一半我没有看，因为这里面我一点也不懂，看起来很头痛，我只用了几个科学术语，很漂亮，

有人去看望过我的那些生病的表兄弟[①]没有？现在没有人能使他们高兴。告诉我，他们是不是总那么发高烧，能够看得见东西吗？我是不是比我想要去你们那里还要快一点去才行？

亚历山大一定要走，可他并没有把钱寄过来，因为我是很需要的。你如果从波林斯基[②]那里拿不到钱，你就自己去拿，要和尤利维奇见面！

我的心在快乐地跳着。[③]替我向玛丽娅小姐和仁慈的舞蹈家[④]问好。

亚当·密茨凯维奇

---

① 指一起被捕的托马什·赞、扬·切乔特和亚当·苏津等，他们后来也被释放。
② 他是维尔诺大学的数学教授，在诗人休假期间给他代领了工资。
③ 原文是德语，出自莫扎特的歌剧《唐璜》。
④ 指玛丽娅·马列夫斯卡和卓菲娅·马列夫斯卡，是弗兰齐谢克·马列夫斯基的姊妹。

致维尔诺省立中学校长
卡耶坦·克拉索夫斯基

维尔诺　1824年9月19日 / 10月1日

致尊敬的维尔诺省立中学校长

省公署参事

卡耶坦·克拉索夫斯基先生阁下

　　根据维尔诺皇家大学校长先生和省公署参事卡瓦列尔·特瓦尔多夫斯基的建议，我向阁下您要作以下的说明，这个说明已经写在校委会第1483号文件中，文件下面郑重地签了我的名字，我在文件中要说明的是：

　　我是1815到1816年间来到维尔诺大学的，经过入学考试后，我进了这个学校的教师进修班。在第一个学年中，我除了在物理数学系学过代数、化学和物理，经过这几门学科的考试，获得了哲学学士的学位外，还听过两种语言的古代文学 ①、世界史、修辞学和诗学的课。在后来的三年，我继续在文学和艺术系学过俄国文学、逻辑学以及法语、德语和英

---

① 指古希腊文学和古罗马文学。

语，通过考试，又获得了哲学硕士的学位。根据有关规定，我任意抽选系里出的题进行了笔试。为了离开维尔诺，我还需要进行公开的答辩，但是我的健康状况不好，还有另外一些没有料到的困难，这种答辩我没有完成。在1819至1820年的学年开始，我考完了各科之后，便被派去当了文学和历史教师，教了三年的文学和历史课。

在我的一生中，最初是上大学，然后担任教师的职业。我在中学教的一直是古希腊罗马的文学课。我还研究过艺术理论，也就是称之为美学的理论，特别是修辞学和诗学的理论。与此同时，我还进一步地研究过一些关于世界史的原始资料和辅助性的学科资料。我在讲这些课的时候，不仅能用拉丁语讲，还用德语、法语和俄语讲过，但是为了讲这些课，我要做好几个月的准备。

最后，我觉得很有必要向维尔诺大学的教授们和维尔诺省政府的督察员讲一讲我目前的工作和思想状况。我在这里大胆地向尊敬的您提一个意见，望您改变一下您的态度！我过去学习的目的当然是想要当教师，而且我今天也热切希望能够继续在教育部门工作，但因为我的健康状况很不好，如果要我每天都上几个小时的课，这我就胜任不了哪！以前我在考纳斯教了两年的书，因为身体不好，使我不得不遵照医生的嘱托，请求让我休假一年，对我的这个请求，大学的领导当时也表示完全同意。但是在1822年底和1823年初我复课后，又感到全身无力，还是上不了课。因此我又提出了第二次请求，这一次大学做出的决定还得到了高贵的教育部长公爵的批准，同意我休假两年，从1823年9月1日开始。

为了使我在科研单位能够继续工作下去，现在我不得以最谦恭的态度，再次请求领导，给我一个比我时至今日在体力上少一点付出的工作。

亚当·密茨凯维奇

考纳斯中学过去的教师

这个请求是1824年9月19日在维尔诺提出的。①

---

① 请求得到了维尔诺大学校长的批准。

致教育部长亚历山大·希什科夫 [1]

彼得堡 1824年11月 [2]

根据担任国民教育部部长职务的文官雅齐科夫先生下达的命令，我们所有来到彼得堡的维尔诺大学的学士和大学生，都可以在这里选择一个省里的工作，为皇帝陛下效劳。我们很荣幸的表示，我们：尤泽夫·耶若夫斯基和亚当·密茨凯维奇希望能去敖德萨和恰尔科夫 [3]，根据我们的能力，在那里工作。

下面的签字表示我们要去黎塞留中学任职。

亚当·密茨凯维奇

---

[1] 1824年8月14日，审讯委员会得到沙皇亚历山大一世批准，对爱德社和爱学社的各十名社员作了判决，托马什·赞被判一年徒刑，扬·切乔特和亚当·苏津被判半年徒刑，密茨凯维奇被判永远离开俄罗斯帝国的立陶宛省。判决书在10月22日下达，诗人和被判流放的其他伙伴25日清晨乘邮车离开维尔诺，11月8日到了彼得堡。俄国教育部长希什科夫根据诺沃西尔佐夫提供的材料给沙皇写了报告，批示说他们不能留在彼得堡，可按志愿和专长去外省。原信是俄语，译者据波兰语版转译。

[2] 研究者认为是20日以前写的。

[3] 乌克兰地名。

103

致安东尼·爱德华·奥迪涅茨 [1]

敖德萨　1825年2月末至3月初 [2]

爱德华！

你那里什么好的消息都没有，你不说话，可你又要责备我，如果我这封信得不到你的回答，我就要把你的名字从我最近两个月的通讯录中除掉了。现在，至少在我收到的两个邮件上没有见到你的名字，难道你的信纸都用来写别的东西去了？我可以肯定，如果你给我寄来你每天都要拜访的记录，那我每天都会做成四分之一件事，因为每一次拜访都要去**医学院** [3] 看一下，这已经不止一次了。还有那么多使我感兴趣的好消息，首先是诗歌，最后还有玩纸牌。你要看准这些东西，干什么都要凭良心，要改正自己的错误！我现在要向你报告我旅游的情况。

我把整个欧洲的北部和南部分割开了，在欧洲，过去总

---

① 安东尼·爱德华·奥迪涅茨（1804—1885），波兰诗人、翻译家。
② 研究者估计是诗人2月17日到敖德萨后不久写的。
③ 原文是拉丁语。

104

是在雪橇上旅行，可这里再也没有听说过雪橇了。我走过了一望无际的草地，从一个车站到另一个车站，有近三百俄里的空间，这里除了天空和土地，别的什么也见不到。我只是在基辅省的一条路边上见到了一个村庄，在那里我第一次看见了悬崖峭壁，以前我们只是从书本的描写中见到过一些，所以这对我来说，是一个新的景象，很吸引人，层层叠叠的山岩，还有它们之间那些幽深的峡谷，从峡谷里出来又是一片大平原。遗憾的是，这种景象不是夏天出现在我的眼前，如果是夏天，那就有水、有绿荫和葡萄树，会使它变得更美。这个高加索的巨人本来是一个侏儒，现在看起来怎么这么严肃？我决定去参观一下高加索①，但是在我这里却没有发现什么新的东西，阴雨连绵，寒风刺骨，像这样的天气我还没有见过，到处都是泥泞地，我只好待在家里，好在夏天在四月就要来了，但是人们又很害怕这里的酷暑。

我还没有给尤泽法小姐写信，我一定要给她说说这里的陆地上和海上是怎么样的，还有这里的空气。你现在要到W.马策维乔娃那里去一下，替我吻吻那些尊敬的女友的手，请你告诉尤泽法，说的敖德萨，买香橙现在只要三个我们的格罗什，葡萄干、无花果、扁桃、海枣真是多得数不清，也非常便宜。听说这里还用意大利的核桃壳铺马路，果子酱的味道在城周边一英里之外都能听到②，这里的水也能增进健

---

① 诗人在秋天去高加索的克里米亚旅游，并在那里写了《克里米亚十四行诗集》。

② 这是当地的口头语，意思是闻到。

康，我的牙齿用它洗了后，又长出新的来了，因此我一定要用这种水来洗澡。别的东西，比如说商店、手镯、披肩等，以后再说吧！

亲爱的爱德华！你大概是唯一的一个和我通信的维尔诺人，你知道我所有的熟人，或者听说过他们。告诉我，有什么使我感兴趣的东西？我还要问你许多和我个人有关的事情，如果我将永远待在这里，那就以后再问吧！

你的

亚当·密茨凯维奇

致莫斯科总督兼军事长官办公室 [①]

莫斯科　1826年2月9日／21日

　　尊敬的莫斯科总督兼军事长官大人阁下！根据您的办公室的要求，我很荣幸地可以对您说明，我的贵族出身的证明书在1815年我进维尔诺大学教师进修班的时候，就已经交给这所大学了。当时没有这个证明，谁都进不了这个进修班。但我现在要找到我的这个证明书，把它交给办公室！

亚当·密茨凯维奇

---

① 诗人旅游后回到敖德萨，接到教育部通知，要他前往莫斯科工作。他1825年11月12日出发，12月12日到达莫斯科，担任总督兼军事长官戈利岑公爵的办公室文书。这个职务可能需要贵族身份。原信是俄语，译者据波兰语版转译。

致安东尼·爱德华·奥迪涅茨

莫斯科 1826年2月22日／3月6日

亲爱的爱德华！

在一些性格不一样特别是年龄不一样的人的说话或者写出来的东西中，总有一些是骗人的，而一个人又总是要用自己的标准去衡量别人。我认为，这就是你为什么会长时期地感到悲哀和要诅咒的原因。在你看来，不管是谁，他如果要写，或者要表示沉默，一定是因为这样能够表现他的激情，表现他的爱和他的愤怒等等，疏懒或者采取一种旁观者的态度，是什么也表现不出来的。如果你一定要对这种沉默作什么解释，那你可以像别的人那样，做一个假设，假设我已经死了，它一定不会比别的假设更加虚假。到那个时候，我会再说一句，我一点也不会生气，因为这就是我在敖德萨收到你从维尔诺来的最后一封信之后，再也没有收到你的信的原因。你在那里写了很多东西，我不能阻止你这么做，也不会让你离开这个写作的天地。但是我的爱德华！你要和我们这些老朋友慢慢地和上心地谈谈话，看他们会表现什么样的情绪。我在这里一下子也说不清楚①，你对这也可能感到奇怪，但我永远不会生气。

你一定听说过我在陆地和水上的航行②，但我却不愿把这写得太多，反之我对你的旅游的一些情况倒是很感兴趣的。关于乌尔森③要多写一点，他是不是写了什么新的东西？你认不认识布罗金斯基④？如果认识他，知道他在写什么吗？还有扎列斯基⑤等等。我非常高兴有那么多的刊物要寄过来，但是你信中说要寄来的《图书馆》⑥我现在还没有收到，大概还在邮寄的途中吧！那些没有让我知道就发表了的诗，我在恰尔科夫看见了后很生气。我什么时候也不曾相信你会这么幼稚，居然把那个十分拙劣和可笑的霍奇卡⑦也发表了，在诗中我把他比作鹰，太谦虚了。我的爱德华！你应当公开提出抗议，说这是伪作⑧。我不相信怎么会把这些

---

① 19世纪20年代，十二月党人在彼得堡活动频繁，和爱学社、爱德社也有接触。其领袖之一、诗人雷列耶夫向俄国读者介绍了密茨凯维奇，密茨凯维奇流放俄国后，两人在彼得堡见面。1825年12月12日，密茨凯维奇到莫斯科时，正是十二月党人起义的前两天，之后起义被残酷镇压，雷列耶夫等五人被绞死；立陶宛和波兰的秘密组织也被清洗。
② 指在敖德萨和克里米亚的旅游。
③ 尤里安·乌尔森·聂姆策维奇（1757—1841），波兰作家、历史学家、社会活动家。
④ 卡齐米日·布罗金斯基（1791—1835），波兰文学批评家，密茨凯维奇对他评价很高。
⑤ 尤泽夫·博赫丹·扎列斯基（1802—1886），波兰诗人。
⑥ 指《波兰图书馆》杂志。
⑦ 指《写给亚历山大·霍奇卡的即兴诗》。
⑧ 指可能因为编辑或排版原因，发表的语句和原稿不合。

诗卑鄙地弄成这样，而且还有好几首，只要我拿到这份《日报》，我就要提出抗议。

你来得正好[①]，因为我不知道你为什么走了，你现在在干什么？你是不是要留在维尔诺？要把我的那些好东西都拿到好心的马利扬[②]那里去，听说他要走了，可是那些东西都会留下，请你把这个情况告诉亚历山大，或者什么时候你们也会表示同意的，这个我不知道。如果能卖掉余下的几册，对我来说，就方便多了。在维尔诺只能卖六个兹罗体，扎瓦茨基只能卖五个兹罗体，在华沙也许能多卖点钱。如果这都不行，那就随便卖多少钱吧！反正我的书摆在架上已经这么多年，而我现在又要钱用。马利扬把在华沙卖掉的书的钱汇给了我。除了这个，还有五十个纸卢布以及你过去的一百银卢布，我们算了一下，这些加起来差不多有在立陶宛给予的所有的津贴那么多。我不想问你要钱，因为这样，你那里又亏空了，还是到文学市场上去赚钱吧！

我那失去了很久的诗兴本来在敖德萨又有了一点，但是就在这个时候，我却接到了要离开那里的命令。我在那里是一个巴莎[③]，可是在这里就成了一个扬恰尔[④]了。我没有

---

① 奥迪涅茨从华沙来到莫斯科。
② 马利扬·皮阿塞茨基在维尔诺大学学过法律，是爱德社社员。他被捕但没被判刑，仍留在维尔诺；1825年到俄国，曾帮诗人保管他的图书。
③ 奥斯曼土耳其的高官。
④ 奥斯曼土耳其的士兵。

自己单独的住所，只有一张最差的桌子，葡萄酒更没有听说过，好一点的咖啡也没有，要改善生活也只有靠你们在银行里的周转了。

你的第一部诗集我这里也没有地方放，我最喜欢的是《光亮》《射手》《恐惧》和《忠诚》这几首，此外还有那里面的一个或两个神话。那首《基特–卡特–库特城堡》①总是叫我感到非常难受（除了那个《阿林达娜》②之外），在华沙的报刊上赞扬一个明斯克的强盗，我觉得很不是滋味。

关于这个，我以后还要多写一点。你的那首八行格律诗现在写得怎么样了？我在它付印之前想看一下。

这封附加的信也给尤泽法小姐看一下。代我向她表示敬意！如果科瓦尔斯卡夫人会到维尔诺来，请你问她一下，我有两封信她收到没有，其中有一封还付了一张给尤奇的小票，因为我也没有得到她的回答。

你的

亚当

---

① 奥迪涅茨的长诗，原名《马迪尔达，即哈尔小猫城堡》，密茨凯维奇这里开玩笑。
② 《马迪尔达，即哈尔小猫城堡》中的一段。

致安东尼·爱德华·奥迪涅茨

莫斯科　1826年10月6日／18日

亲爱的爱德华！

你在维尔诺最后一次告诉我，说你最近要到华沙去。我不知道你是不是已经去了，你在那个蓝色的宫殿[①]里能不能找到我给你的信。我写这封信是为了再一次点燃我们已经中断了的通信的火焰，并且请你马上给我回信，你的回信可以寄给莫斯科银行账房里的达什凯维奇[②]。

从我寄给你的最后一封信到今天的时间不长，我这里也没有出现什么新的情况，虽然有了一线改善我的处境的希望，但也没有什么用，我还是不能寄希望于未来。参议员诺沃西尔佐夫对我们最了解，他要保护我们。

现在我的生活和工作都很一般，一段时期以来，我都在

---

① 华沙一座以波兰爱国者扬·扎姆伊斯基（1542—1605）命名的宫殿，当时奥迪涅茨住在这里。
② 齐普里扬·达什凯维奇（1803—1829），爱德社社员、列列韦尔的学生，流放到俄国后在莫斯科一家银行工作。他这时和密茨凯维奇住同一栋房子，照管过诗人的家私。

用心地整理我的手稿，在这些手稿中，有我的第三卷作品，马上就要出版了①。你如果能把这个告诉文茨基或者格吕茨克斯贝尔格②，那就更好了。我想搬到扎瓦茨基那里去，但如果他太穷困，我就要到别处去打转转了。根据和书商订的合同，以后的事怎么办你要注意，这个第三卷是这一系列中的第一本，其中都是我至今写的一些小诗，如果检查机关认为（我也不知道会怎么样）这些小的戏法不值得拿出去，它也是要出版的。你要问一下，我的手稿能卖多少钱，按合同规定，出版一次能印多少册？我当然也有责任在一段时期内，不会把这一卷作品拿去印第二次。扎瓦茨基想让我把所有的东西都再印一次，这就是除了这一卷之外，还要加上以前出过的两卷，或者扩大前两卷包括的范围。你问一问，如果在华沙，我要出一个全集，能给我多少钱？

我对这些订户不知道该怎么办。过去的订单丢失了，而我又离得这么远，这给我造成了很大的困难，但我不能使广大读者感到失望，因此我决定在我的第三卷出版之后，给订户恢复到以前三个兹罗体十个格罗什一本的售价，或者让它更接近原先定下来的售价。

我这里不久前有过一些我借来的华沙的报刊，后又来过几期《波兰图书馆》，别的都没有来过。原先约定好给我

---

① 指《克里米亚十四行诗集》，1826年出版。
② 他俩在华沙开了一家图书公司。

的《日报》①也没有来。我非常高兴地读了扎列斯基的诗和对《哀歌》的很好的翻译②，也读过布罗金斯基的斯拉夫诗歌。但为这些诗歌写的前言③却使我感到很奇怪。我不能相信，那里面对于拜伦怎么会这么说？难道布罗金斯基对德国和英国的诗歌的看法都是这样？我也不知道，那个布罗金斯基称为火山的沙法利克④是怎么回事。他只是闪了一下光，就灰飞烟灭了吗？那些日报的批评家们对他们在拜伦的诗中看到的烟雾、尘土、幻象和妖魔鬼怪，要以他们不可告人的想象，来说明这个时代，引起人们的注意。谁也不能否认，在斯拉夫的诗歌中，有阿那克里翁的真正的甜蜜、柔情和欢乐。可是难道有阿那克里翁就够了吗？我们的时代不是还有歌德、席勒、穆尔⑤和拜伦吗！

有一种奇怪的但是并不精准的说法：如果我没有记错的话，它说的是日耳曼人民没有爽快的心情，也不懂得诗中的欢乐，这是什么意思呢？难道那些可怕的东西，即使它们很高贵，也会造成悲剧，都不是斯拉夫人固有的吗？难道我们只有那些女性的爱情诗吗？所有这些奇谈怪论我到今天也不明白是什么意思。可是现在很清楚了，提出这种说法的人

---

① 《华沙日报》。

② 《哀歌》是波兰诗人扬·科哈诺夫斯基（1530—1584）的长诗，布罗金斯基把它从古波兰语翻译成19世纪的波兰语。

③ 指布罗金斯基的《给华沙日报编辑部的一封论民歌的信》。

④ 保罗·尤泽夫·沙法利克（1795—1861），捷克历史学家。

⑤ 托马斯·穆尔（1779—1852），爱尔兰诗人。

原来是在我们的身旁敲打我们，他还要控诉，说现在最时兴的是要有一种"所谓的朴素"，"只模仿德国"，实际上，没有任何本民族的东西。我也只好这么说，在我们这里，这样的歌谣和神话是有的，而且不幸的是，它们的作者都署上了我们的名字。此外，提出这种说法的人还预见了未来，说这种时髦马上就会过时，如果是这样，上帝啊！拜伦就要倒霉了。

亲爱的爱德华！不要以为这点小小的曲折会使我生气。如果你知道解这个结的办法，而我又不知道的话，就告诉我吧！也请你把我这封信藏起来，对布罗金斯基也不要说。每个人都是自己的文学良心的主宰，一个好的诗人有时候并不是一个好的批评家，我们要为此感到高兴。

尤泽夫·扎列斯基在给耶若夫斯基的信中夸了我，而我也感谢他还记得我，请你告诉他，虽然我只是在你们的一些信中，附带地认识了他，但我觉得非常高兴，他的天才我早就有过很高的评价，我很崇拜他。此外也请你替我对德姆霍夫斯基①先生表示感谢，他不仅给我寄来了几期《图书馆》，而且其中还有一些赞扬了我的小的作品的话。只要我知道了你到过什么地方，只要我给你写信，而且德姆霍夫斯基先生又想在《图书馆》上发表我的诗的话，我一定把我新

---

① 弗兰齐谢克·沙列齐·德姆霍夫斯基（1801—1872），波兰诗人、文学批评家，《波兰图书馆》的主编。

写的选几首好一点的寄来。

这里出版《莫斯科电讯》①的波列沃伊②先生是一个正直的人和一个尽心竭力的文学家，他肯定是出于友情，翻译了我发表在《图书馆》上的那篇《论波兰诗歌的精神和倾向等》的文章，并且对我们所进行的文学创作表示了敬意，特别是在对这篇文章的注解中，还专门介绍了我。他给德姆霍夫斯基已经寄去了一期《电讯》。我以为，你们也会把《图书馆》寄给他，特别是他正在学波兰语，他如果看到波兰的作品能够经常发表在他的刊物上，一定会很高兴。

亚当

告诉我，你到过什么地方，约阿西姆身体还好吗？如果我能得到他的回信，我一定会通过你把我的信转给他。

如果扎列斯基的《达米扬》将在《日报》上载完，请寄给我一份，即使不是它的全部，也要给我寄一些碎纸片来。

告诉我，你现在在写什么？

---

① 原文是俄语。
② 尼古拉·波列沃伊（1796—1846），俄国文学家、政论家。

致约阿西姆·列列韦尔

莫斯科　1827年1月7日 / 19日

　　尊敬的约阿西姆！你一定很奇怪，有时候还可能把我想得很坏，因为我每当给别的熟人写信的时候，总是把你忘了。这种坚持沉默的态度原因不在于我，而是由我所处的环境造成的。因为我对我以后会怎么样永远没有个定数，我一直在等待，希望我的情况能够改变一下，我不断地从一个地方搬到另一个地方，总觉得住在什么地方都不稳当。有时候我本来要写，又因为怕我的信写得太迟，占了你那用于更重要的工作的时间，甚至会给你造成很大的麻烦①，所以我一提起这支笔，它又马上从我的手上掉了下来。我好像在莫斯科已经待了很长时间，你给我的一些熟人写过信，想问一下我现在怎么样了。因此我在这么多年之后，只好又一次大胆地对你说话了。如能承你给我写回信的话，那我以后就会经常向你提出一些请求、问题和建议，因为我现在的文学创作中，需要一次又一次地得到你的朋友式的建议和帮助。

---

① 指和流放者的联系会引起当局怀疑。

关于我在这方面的工作，在你这样的好朋友面前，是可以说得很清楚的。凭良心说，我真的感到我犯了很多罪。那么多年过去了，我不仅收益很少，而且在这里，还遭到了指责。我在彼得堡的时候，曾经想要学习东方语言，但我刚开始学习发音，就不得不又坐在雪橇上，到处奔跑。我在斯皮茨纳盖尔①那里获得的收益，就像维齐米尔国王在多希维亚德钦斯基的初级读本中所得到的东西那样②。

我在敖德萨过的是东方式的生活，简单地说，就是整天都是那么悠闲，但我到了克里米亚，在那里经受了海上暴风雨的袭击，我是那些最健康的人中的一个，因为他们不仅最有力量，而且在目睹这些十分有趣的景象时，能够保持清醒的头脑。我曾经踩在克里米亚石灰岩山（样子像一个古代的饭桌）的云层上，在吉拉伊③的沙发上睡过觉，在玫瑰节和已经过世的汗的管家下过象棋。我在小彩画中看见了东方是个什么样子。

所有这一切除了写在我对这次旅游的回忆中外，也见于肯定已经到你的手中的《十四行诗集》④，我正心急地等着

---

① 诗人向他学过阿拉伯语。
② 维齐米尔是古波兰国王，波兰历史学家伊格纳齐·克拉西茨基（1735—1801）在《致国王》中说："维齐米尔既不会写，也不会读……"多希维亚德钦斯基则是克拉西茨基的小说的主人公。诗人意思是自己像维齐米尔那样无能，什么也学不会。
③ 古克里米亚王朝。
④ 指《克里米亚十四行诗集》。

看你对它有什么意见。

这部《十四行诗集》先要了解一下，看读者喜不喜欢。除了那些民歌之外，我又大胆地把那个可怕的《先人祭》拿出来了。现在，如果《十四行诗集》受到欢迎，我想更广泛地写一些东方口味的东西。但如果那些清真寺高塔[①]、乃玛孜[②]、伊扎姆[③]以及类似这样的野蛮人发出的声音，经典作家的耳朵不爱听，如果说到克拉西茨基，我很悲哀，但我还是要写[④]。

现在，我虽然在研究哈默[⑤]，也要对施莱格尔的《印度人》[⑥]提出批评。但我也没有忘记立陶宛。取材于十字军骑士关于康拉德的历史的小说已经写完了[⑦]，很快就可以寄到你的手中。遗憾的是，我这里连一本书都没有。如果你看够了斯特雷伊科夫斯基的书，你就是（便宜地）买了它，也会把它丢到一边。我的《十四行诗集》也可能卖得不错，这样

[①] 克拉西茨基在一篇前言里写道：“如果是那些清真寺高塔……”密茨凯维奇借用他的话。

[②] 意为“礼拜”，是伊斯兰教的五功之一。

[③] 意为指清真寺每天按时呼唤穆斯林做礼拜。

[④] 克拉西茨基在同一篇前言中还写道：“如果这本书得到了肯定的评价，我对读者这种仁慈的评价表示感谢，如里不是这样，我很悲哀，但我还是要写。”

[⑤] 约瑟夫·哈默·普尔格斯塔尔（1774—1856），德国东方学家。

[⑥] 指德国作家、文学评论家和印度学家卡尔·威廉·施莱格尔（1772—1829）的《论印度人的语言和智慧》。

[⑦] 指长篇叙事诗《康拉德·华伦洛德》，1828年2月在莫斯科出版。

我就有钱花了。你如果在市场上销售或者拍卖《作家选》的时候，能让某个人购买其中的一部分，以销售《十四行诗集》的收益做抵押，那你就给我做了一件大好事。因为我怕把那里面的诗的语言忘了。此外我还要对这些作家写一本理论上的研究著作，并且要说一下用什么办法才能够比较容易地把他们的这些书都寄出去。请爱德华给我寄一本新的介绍华沙的小册子来。我已经有好多年没有读到过任何一点新鲜的东西了，除了偶尔有几部叙说那些不正当的风流韵事之作外。

最紧迫的是，我在这里如果得不到你的帮助，我什么也干不了。虽然我这里有一个写巴尔巴娜·拉齐维乌芙娜[①]的计划，但现在仍然是保密的，因为我怕有人事先就嚷了起来，说我敢于接触这么多次议论过的题材，好像是要和文日克、费林斯基已经过世的汗的管家下过象棋。我在小彩画中看见了东方是个什么样子。[②]竞争一样。但我的作品如果能写好，它将是另外一种类型，至少是另外一个样子。只是到今天也没有任何一本历史或者编年史，任何一条新闻，任何一样东西说过文学作品的类型是什么。我想知道的是，你现在虽然有很多事要做，如果不妨碍的话，可否请你将过去那

①　巴尔巴娜·拉齐维乌芙娜（约1520—1551），波兰国王齐格蒙特·阿古斯特（1548—1571年在位）的王后。
②　波兰诗人、剧作家阿洛伊齐·费林斯基（1771—1820）写过巴尔巴娜的同名悲剧。

些世纪一些著名的人物，如巴尔巴娜一家、克米塔①、塔尔诺夫斯基②、拉齐维乌们③等等的历史和他们的性情给我写一个简单的介绍？若承恩赐，我就可以写一部著作，来说明有一个人在参政院是一桩婚事④的最最坚决的反对者，如果是一个国王秘密的婚事，那就要把婚姻双方出生的年代和其他一些具体的情况写清楚。我还要去求助于管理拉齐维乌们的档案的人，不知能不能有什么收获？那个《历史记事》⑤现在写得怎么样了？可否将它们写一个摘要给我？

　　我在这里给你已经增添了很多麻烦，尊敬的朋友，如果你准备写回信，请将信按达什凯维奇的信封上写的那个地址给我寄来！

亚当·密茨凯维奇

永远是你好心和负责任的仆人

　　耶若夫斯基和马列夫斯基也向你致意。

---

① 彼得·克米塔（1477—1553），小波兰地区的贵族领袖。
② 扬·塔尔诺夫斯基（1488—1561），波兰和立陶宛地区的军事统帅。
③ 立陶宛的贵族家族，从15世纪末延续到了19世纪。
④ 巴尔巴娜和齐格蒙特的婚事曾遭到波兰贵族的反对。
⑤ 指聂姆策维奇编纂的《古波兰历史记事集》。

致安东尼·爱德华·奥迪涅茨

莫斯科　1827年11月初①

亲爱的爱德华！

我们总是在不停地争吵，如果我们之中有谁懒散一点，不愿这么争吵，这倒是既对得起自己，也对得起别人。你如果能从瓦列利扬那里知道我的地址，我想你给我的回信就不要等两个月了。现在我不知道，你是不是还住在那个老地方？也不知道那些文章的情况是怎么样的？从1月到现在，我就只有四包东西了，本来应该多一点的，但只有四包，也许你还能找到一些。

如果没有第三卷就订不了合同，那就谈不上出版了，你们等着吧！如果不是耽误了时间，我的《华伦洛德》早就写完了，要把材料寄给你的。还有检查机关也给我造成了困难，因为卡切诺夫斯基已经不管这些事了，除了他，那里没有一个会讲波兰话的人。我大概要去彼得堡，但我想在莫斯科把它印出来。华沙太远了，和那里联系有困难，那里的销

---

①　原信没有写地点和日期，这是研究者考证的。

售量也不会很大。《十四行诗集》在基辅，一个礼拜就卖了一百册，和在彼得堡一样，甚至还多些。在你们那里，我的名字在书店里并没有多大的吸引力。虽然我很喜欢瓦列利亚，但它也只是一首十四行诗，规模不大，到目前为止，我的文学作品在华沙也只是第二流的。

我想在这里印《华伦洛德》，因为寄到你那里不要花多少钱。我还可以把这个作品的手稿寄给你，而且很快，请你在波兰王国再印几百册。如果我这里一切都进展得很快，那么不到两个礼拜，我肯定就可以把这个手稿寄给你了。

我对《华伦洛德》并不十分满意，它写的那些地方都很好，但并不是所有的东西都很有味道。现在我在写一首新的长诗，它看起来很奇怪，篇幅也很大，我不知道什么时候能把它印出来，这是写我自己，和任何别的东西都毫无关系，其中有些片段我以后也可以寄给你看。

我正要采取一个有趣的行动，不知道会有什么结果，但我现在还保密。如果我要办一个定期出版的波兰刊物，你看在华沙能有订户吗？你的《伊卓尔》我还没有读完，所以不准备写什么东西。但我不满意的首先是我不知道那里面写的事情发生在什么地方，发生在哪个时代。我当心的是，这些假想的男爵并不像玛德莱娜·德·斯居代里①的小说中的鞑靼国王和拜占庭骑士那么英俊、慷慨，并且骁勇善战，堪

---

① 玛德莱娜·德·斯居代里（1606—1684），法国小说家。

称完美。如果你眼前没有一个时代背景和一个地方，那你就会经常陷入自相矛盾，你所表现的激情和朗诵的诗就不会真实。我认为，在我们这个时代，除了历史剧，没有任何真正有趣的东西，只有《浮士德》和《曼弗雷德》作为另外一种类型，是个例外。

在你给我寄来的一些场景的描写中，我见到有几个多愁善感的表现是不真实的。我记得有一些但不记得是哪些诗句把一个东西比成一只小鸟。它不敢把它的食物带到它自己的巢里去，这也不符合它的本性，不应该这么写，这里也没有戏剧的风格。我正在等着看你的整个剧本。

扎列斯基在干什么？现在谁都不去接触歌德，还有那么多拜伦的作品也没有翻译过来，他干吗要去翻译科兹沃夫[①]的诗。上帝啊，你别让他们去翻译那些二流的诗人吧！现在，除了华沙，不是都在翻译勒古韦和德利纳，而且更糟的是，连密尔沃伊[②]等等的东西都翻译吗？俄国人出于怜悯，也因为感到惊奇，在不断地叩首。我们的整个世纪都是在文学中度过的，在我们这里，歌德的每一首新的小诗都会引起广泛的兴趣，马上翻译过来，也有对它的评论。瓦尔特·司各特每出一本小说作品就会马上进入周转的过程，每一部新

---

① 伊万·科兹沃夫（1779—1840），俄国诗人，翻译过拜伦和《克里米亚十四行诗集》。

② 这是些法国诗人。

的哲学著作都会摆在书店里的售架上。可是在波兰，正直的德姆霍夫斯基却认为科希米扬①旧的稼穑诗②是波兰最好的诗。

为什么亲爱的约阿西姆给我连一个字也没写？他至少要说说他的健康状况怎么样嘛！

奥尔迪涅茨③既有才华，又有知识，为什么要翻译沙勒一部很差的作品④，可是什列盖尔的作品却没有人翻译，你们那里是怎么回事？

替我拥抱一下戈斯瓦夫斯基⑤，我在《日报》⑥上读了他的诗，很有味道，但我坦白地说，有一首诗写风神的脸变了样，它吃饱了后便吹散了，这太假了。这种思想混乱，貌似情感其实没有感情是多么可悲，就像法国人的那种冷酷无情的描写一样。戈斯瓦夫斯基大概迷了路，拜伦没有像他这么写，歌德没有像他这么写，特雷姆贝茨基⑦没有像他这么写，席勒也没有像他这么写。这既不是古典主义，也不是浪漫主义，这是荒谬绝伦。如果一个作品没有很明确地表现作

---

① 卡耶坦·科希米扬（1771—1856），波兰诗人，伪古典主义的代表，被密茨凯维奇等浪漫主义者反对。
② 一种歌颂农务和农村生活的诗歌。
③ 扬·卡齐米日·奥尔迪涅茨（1797—1863），波兰翻译家、出版家，时任《华沙日报》的主编。
④ 指《诗和修辞学的原则》。
⑤ 马乌雷齐·戈斯瓦夫斯基（1802—1834），波兰诗人。
⑥ 指《华沙日报》。
⑦ 斯坦尼斯瓦夫·特雷姆贝茨基（1739—1812），波兰诗人。

者的思想和他的朴素但很深厚的感情，它那里虽有文字的描写和形象，但谁都不知道它要表达的是什么。对我这种专制主义的论调请不要见怪，我也在责备自己，我们大家都要改正自己的错误，希望不要因此成为敌人的笑柄。《米约多博尔的预言家》在我看来，大概没有用韵律吧！这首诗有一句是：

不是幸福的爱情，就是伟大的荣誉
万达，
罗兰达。①

如果把它朗诵一下，这恐怕是最空洞和最没有意思的。祝你健康！

亚当·密茨凯维奇

---

① 这是托马斯·扎波罗夫斯基的诗的片段，发表在《华沙日报》。密茨凯维奇是凭记忆录的，并不准确，完整版本如下：

或者有幸福没有荣誉，或者没有幸福但很伟大，
没有比奥尔兰德的疯狂更使他感到奇怪的了，
万达并没有因为爱情沉到了维斯瓦河的河底。

致安东尼·爱德华·奥迪涅茨

莫斯科　1828年3月22日 / 4月3日

亲爱的爱德华！你住的地方是不是总是得到了奥尔迪纳特的照顾，并且老是对着那个莎斯基花园？为什么我写给蓝色宫殿的信丢失了？一封很长的信，遗憾的是，要我很快写这样的长信，真的是不可能了。这封信我是在彼得堡写的，其中写了我对《伊卓拉》[①]的一些场景的看法，写了我的一些新的格律诗和我还要做些什么格律诗，我发誓，那种"富于柔情的格律诗"我是不会写的。你如果想要有规律地收到我的信，就请给我一个好的地址！

我在莫斯科已经有一个月了。等到路干了，我又要去彼得堡，大概要在那里住下了。如果我有了钱，我就给你一半，为的是你能够来看我。要不除了上帝，我们在大的会见[②]以前能不能一起去尤泽法特谷地就不知道了。我在莫斯科感到很厌烦，这个夏天都和扎列斯卡姐妹在一起，不久前

---

① 奥迪涅茨的诗剧。
② 原文是法语。

她们走了。我的另外一个熟人和女友也离开了人世，我在莫斯科失去了她感到很痛告，我如果能有办法，就要离开这里。

你要我快点回信，给《伊卓拉》提意见，可我只是收到了你的信，《伊卓拉》却被奥利希扣在彼得堡了，照他的惰性和不按时，我大既得亲自跑到他那里去拿你的这个手稿。你是想让它春天就印出来。我不知道，什么时候才会有诗的春天，但是从日历上看，春天已经开始了。虽然我一拿到手稿，就表示了我的看法，但是我的看法好像还是来得迟了一点。除了《伊卓拉》之外，你就一点新的东西也没有写吗？还有你现在在读些什么东西？你也从来没有对我说过嘛！

我在这里收到了《沃凯泰克》，真是一点意思也没有。文日克（很有名！）对我们说过：在你们那里，把什么称为古典悲剧是很容易的。可是这种东西朗读起来，会使人感到比几页能够说些事情的散文都空洞无物，太一般化，因为这些散文还能用一些合适的语言，说一些符合自然本性的东西。如果你要写一些新的剧本，那我劝你还是写历史题材的为好，至少写一个历史时代和历史上的一个地方，否则你在任何时候也避免不了出现像《伊卓拉》的一些场景中出现的那种情况。

戈斯瓦夫斯基的一卷我看了很高兴。我在《日报》上读到那些"风吹和把它都弄弯了"，那些连绵不断的火山和胸中的冰雹、胸中的毒，还有摸在脸上的眼泪的时候，便想道，马乌雷齐先生 [1] 已经是一个濒于绝望的人，除了奥迪涅茨，谁也不理解他（我对这种感伤主义的诗句比对那些法兰西散文体的诗都讨厌，因为至少后者还看得懂）。感谢上帝，在这个第一卷上，我可以休息一下。戈斯瓦夫斯基的才能是不一般的，而且表现在各个方面。《洼地》中那些闪光的诗句可以和特雷姆贝茨基的诗相比，说明诗人是懂得诗的风格的，有些画面的完美到了极致，但是整体来说却难以理解，结构松散，很多地方的布局不合式，气氛不和谐。除了那首特雷姆贝茨基风格的内容比较充实的一首之外，就是像纳鲁谢维奇 [2] 那种空洞无物却又有点闹哄哄的样子的东西。还有一些像卡尔平斯基的诗一样，既表现了温情而又简单朴素，此外还有一些不适当地反映了阿尔林库尔特 [3] 的创作思想。这个该诅咒的阿尔林库尔特（我在这里是顺便说一下）还对马沙尔斯基那个毫无意思的《营地里的早晨》，特别是对其中群山和谷地的描写等等都产生了很坏的影响。在《波多列 [4] 之歌》中，有些诗句看起来很奇怪，但有很多句子若不是拉得太长，是写得很好的。《鲁怡伊之歌》又好像没有尺度，其中一句诗好像是今天写的，另一句又好像是昨天

---

[1]　即马乌雷齐·戈斯瓦夫斯基。
[2]　亚当·纳鲁谢维奇（1733—1796），波兰诗人。
[3]　维克多·德·阿尔林库尔特（1789—1856），法国小说家，其作品一度在波兰流行。
[4]　波兰地名，现属乌克兰。

写的。是的，这样的诗句比得上扎列斯基的了（最值得我赞扬），但是那个耶和华却为什么距离哥萨克只有五步或者十步远？又说那个布耶乌翁是带尾巴的，如果我们大家都不要这么快印出来就好了。

　　我在彼得堡写过信给约阿西姆，是不是像过去的信那样，又出现了一些意外呢？有人向我保证，说信一定会到达。关于我的诗在华沙的出版，我已经说了，总是要给你添麻烦的，我让你作为我的全权代表，所有的一切我都同意，可你每年都要我提出新的要求，这么多年都过去了。现在我又听说，你们要重印《华伦洛德》，没有向我提出任何要求。我什么都同意，只是要告诉我，如果再印这本书，会有多少收益。我也不会等到你们的回信，就会决定在这里或者别的地方重印《歌谣》，和某个书商洽谈一下，就不等你们了，因为你们的拖延使我很不好受。有人要我在利沃夫重印这本书。我会写信告诉他，要他在那里重印《华伦洛德》，只要能给我一百个杜卡特①或者近于这个数的稿费就可以了。请你把我的这个想法告诉约阿西姆先生！如果你们认为在华沙重印好些，也请马上告诉我，因为我还不知道利沃夫那边是怎么决定的。约阿西姆先生如果同意，我要请他替我全权办理我那本书的印刷、和书商联系、进行销售的所有的事务，请快点给我回信，并且告诉我：

---

① 　古威尼斯金币。

一、利沃夫人如果要以一百个杜卡特向我购买重印《华伦洛德》的版权，我可不可以只给他们一年的版权，一年之后就把它收回？

　　二、可不可以把我的《歌谣》增加一点东西也在利沃夫重印？如果把它在华沙重印，会不会有更大的收益？

　　已经寄到华沙的票据你没有必要再寄到立陶宛去，我从斯乌茨克那里得到消息，说立陶宛那里的书已经卖光了，现在只不知道华沙的情况怎么样。那一百本如果没有人买，就暂时放在那里，因为在维尔诺即使超过一百本，也马上就可以卖掉。

　　你要不要我把我的诗歌的俄文翻译寄给你？我可以给你一大包，都是我最好的东西（有很多很多）。其中有我的《十四行诗集》，它有好几个译本，其中最好的大概是科兹沃夫的译本（他写过《威尼斯之夜》），它发表过一些部分，现在就要出版整个译本了。

　　茹科夫斯基我认识他，他对我很好，他写信告诉我，说他如果拿起笔，就是要翻译我的诗。普希金翻译了《华伦洛德》的开头几十行诗。俄国人对我都很客气，这表现在他们都要翻译我的诗，这些朴实的人想步那些大作家的后尘，我对俄罗斯的十四行诗也很感兴趣，这些作品的声誉甚至使我产生了妒忌。这种声誉已经超出了我们一起吃饭的餐桌的范围。我们和这些俄罗斯的文学家曾一起品尝美味，开怀畅饮，我有幸了解了他们的一些想法。虽然我们的文学观点不同，也属于不同的派别，但我和他们所有的人都能够和睦和友好地相处。

我的那些信你不要看，也不要去谈论！只有约阿西姆瞒不住，对他来说，是没有秘密的。

给约阿西姆和尤里安的插图本我已经有了，以后再寄！

我很感谢拉斯卡雷斯小姐，我永远记得她，请以我的名义把《华伦洛德》送给她一本。你要知道，扎列斯卡夫人的信我根本就没有收到，只要收到她的信，我是一定要回信的。请替我拥抱扎列斯基[①]，遗憾的是，我最近没有什么新的创作构思，德姆霍夫斯基给我寄来了他的诗作，请替我向他表示感谢，也请把《华伦洛德》给他一本，以此作为回报。但我也不是白送的，你要马上把你自己的东西给我一本，《列戈乌维》剩下的一部分你翻译完了没有？

亚当

请告诉我，那位将军[②]开设的法庭对《华伦洛德》是怎么审判的？还有华沙的什莱盖尔们[③]在报纸上写了些什么？

---

① 博赫丹·扎列斯基。
② 文岑蒂·克拉辛斯基（1789—1858），波兰将军，"法庭"指他常在家里办的文学沙龙。
③ 诗人语带讽刺，指德国文学评论家奥古斯特·威廉·什莱盖尔和弗雷德里希·什莱盖尔兄弟。

都给我寄来！你和他们是怎么吵架的！大胆地说吧！

《克里米亚十四行诗》有好几种法语的翻译，在敖德萨的报纸中，在莫斯科出的《北方公报》中，还有一篇对我大加恭维的相当愚蠢的前言。①

致齐普里扬·达什凯维奇

彼得堡　1828年7月30日／8月11日

亲爱的达什库希！

你自己就可以料想到，我的回信对什么也不会作出回答。你也应该看到，我有什么要回答的？你在信中说了那么多奇怪的事情和令人不愉快的情况的发生，我是说不出来的。我把你的信看了两遍也看不明白，那位女画家^①是在想着我，还是你已经慢慢地占住了我在她心中的位置，我以为，你和她恐怕连自己都弄不明白。我现在即使有什么办法——根据我的经验——恐怕也解决不了这个问题。

你太不小心，陷入了这个女画家的感伤主义的情网，根据我以往的经验，这是很危险的。她很年轻，容易激动，而且她还认为她非得这样不可。她富于幻想，但缺乏理智。她读了很多书，却没有受过正规的提高心理素质的教育。你要

---

① 卡罗琳娜·雅尼希是画家、翻译家，原籍德国，曾将一些俄国诗人的作品翻译成法语和德语。她比密茨凯维奇小十岁；诗人请她给自己画过两次像，但始终不知道两人之间"是友谊还是爱情"。

注意，这会有什么结果。对你来说，最危险的是，你没有经验，女画家急急忙忙的谈话对你来说，就像一杯浸泡了发酵的东西的饮料，这种饮料你过去从来没有喝过，现在喝了会感到头昏脑涨。你以后说话要尽量保持心平气和，可以多开点玩笑，但不要进行讽刺，要使她感到精神振奋，但这种振奋是短暂的，瞬息即逝。生命太宝贵了，不能把它当成一块小小的钱币，马上就把它花了。我要把真实情况告诉你，她不是你的，你即便征服了她的心，你和她在一起的日子也会不得安宁，会给你带来很多痛苦。我的感觉是这样。

可我现在要干些什么呢？我已经说过，我不认为我有什么罪过，我对谁也没有许诺过什么。如果我再一次答应去莫斯科，那也只是路过那里。我想知道我能不能见她一下，哪怕是从远处看她一下。说句开玩笑的话，她会说这种见面是不可能的，这里有很多困难，因此我也就只好打消我的这个想要见她的念头了。我要问的只是，她到底想不想要出嫁呢？这样她至少可以抬高一下她的身份嘛！我告诉过你她的情况现在怎么样，她有多少财产，她的父母对她的以后有什么打算，可是你从来没有对我说过你的意见，那么我在这里又能表示什么呢？

我最感兴趣的是，她会写些什么？但我以为，她也只能表示一些一般的想法。我没有和她通信，因为我没有想要和她结婚。但是我会按规矩办事，就是我如果收到她的信，一定会给她回信。你留下来很好，因为你没有必要急着来彼得堡，但是你要小心！如果她真的爱上了你，我有点担心，怕这对你不好，但你也不要以为我认为这对她或者你来说，都不是一件好事。对这我是有经验的，而且我也不会计较，我会很高兴地来喝你的婚庆酒，也希望你以后能够心平气和地来喝我的婚庆酒。你如果觉得你对我和别的人都没有妒忌心，你会很健康的，如果你有这样的表现，那就不好了，我劝你还是小心一点，账房先生[①]！

我在这里什么也没有干，假期过去了，我感到非常寂寞和无聊，大概就是这么一事无成了，我要回到莫斯科，回到你们那里去。一场暴风雨已经过去了[②]，这是我在这里得到的唯一的收获。

希曼诺夫斯卡夫人[③]得到了帕里康先生[④]的回答，这说明霍奇卡[⑤]在莫斯科也要像帕里康那样，得到一点好处才行，弗兰齐谢克已经写信给马斯沃夫[⑥]，要他帮助卡普齐

---

① 达什凯维奇曾在莫斯科一家银行的账房工作。
② 《康拉德·华伦洛德》在俄国出版后受到赞扬，诺沃西尔佐夫试图干涉未果。
③ 玛丽娅·希曼诺夫斯卡（1789—1831），波兰钢琴家、作曲家，1827年4月来到莫斯科，波兰侨民和俄国文艺人士常去拜访她；后来密茨凯维奇成为她的女婿。
④ 瓦茨瓦夫·帕里康（1790—1873），原籍捷克，维尔诺大学的医学教授。他得到诺沃西尔佐夫的支持，在爱德社事件后当上了维尔诺大学副校长；在《先人祭》第三部中有出场。
⑤ 即下文的卡普齐翁，他希望在俄国找一份教师的工作。
⑥ 斯泰凡·马斯沃夫（1793—1879），莫斯科一个农业协会的书记，受到莫斯科总督加利齐翁信任，所以能帮这个忙。

翁，我现在没有时间写信，你就领着卡普齐翁去见一下马斯沃夫，说我要请他帮助一下卡普齐翁。马斯沃夫的住处你在赫伊曼那里可以问到。也请布德雷斯仔细地了解一下，卡普齐翁有什么要求，他要在什么地方工作，我现在要写信给公爵夫人[①]。我们一直没有收到奥鲁弗尔的信，不知道他在哪里，在干什么？

希曼诺夫斯卡夫人！请你发发慈悲，给我寻找一下剧作家扎戈斯金[②]先生！问他一下巴古宁一家人[③]到莫斯科什么地方玩去了？是不是还要玩很久？因为有一个邮件要给他们。告诉我扎戈斯金的地址，所有这一切都要保守秘密。

---

① 季娜伊达·沃尔孔斯卡（1792—1862），俄国文学家，1824年起常在莫斯科的家里办文学沙龙，聚集了莫斯科文艺界最有影响的作家、艺术家，密茨凯维奇是其中"一位勤谨的来访者"及"最受尊敬和爱戴的客人之一"。后来她移居罗马，两人在罗马也见了面。
② 米哈乌·扎戈斯金（1789—1852），波兰剧作家、小说家。
③ 1828年，诗人爱上彼得堡总督米哈乌·巴古宁的女儿爱乌多克西娅，因为民族和信仰不同，这段感情没持续久。

致弗兰齐谢克·密茨凯维奇

彼得堡　1828年9月7日／19日

亲爱的弗兰齐什库！

我在几个月前给你写的最后一封信中，抱怨过你为什么一定要那么保持沉默，因为这是不可理解的。你应当想到，从那个时候到现在，我从你那里得不到任何消息，是多么感到不安。我给正要到诺沃格鲁德克那里去的别特拉什凯维奇寄去了一封信和一个包裹，信中要他和你谈谈那些和我们大家都有密切关系的事情。现在我收到了他的回信，看来你在我们的这个朋友在诺沃格鲁德克期间没有必要去那里了。我不知道他在给你的信中提没有提到那些要问他的事，因此我在这封信中也要再一次地提醒你，要马上把这些都告诉我。

你好像根本就不关心我们的那栋房子的事，可你以前在维尔诺曾听说，可以和那些债主好好地谈一下，你本来可以采取一些办法，但你却没有这么去做。你要告诉我，我们到底还欠了多少债，要多少钱才能把这些债全部还清，或者还清百分之几？我不知道，我将来还要去什么地方，如果我不能和你住在一起，亲爱的哥哥，我想把那栋房子就留给你，作为你的家产，你可以将它出租，用租金来维持你的生活和还我们的债，你也可以把房子卖掉，那它就不是你的了。还债的钱如果需要很多，我可以给你，我就是向我的熟人借一点也没有问题。这个我想办法，你不用操心，你只要用心地干你自己的事，不要使我半年都得不到你的消息。

你想要到彼得堡来，到我这里来，上帝知道，你的到来我当然是很高兴的，但我自己又觉得不很踏实，因为我不知道，我一直在这里待下去，还是要回到莫斯科去，再住几个月。

我已经托别特拉什凯维奇给你带去一些钱和书，这些书你也可以拿去卖一些钱。可是别特拉什凯维奇说，在维尔诺没有几个人爱看文学的书，这个你为什么不告诉我呢？要是这样，我只给你寄钱，书就不用寄了，因为书什么地方都很需要，都卖得出去。你那里还有我的一些书，要把它们包好，交给维尔诺的大学图书馆的采购员文岑蒂·别特凯维奇先生，千万不要耽误了时间，因为我现在正要出这些书的第二版，如果它们卖不出去，那就要等一等。据我所知，维尔诺大概可以销售一百册，可我这里连一本都没有。

我可以寄给你一百个卢布，你如果急需就写信给我，不要怕，我这里有钱，即使没有，也可以搞到。

我再一次嘱咐你，要常给我写信！

我说过，我有一些卢布在梅达尔德那里放息，我以为，他那里的利率还会要涨的。如果你需要什么，就马上告诉我。我们并不十分富裕，这几百卢布你还是用得着的。有人告诉我，说关于出卖家具的事你在信中对谁都没有说，为什么？难道那些商人和经纪人有什么不满意。

替我向泰拉耶维奇一家 ① 问好，告诉我他们身体都好吗？也替我拥抱一下尼科德姆·凯尔斯诺夫斯基 ②、扎博尔斯基和其他所有的老朋友！

我们的那个善良和正直的爱尔日比耶塔 ③ 还在吗？我以为你不会忘记她。根据最近的消息，亚历山大身体很好，对自己的住地也很满意！

你亲爱的兄弟
亚当·密茨凯维奇

如果你能见到伊格纳齐·多梅伊科 ④，就告诉他，要他将他有的那几册《康拉德·华伦洛德》按我以前在给他的信中写的那个地址，寄到维尔诺去！

---

① 诗人的老家邻居。
② 诗人的中学同学，比他大四岁。
③ 诗人家早年的女仆。
④ 伊格纳齐·多梅伊科（1802—1889），爱学社社员，密茨凯维奇最亲密的友人之一，十一月起义后流亡国外。

我给泰拉耶维丘夫娜姊妹[①]寄去了乐谱，这是希曼诺夫斯卡夫人给我的一些诗写的乐谱[②]。

　　寄乐谱不容易，你要以后才能够收到。

---

① 　弗兰齐谢克·泰拉耶维奇的女儿。

② 　分别是《希维泰什》和《康拉德·华伦洛德》中的三个段落。

致亚历山大·宾凯多尔夫 [1]

彼得堡 1829年1月

　　我在1824年底被维尔诺的宪警逮捕，在监狱里关了七个月，我在那里被看成一个罪犯。在狱中的第五个月，我第一次也是最后一次遭到委员会的审讯，因为它要知道在维尔诺大学，这些秘密的协会存在的情况。可是过了一段时期，这个委员会又承认，我作为一个维尔诺大学的学生，只参加了一个由五个到七个成员组成的文学团体，这个团体没有任何政治目的。另外它还说明了除此之外，我并没有参加那个在1820年就成立了的有近一百个成员的大学生协会，因为这个协会在它看来，是犯了罪的，这种罪过表现在对民族性的爱，但它却说不出这个协会是怎么不道德和为什么不道德的。

　　在这次审讯后，我于1824年4月从监狱里被释放了。我以为，所有过去那些事我就再也不会有了，但是在这一年10

---

[1]　亚历山大·宾凯多尔夫（1783—1844），俄国将军，时任帝国秘密警察署的领导，对政治犯比较宽容。原信是法语，译者据波兰语版转译。

月，我又接到警察局的命令，叫我在二十四小时内离开维尔诺，去彼得堡。我当时知道，我已经成为那十四个要去远离波兰的一个省城的国家机关里工作的大学生之一。来到彼得堡之后，根据最最上方的指示，我可以选择一个工作的地点，后来我在敖德萨一所中学的监护人维特伯爵^①的指引下，来到了敖德萨。可是不久后，我又接到了一个新的命令，要改变我居住的地方，这样我又决定去莫斯科，我在那里被安排在军区总督府的民事办公厅里工作。

根据我个人和我的家庭的要求，我得去彼得堡，我的健康状况又要我去德国的海边旅游。但我也很清楚地知道，我的这些愿望是实现不了的，因为现在，虽然没有什么证据能够说明我怎么样，可还是有一些莫明其妙的怀疑，我必须证明我完全是清白的。

现在对我不能作什么判决，因为我并没有受到审判，我也不应受到惩罚，当然我也没有受到惩罚。对我的结论并不是责罚性的，相反的是，我的上级还表示了对我的信任，正因为这样，我才能担任一个教师的职业。但尽管如此，我还是被人怀疑，说我是个危险的人。现在我周围的一切都发生了变化，我也到了这个岁数，需要自己来考虑和决定自己的未来，作为一个效忠于国家的人，作为一个家长，就应当认识和尽到自己的责任，这也是作为一个维尔诺大学的学生

---

① 扬·维特（1781—1840），俄国将军，时任南俄秘密警察和军区司令。

应尽的责任。虽然上方采取了一个又一个新的监视的办法，但不论是对我，还是对我的同志们，都不会造成什么威胁，我们再也不会想到那个维尔诺的审判委员会了。由于沙皇的恩准，对我们的审查不会再那么严厉了，一纸公告也宣布了停止法庭的审判，于是打开牢门，让流放者回到了自己的家里。但尽管这样，我的情况却一点也没有变，因为1818年的事①，我于1824年被遣送出来，到现在已经五年了，我也未能洗刷掉我在学生时代的罪过。

亚当·密茨凯维奇

---

① 指爱德社事件。

为瓦塞尔·茹科夫斯基作
关于波兰现代文学的简介 [1]

彼得堡　1829年2月底

　　尤里安·聂姆策维奇，在共和国时期就是宪法议会的议员，科希丘什科 [2] 的副官，在马切约维采战役中被俘，在彼得堡城堡的监狱里关了两年，后去了美国，在提尔西特和约签订 [3] 后回到了波兰。现任王国参议院的秘书和华沙王国科学之友协会主席。著名的爱国者，杰出的演说家，许多政治和历史著作的作者，富于独创的人民诗人，首先是他的喜剧、童话和《历史之歌》，都获得了很高的评价。他是维亚杰姆斯基公爵的好朋友。我不熟悉他，但我们之间常通信。

　　约阿西姆·列列韦尔，历史学家，曾任维尔诺大学历史系教授，后来由于诺沃西尔佐夫的报告，他被撤了大学的职

---

①　原信是法语，译者据波兰语版转译。

②　塔杜施·科希丘什科（1746—1817），波兰军事家、民族英雄。1794年10月发动和领导了波兰反抗俄国的武装起义，10月10日败于马切约维采战役，和聂姆策维奇一起被俘。

③　1807年7月，拿破仑法国和第四次反法同盟的战败国俄国、普鲁士在提尔西特（今俄国的苏维埃茨克）签订和约，成立了华沙公国，别洛斯托克地区划归俄国，格但斯克（又译但泽）成为自由城市。

务。现在是议会的议员，我认为他最能和先生你交朋友，我很敬爱他，把他看成我的父亲。

什韦伊科夫斯基神父，当过十年的华沙大学校长。我是在他的信中才对他有所了解，这些信表现了他的文采，作为一个大学的领导他也很受尊敬，为它谋取福利进行过不懈的努力。

沃罗尼奇，曾任克拉科夫主教，现在是华沙的大主教和王国的主教长。他是著名的演说家，他的讲道总是要联系到祖国历史上发生过的一些最重要的事件。他也是一个诗人，他的长诗《塞比莉神庙》描写了由于恰尔托雷斯卡公爵夫人的努力，一些波兰民族的纪念品在普瓦维① 得以保存的经过。

瓦列利扬·克拉辛斯基伯爵，宫廷侍从，他是我的老朋友之一，文学和俄国文学专家。

姆罗津斯基上校，最有学问和最聪明的波兰语法专家。

迪杜斯·加温斯基伯爵和康斯坦丁·什维津斯基，波兰的贵族老爷，阔富人、爱国者、藏书家。

坦斯基家的克列门迪娜·霍夫曼诺娃，一个波兰二流诗人的女儿。她写过许多教育儿童的剧作。她办的《儿童娱乐》杂志是波兰最受欢迎的杂志。她的《好妈妈回忆》已翻成俄文，献给了俄国女沙皇陛下。

---

① 波兰地名，这座神庙建于17世纪。

古典诗人

卢德维克·奥辛斯基学校的领导，著名的法国悲剧的翻译家，华沙波兰剧院院长，有很高的声望，但他很早就不写什么东西了。现在是大学里的文学教授，学生都爱听他的课，很受他们的欢迎。他是波兰的巴乌尔–洛尔米扬[①]，一直在讲拉·哈尔佩的课[②]。

卡耶坦·科希米扬[③]，勒布伦[④]一类的抒情诗人，以前还是德莱顿[⑤]一类的诗人。发表过许多颂歌，其中美妙的诗句令人赞叹不已。这都是些具有代表性的诗歌，读者也正等着他写出的波兰稼穑诗。

克鲁辛斯基[⑥]，法国诗歌和意大利歌剧的翻译家，他的翻译准确、优美。

弗兰齐谢克·莫拉夫斯基，将军，为人正直，好像是一个浪漫主义诗人，拉辛作品的翻译家，在华沙很有名。

[①] 彼得·巴乌尔–洛尔米扬（1790—1854），法国作家。
[②] 让–弗兰西斯·德·拉·哈尔佩（1739—1803），法国戏剧家、文学评论家；这里指奥辛斯基把他作为讲课内容。
[③] 卡耶坦·科希米扬（1771—1856），波兰诗人。
[④] 彭斯–德尼·埃库沙尔–勒布伦（1729—1807），法国诗人。
[⑤] 约翰·德莱顿（1631—1700），英国诗人。
[⑥] 扬·克鲁辛斯基（1773—1864），波兰翻译家。

马克西密里扬·弗雷德罗[①]伯爵，一个浪漫主义剧本的作者，值得注意。

亚历山大·弗雷德罗[②]，一个有大才的喜剧作家，华沙的观众很喜爱他。

浪漫主义诗人

卡齐米日·布罗金斯基，大学文学教授、诗人、波兰浪漫主义学派的首领，学者、文学家。他第一个介绍了歌德和席勒的诗歌。他自己也写过具有很高价值的歌谣和诗歌。他还翻译了塞尔维亚和摩尔拉赫[③]的诗歌。在他最近出版的一些著作中，他好像没有再提德国和英国的学派，因为他认为，斯拉夫诗歌在古希腊诗歌之后，是最具有诗性的，他要创导一个斯拉夫诗歌的学派。

博赫丹·扎列斯基，我们最优秀的诗人之一。他的历史题材的诗歌（《乌克兰的骄傲》）是民歌真正的杰作。

爱德华·奥迪涅茨，是我的中学同学，著名诗人。长诗《上帝的荣光》的译者。

----

① 扬·马克西密里扬·弗雷德罗（1790—1845），波兰诗人、戏剧家。
② 亚历山大·弗雷德罗（1793—1876），波兰戏剧家、诗人。
③ 意大利人对居住在达尔马提亚群岛的斯拉夫人的称呼。

致玛丽娅·希曼诺夫斯卡

汉堡 1829年6月2日

不到一个礼拜，我们大家都会一起坐在夫人你的桌子旁。我和你只相隔几英里地了，但我并不知道你那里更多的情况。更糟的是，我不知道，我还有多少时候，要这么被赶来赶去。事到如今，我真不知道我怎么会这样，距离米哈沃夫斯基广场这么远，我见不到夫人你的钢琴演奏，也不能去尤莉娅小姐那里吃午饭，和策琳娜小姐争吵，这一切对我来说，都是很需要的。我要告诉你一个很大的秘密，如果我真的不以为耻，我就会抛弃这里的绿荫和夜莺、哥特式和梵蒂冈的塔楼，甚至偷偷地跑到英国的海边上去，在约阿西姆的房子里[1]开辟一个小的院子，然后口袋里装着一个匙勺，不被邀请也要去敲别翁泰西夫家的门[2]。这种想法看起来很奇怪，但我却自以为乐，而且我一直在这么想，我要到海上去，到陆地上去。我要去旅行，我不怨恨我时运不佳，因为

---

[1] 诗人在彼得堡住的地方。
[2] 希曼诺夫斯卡住的地方。

这里有这么多的东西可以参观，这里的一切都引起了我很大的兴趣。但我不管到什么地方，都不受欢迎，不管是谁，对我的来到都很不乐意。

我从这里马上要去德累斯顿，我想我在那里会收到彼得堡的来信。望夫人大发慈悲，也一定附上几句，问孩子们好。请代我吻尤莉娅小姐的手，我向她保证，我在罗马一定会给她寄去约好了要给她的礼品。对不起海伦娜小姐，我忘了给她买那把小折刀，她现在一定躺在我的学生宿舍里，她要找的是那个语言教师①。策琳娜小姐对我尽管发泄她那过去的怨气，但她不会忘记我对她的劝说，都是出于对她的友爱。

祝你健康，请你不要忘记你的这个仆人！也替我向希什科娃夫人②、海伦娜小姐和巴格利耶娃夫人③表示歉意，因为我走的时候未能和她们告别。

---

① 指马列夫斯基，他教过西曼诺夫斯卡夫人德语。
② 俄国教育部长的夫人。
③ 爱尔日别塔·巴格利耶娃（1798—1857），俄国作家，用德语写作。

致约阿西姆·列列韦尔

柏林　1829年6月12日

　　我偶尔有了一点机动的时间，能够给你写几个字，尊敬的和亲爱的约阿西姆先生！我渡过了波罗的海，参观了吕贝克[1]和汉莎的古老的市政厅。我不知道，根据克拉科夫的记载[2]，那里到底有多少文物。我在汉堡待了几天，因为老是下雨，我也没有参观多少地方。现在我算是见到了柏林，我还要去德累斯顿、魏玛和意大利。你还会得到我在德国旅途中的消息。可我至今还没有我的朋友俄国诗人茹科夫斯基的消息，他在华沙玩了一阵，要到我这里来的。我不知道，他和先生你是不是认识？我写了信给奥迪涅茨，要他让茹科夫斯基和你还有乌尔森[3]先生接触，可是奥迪涅茨在途中，没有见到我这封信。如果这个诗人未能和你们相识，那太可惜了。这个男人的性情真是少有的好，少有的富于正义感，是

---

① 　德国地名。
② 　克拉科夫和汉莎的政府机关在中世纪有过书信来往。
③ 　尤里安·乌尔森·聂姆策维奇。

我最真诚的朋友。

我听说，你看了"前言"[①]后并不是很满意，我也感到难受，我有时候想，我写的东西你是不是觉得可笑。你说，我怎么能容忍特雷姆贝茨基的诗中说的那个"爱吵架的仆人"？他们以那些愚蠢的手段给了文学以沉重的打击，也表现了他们不良的习好。奥迪涅茨虽然不喜欢他们，但也受到了他们的影响，对他们的一些愚蠢的举动，几乎要表示赞赏了。也许在别的学科你们那里还有一些好的工作人员，但是在文学方面，比俄国甚至要落后半个世纪。你大概还会有什么想法吧，但我对他们是很讨厌的，让他们对我怎么写就怎么写，怎么骂就怎么骂吧！

如果有谁要在华沙给我写信，请按照德累斯顿信箱[②]这个地址寄来！

亚当·密茨凯维奇

---

① 密茨凯维奇在彼得堡出版的《诗集》前言。
② 原文是法语。

致塔杜施·布乌哈林

柏林　1829年6月12日

尊敬的和仁爱的塔杜施！

我在到处都是阴雨和寒冷、大雾和露水的天，来到了这里的首都，这里的泥泞地比立陶宛的还难走，因此我的心情不好。我感到遗憾的是，我看不到卡尔沃乌①，但是我要经过里加②，会遇到立陶宛的风，要避免诺沃格鲁德克和考纳斯对我的引诱。我更想直接到波罗的海海滨去，在那里和我所有的熟人，都只相距几英里路了。我现在要尽快到意大利去，但先要参观一下德累斯顿，还有几天要到魏玛去看望歌德，我有去他那里的介绍信。

我在这里得到了华沙登基③的消息，关于这个登基典礼的描写充满了热情，说那里摆了酒宴，还有娱乐活动。我没有去那里，但我从远方向我的同胞表示了祝福。我本来要把

---

① 卡尔沃乌是布乌哈林在爱沙尼亚的不动产，距离里加很近。
② 立陶宛地名。
③ 沙皇尼古拉一世在1829年5月加冕为波兰国王。

我的一些关于华沙人和立陶宛人的散文和诗歌作品的原稿寄给你，你也应当早就得到这些东西，甚至可以见到关于它们的一些介绍。但我现在要告诉你的是，我们的皇帝现在在柏林，受到了热情的接待，到处都这么说，皇后也很仁慈，她说了她受到首都居民的接待时的十分激动的心情。除了这些政治新闻，我个人的一些文学创作中的趣事和描写留到以后再说吧！我现在又要去领事馆，去邮局，要包装，要付款，要算账，等等，等等。

我在这封私人的信中还要提出一个请求，就是你要相信我们之所以交上了朋友的原因 [1]，这个我是铭记在心的。我深信你的高贵，但请恕我从勃兰登堡沙地和波罗的海的这一边，向你再一次地提出托马什和我的几个朋友的要求 [2]。亲爱的塔杜施！如果你能善待他们像待我这样，我将感谢你一辈子，你是在我的心中占有最重要的位置的友人之一。

祝你健康，请把这里最后的几句诗再读一遍吧！

吻你的夫人的手！请告诉我我们真诚的"人类的朋友" [3] 现在怎么样了。

你忠心的朋友
亚当·密茨凯维奇

---

[1]　诗人帮布乌哈林得到俄国的出境许可。

[2]　指请布乌哈林保护被判了刑的爱学社社员。

[3]　指尤泽夫·奥列什凯维奇（1777—1830），波兰画家，1810年后常住彼得堡。

致约阿西姆·列列韦尔

罗马白山路沃尔孔斯卡公爵夫人的费鲁奇宫[①] 1830年2月6日

尊敬的约阿西姆·列列韦尔先生!

从你收到我在德累斯顿寄给你的那封信到现在,我已经走过了德国的很大一部分,然后我又经过瑞士,来到米兰、日内瓦、佛罗伦萨,最后来到了罗马。我在这里已经住了三个月,真是受尽了折磨,因为不断地下雨,除了教堂和那些回廊之外,我什么也看不到。这些教堂和回廊数量很多,也有各种新的式样,有些我还是第一次见到,但我依然感到非常难受,因为我在等着春天的到来已经等得不耐烦了,总是想着这个活生生的大自然什么时候能有一个十分新色的景象。

时至今日,我每天都在看书,特别是看那些意大利作家的作品和关于古罗马的历史书。我在阅读李维的著作的时候,甚至很奇怪地对他产生了很大的兴趣。我虽然把尼布

---

① 原文是意大利语。

尔[1]和吉本的著作扔到了一边，但我对历史还是有很大的兴趣，这是因为我当年克服了各种困难，听了你的课。最近这七年，我什么时候都不能肯定地说，我在一个地方能够待上一年，从未间断的流浪生活使我完全不能工作，更没有时间去进行思考。如果我真的能够坐下来，如果我这里有一个波兰图书馆，如果我能照你的办法去做，那我对波兰历史的某个时期的研究就会走在前面。你对我这个需要耗费很多精力才能完成的工作的愿望和我的这个脾性会感到奇怪，可我就爱做这种梦想。

我在罗马还要玩多久，现在连我自己都不知道。如果我能写出什么东西，以此得到一些收入，我就要去东方，如果不行，就不得不待在意大利节俭一点了，这里还有很多我要看和要学习的东西。你的《波兰史》我已经给了钱皮[2]，然后他可以交给一个只要得到奥金斯基[3]的鼓励和指点，就能将波兰语的东西翻成意大利文的人（这个人曾将一篇关于哥白尼的论文翻成了意大利文）。可是尊敬的奥金斯基和那个翻译家都不喜欢历史，而且他们也不懂得历史，他们要的是漂亮的词句和响亮的口号。我很后悔，当他们得到这样的

---

① 贝尔托尔德·取日·尼布尔（1776—1832），德国历史学家。
② 塞巴斯迪扬·钱皮（1769—1847），意大利学者，曾任华沙大学的古希腊文学教授。
③ 米哈乌·克列奥法斯·奥金斯基（1765—1833），立陶宛的财政大臣，也是音乐家，写过许多回忆录。

作品的时候，我没有骂他们一顿，然后把它抢过来。我没有找到梅佐番迪[1]，因此我也没有必要给他留下一册。为塔索的诗句[2]谱写的威尼斯船夫曲的乐谱我们还没有得到。其实威尼斯的船夫早就不唱这种调子了，只有那些英国人出钱买通了的船夫才哼几句，谁都听不懂。我对卡明斯基翻的东西不敢恭维，因为这都是些生硬的语句，他过去翻译的蒲柏的作品既无色彩又没有个性，虽都是些烤熟了的东西，但比聂姆策维奇的那十首虽然不合格但仍然是生动活泼的诗句都不如。如果说到文学作品，我对我的那篇前言，本来还想写一点东西，但我没有什么好说的了。我情愿用我以后的作品（如果能产生的话）来回答那些对我的指责。

我的地址永远是罗马市白山路沃尔孔斯卡公爵夫人的费鲁奇宫[3]，即便我离开了罗马，按照这个地址，所有的信也能到我的手中。我已经有两个月没有得到彼得堡那边的消息了。给亚历山大的信可以邮寄或者交给贝库[4]，如果在华沙容易找到他的话。

你的好心的

亚当·密茨凯维奇

---

① 尤泽夫·梅佐番迪（1771—1849），红衣主教，懂五十八种语言。
② 指《被解放的耶路撒冷》。
③ 原文是意大利语。
④ 他是维尔诺大学的教授。

致扬·切乔特

日内瓦　1830年10月9日

亲爱的扬!

在我冬天从罗马寄给你那封信之后,已经有好几个月了。在这些时候,我游遍了意大利的东西南北,从西西里岛到阿尔卑斯山。上个月我又在瑞士的阿尔卑斯山的周边绕了一圈,它的另一部分我以前去过。关于这趟旅行我不会再写了。

我到过一些冰雪覆盖的地方,莱茵河、罗纳河和欧洲所有的大河都发源于此。我到过一些山顶上,从那里可以看见十二个湖泊和几个国家。我听到过雪崩的轰隆响声(但在远处)。我见到过许多瀑布,它们的数量可以把我这封信的余下部分写满。现在,也就是明天,我又要去罗马过冬,到那里后我再写信给你。

我亲爱的扬!你身体好吗?你难道没有一点愿望,至少去彼得堡一下。当我们想到你的时候,当我们说到你的时候,当我写这封信的时候,我们的心里会怎么想?所有这一切,你心里是知道的。

亚当

致尤泽夫·乌卡谢维奇

霍伦　1832年1月①

仁慈的先生！

我收到了先生寄来的信和五十个塔勒②。扎列斯基的诗歌零散地发表在华沙的一些日报和新的年鉴上，但至今没有把它们收集拢来。戈列茨基③要把它们印制出版，而且已印了很多页，可是书刊检查机关又将余下的扣压了。现在要在一些回忆录和日报上去找他的诗。如果你们不让戈列茨基印，我肯定也能得到一些扎列斯基的诗的手稿，这个我过去说过。维特维茨基出版了他的《歌谣》，这是他的第一个成果，但是没有引起读者的注意，因为写得太差，就是作者本人也想双手把它掐死，书他已经拿回了一些，没有必要再去买了。此外维特维茨基还有一出喜剧《拖拖拉拉》，我只看了一些片段，没有看全本。尤里安·科尔沙克的《诗集》在

---

① 　大概是月初写的。
② 　一种在欧洲流通了四百多年的银币。
③ 　安东尼·戈列茨基（1787—1861），华沙公国的军官，参加过1830年起义，流亡国外后写诗和带政治内容的童话。

华沙的书店一定有，要把它再印一次。

如果你还有什么要问的，要永远写信给霍伦，最使我高兴的是，好心的你在各方面都能做些好事。

你忠实的朋友

亚当·密茨凯维奇

致伊格纳齐·多梅伊科

波兹南   1832年1月4日

亲爱的伊格纳修①！

我想你收到我这封信一定不在原来的地方了。我感到很失落，也不愿写信。我也很难受，很悲哀，相距这么近都不能和你拥抱，有这么多事要和你谈却谈不了。上帝啊！有谁能和我多说几句话呢？我不知道你为什么想要回来，但我既不能责备你，也不能给你出什么主意。经过这么多年的奔波流浪，在我看来，这种茨冈人的生活对于那些见习修道士来说，是很难受的，但我已经习惯了。如果回头看，那里又怎么样呢？② 只要是上帝叫你做的，你就做吧！

我见到了我的大哥，他的住地很安隐，也很方便，大概比过去在家里还好些，但我料到他马上就会想念立陶宛的。我很健康，只是我和你们连一会儿工夫都未能相见，感到很

①   伊格纳齐的爱称。
②   1830年起义被镇压后，俄国政府对波兰实行了空前严厉的民族压迫政策。

悲哀，我一直很羡慕你们。如果你很快就回来，或者你还能找到别的人，请代我向他问好！你过去那封很悲哀的信我是在罗马收到的。那里面有玛丽娅写的几句话，我看见她的手迹差点晕了过去，感动得像孩子一样哭了起来，这是我离开切乔特和赞之后第一次流泪。我们以后再也见不到面了，请你告诉她，她永远在我的心上，任何人都不能把她从我的心上赶走，都代替不了她！

祝你健康！我的地址是科希强县霍伦村[①]，不久后我就去德累斯顿，然后再往前走，告诉我你的地址！

亚当

---

① 在波兹南以南。

致弗兰齐谢克·密茨凯维奇

霍伦　1832年1月29日

亲爱的大哥！

我出去的时间要推迟了，大概在这里还要玩一个礼拜，现在正好你要到我这里来，我们可以在一起过几天。我请塔恰诺夫斯基①先生给你提供帮助，希望你能够成行。他如果走得快的话，可能在波兹南等你。你还要请格拉博夫斯基②，让他把你带到霍伦来。我现在身体很好，眼病也治好了。我收到了马列夫斯基的信，他告诉我，说你不知道什么时候，也许在战争中会失去一切。亚历山大很健康，现在克热缅涅茨。

问候格拉博夫斯基先生和路德维格先生！

亚当

---

① 他是霍伦村的所有者。
② 尤泽夫·格拉博夫斯基（1791—1881），华沙公国的军官。

致尤莉娅·热乌斯卡 [1]

德累斯顿　1832年3月27日

　　好心的夫人的信把我从十分烦恐不安的处境中救了出来，我很担心你的健康状况。离开罗马后我只收到了一封信，里面什么具体的东西都没有写。现在夫人你也不好，你没有把你已经感到好多了，你在意大利玩了多久，还有亨利克在干些什么，他的情绪怎么样都写出来。我没有他的地址，也不知道这封信什么时候能到他那里。

　　他问我的情况，要我讲讲我现在怎么样了。我除了对他的关心表示感谢外，就没有别的要说了。他从意大利回来后已经整整一年了，情况是那么不好，我简直不敢去想他，因为我一想起他，就好像见到有人得了重病，或者坏了事一样，夫人你不知道我这个比喻是什么意思。过去的事我宁愿不说，以后会怎么样，我也说不准。离开波兹南后我不知道要去哪里，还是回去吧，上帝总能让我干点什么的。我很想去意大利，因为别的国家特别是法国我都感到十分厌腻，但

―――――――――――

① 　波兰小说家亨利克·热乌斯基（1791—1866）的妻子。

是我有很多困难难以克服，我的生活没有明天。

我这里只有奥迪涅茨和加尔钦斯基，我们也在等着戈列茨基的到来。我们想的都一样，我们的心是相通的。我们这样在一起也很不错，并不需要认识更多的人。在我们这个修道院里，只少了一个我亲爱的和无所不知的波兰历史学家①，但是对我来说，还少了这个斯坦尼斯瓦夫②神父。他说得不错，不要害怕我们的友谊会天长地久，但是这种友谊表现得并不明显，我要感谢他，对他表示敬仰。我还欠了他很多，我一见到他就很高兴，我有很多幸福的时刻，我也看到这个世界、人们和科学都已呈现出新的面貌。我不知道，我对他能不能把这些都直截了当地说出来。我有各种各样的事情要说，请告诉我他的地址。

我在德累斯顿要玩到五月，如果没有人把我们从这里赶走的话。然后我自己也不知道要到哪里去，但是那些信都可以照我写的信箱③和我这个收信人的姓名寄到德累斯顿去。夫人你说你还认得佩拉吉娅④，我很羡慕她住在修道院，但她一定在等着夫人你到她那里去。其实那是我们之间的最后一次争吵，我想你一定会原谅她，正像原谅过去所有的事那样。

---

① 指亨利克·热乌斯基。
② 热乌斯卡的亲戚。
③ 原文是法语。
④ 她是热乌斯卡的亲戚。

吻亲爱的马蕾霞①!

慈悲的夫人你的忠实的仆人

亚当·密茨凯维奇

---

① 热乌斯基夫妇的小女儿。

致弗兰齐谢克·密茨凯维奇

德累斯顿　1832年4月10日

　　在诺沃格鲁德克的那封信之后，你真的要保持沉默了，你对我连一个字的回答也没有。你有那么多的通信和事务，为什么连一封信都不能给我写，可我已经给你写了两封信了，我是要我们互相通信的。我对你的处境感到不安，担心你在那里会遇到很多困难，我只想知道，你现在过得怎么样了？

　　我在德累斯顿很好，我把自己整天关在家里，已经写了很多东西。我知道，其中有一部分在波兰什么地方都发表不了，但我的翻译很快就要发表了①，只是我现在还需要一些钱财上的补贴。只要我一写，就感到很幸福，我什么都不想，我准备一个礼拜都不出门，这样你就可以经常看到我的诗，你也就不用再想念立陶宛了。

　　说一说你的经济状况怎么样？在我没有将一些情况告诉你之前，请不要离开你住的地方，因为他们对待回来的

---

① 　　指拜伦的长诗《异教徒》，实际上到1835年才出版。

人是很不好的^①。在普鲁士也有很多麻烦，听说那里还在发送^②，我对这个情况一点也不了解，我也很少和这里的人见面。

请代我向格拉博夫斯基问好！

亚当·密茨凯维奇

---

① 波兰流亡者回到波兰后会遭到迫害。
② 普鲁士不允许波兰流亡者居留，还会把他们逮捕交给俄国。

致季娜伊达·沃尔孔斯卡①

德累斯顿　1832年4月16日

最亲爱的公爵夫人!

你的第一封信走失了很久,一直到我在德累斯顿才见到了它。我正要给你写回信,对你表示感谢,可又收到了你的第二封信②。夫人你所有的信都给我这么一个印象,就是充满了热情,像星星一样,闪耀着爱和慈善的光芒。我本来想朝着相反的方向,一直到日内瓦去,可是我们这些普通老百姓,却总是没有行动的自由,要是在德累斯顿能够意外地见到你,那会是多么高兴。我在这里的生活虽然孤独,但是很快乐,除了奥迪涅茨和加尔钦斯基之外,别的人我都没有见到。去年在波兹南的森林里,我和那里的动物和植物一样,经受了一年的痛苦。现在我终于找回了自己的感觉,我在想,我要生活。我的灵感好久不在,现在又回来了,这使我

---

① 原信是法语,译者据波兰语版转译。
② 沃尔孔斯卡3月20日从罗马写信给诗人,说她5月要去俄国,途经德累斯顿。

感到很高兴。我读了和写了很多东西，我只要开始工作，只要一想到我马上就能够见到你，我就感到，我就是陷在这样一个泥坑里，也是很幸福的。

我的想法很固执，我的最大愿望就是回到意大利，因为我对阿尔卑斯山这边所有的国家都感到厌倦了，但是我的这个愿望却实现不了，这里面的原因夫人你是知道的。我一直要待在萨克森州^①，要待上八年，我也不知道这样的生活到什么时候才完得了，我什么时候才能够离开这里。请你去奥迪涅茨那里了解我在德累斯顿的情况，他住在托菲尔加斯581号楼第二层或者去托德温侍从^②那里也可以，他住在约翰内斯斯特拉斯。拥抱公子和雪维列夫^③。只要亲爱的雪维列夫能够越过阿尔卑斯山，我就会见到他那饱学之士的风采。我以为，他对古代的研究不会使他忘记那些并不是现代人的朋友，因为这些朋友都是好多年前认识的，他们的心灵在那个废墟的国度^④中的表现非同一般。夫人你是不是也

---

① 德国地名。

② 应指塔杜施·托埃德温，毕业于维尔诺大学，1815年住在德累斯顿，当过德国的宫廷侍从。

③ 指沃尔孔斯卡的儿子沃尔孔斯基和她的老师斯泰凡·雪维列夫（1806—1864），后者是诗人、文学评论家和文学史家，《莫斯科信使报》的编辑，和密茨凯维奇交往很深。

④ 指古罗马。

要把罗萨林①带到这里来？这样的话，我很高兴地又会见到他。

这一辈子都忠于你的人

密茨凯维奇

---

① 米科拉伊·罗萨林（1805—1834），俄国文学批评家、翻译家。

致约阿西姆·列列韦尔

德累斯顿　　1832年5月

尊敬的慈善家约阿西姆先生！

我不怪罪先生对我托贝尔纳托维奇给你送来的信没有回复，因为我知道你工作很忙。请原谅我又要给你一些新的负担。我这里有一部长诗和几个小的片段要拿去付印，而这多少都和我们的事业有关系，只是在巴黎不能发表。请你告诉我：一、你能不能给我借一些钱来，资助《康拉德·华伦洛德》这样的作品出版，哪怕出版它的一卷或者它的第三部分？是不是非得我自己去搞钱？二、你能不能也帮助我把它印出来？我提出这个请求，是因为我的这个作品表现了战争的继续，现在虽然把刀枪剑戟收藏起来了，但还要用笔打仗。我要以我自己的名义发表，但是在我的作品没有发表以前，我得严格地保密①。你如果看到了我的作品的手稿，就会知道我为什么要这么做。我在巴黎除了你之外，没有一个信得过的人，而我自己要去那里又很困难，好像是根本就不

---

① 诗人怕引来俄国检查机关的干涉。

让我去①。不管怎样，你要去打听一下，巴尔贝扎特的出版社②还在不在？或者在巴黎还有没有别的波兰出版社，能够出版我的作品？此外还有没有人对作品的清样进行校对，察看印刷的情况，我想，这只有霍奇科做得到。

你要给我写回信，照德累斯顿信箱③照这个地址或者托德温侍从的地址约翰内斯斯特拉斯给我寄来。我只等你的信，我也很快就会把我的手稿寄给你。

你的

亚当·密茨凯维奇

从我写完《先人祭》④之后，任何时候也没有像现在这样充满了诗的激情，我写得很多。

---

① 法国当局不允许波兰流亡者来巴黎。
② 诗人在这家出版社里出版过两卷《诗集》。
③ 原文是法语。
④ 指《先人祭》第二部和第四部。

致尤泽夫·格拉博夫斯基

巴黎　　1832年9月15日

仁慈的朋友！

我离开德累斯顿后，遇到过各种各样的麻烦，也很倒霉，这些都是我在去波兹南的那一边遇到的，以后会怎么样，现在还想不到。我不会考虑什么利害关系，现在只给你写信。我也要告诉你我现在有钱，可以马上给你寄去两百个塔勒，请告诉我你在波兹南的地址，或者我把钱交给哪个。如果将来我什么时候需要，我自会来求你，尊敬的朋友。

我对我的大哥感到很不安，我不知道他在哪里，因此也没有写信给他。如果他一定要走，那他首先要去斯特拉斯堡①，登宾斯基将军在那里，看他要去哪里。我的生活能够保持平静，他要去什么地方，你可以给他提出建议，需要什么，都由我提供，我总是比别的人阔裕些。

请代我向你的夫人、向路德维格小姐和杜尔翁夫妇问

---

① 法国地名。

好！不幸的命运让我在经过你们那里的时候，没有跟你们见面。

我对你永远要承担义务！

亚当·密茨凯维奇

致尤泽夫·格拉博夫斯基

巴黎路易大帝街24号　　1832年11月16日

仁慈的朋友！

我听说你写过信给我，但我没有收到，这封信一定是在什么地方丢失了。钱科维奇先生照你的吩咐，从我这里取走了五十塔勒，剩下的钱看你怎么用吧！

请你告诉我，你有没有兴趣想看到我们这里发生的一切，我是不是可以写信给你，但我怕的是一说起这里遭受的损失，就把你吓坏了^①。如果我知道有另外一条路可走，那你无论在哪方面都经常可以得到真实可靠的消息。我现在要说的只是，流浪者们已经选出了委员会的主席，他就是尤泽夫·德韦尔尼茨基先生。我不太了解他，但我以为他是个聪明人，特别是具有一种波兰的健康的智慧，而这又是许多人都没有的。此外他做事也很有轻重缓急，所以选这么一个人是很不错的。

---

① 指波兰流亡者在法国遭受的不友善对待。

我这里还有一张小票，要给弗兰齐谢克，我不知道他现在怎么样了。如果那里要把他赶走，就到我这里来。

我在这里很孤独，只有坐在家里，写文学作品，我已经出版了一卷①。告诉我，要不要给你寄来我约好了要给你寄来的一册？我不知道，这个邮局里能不能做到②？

请代我向你的夫人、向路德维格小姐和你们全家问好，祝你们健康！

亚当·密茨凯维奇

也不能忘记杜尔翁夫妇，向他们行鞠躬礼！

---

① 指《先人祭》第三部。
② 诗人担心普鲁士宪警对信件的审查。

致维耶娜·赫洛斯汀 [1]

巴黎路易大帝街24号　1832年11月24日

仁慈的夫人，亲爱的和尊敬的朋友！

我非常惊奇地听说，夫人在日内瓦，一直过着像隐士一样的生活，你不见任何人，也不到别的地方去。杜比斯 [2] 关于夫人的详细情况，什么也说不出来，他只是告诉我，夫人你还活着。后来你和你的女儿，和西蒙先生都分开了，这为什么呢？我不理解你为什么要这么孤独。夫人远离自己的孩子，一定会感到很痛苦，就是那些经常来你的家的外国人，也是要和自己的孩子在一起的。我对夫人你感到很不安，我也经常想到你，很多次地想到过你。你的家里充满孩子们的欢乐的气氛，我在那里度过的日子今天回想起来，依然是很高兴的，如果我再想起去年我遇到的那些令人不快的事，我在你的家里就像做了一个甜蜜的梦，而这个梦是从我原先的一场噩梦中转换过来的。请告诉我，夫人你和你的孩

---

① 　原信是法语，译者据波兰语版转译。
② 　他是一名瑞士年轻人，和诗人1830年在意大利认识。

子们现在怎么样了？阿纳斯塔齐亚在哪里？她很幸福吗？西蒙好像到莫斯科去了，他给我写了一封信，寄到德累斯顿去了，可我却到普鲁士和波兰的边界上去了。因此我一点也不知道，我不仅改变了住地，还改名换姓了。西蒙的信四个月之后才到了我这里，我真的不知道给他回信，写什么地址才能够寄到。

我不准备给你讲我的精神状态如何。夫人你知道，我们的国内是怎么样的。我最近几天在彼得堡的报纸上看见了一道命令，叫五千个贵族的家庭离开立陶宛所有的省，迁到高加索去。我们这里有六千多个这样的流亡者，大都是一些出身良好的家庭的年轻人，他们现在没有面包，也不知道以后会怎么样。我们相信上帝，你给我写几句话吧！我一直在忙于文学创作，正以极大的热情，几乎到了全身抽搐的状态，在写我的作品，并且要把它们印出来，这样才会使我不至于精神失常。

永远是你忠实的朋友
亚当·密茨凯维奇

致安东尼·爱德华·奥迪涅茨

巴黎　1833年1月28日

　　我只收到了斯泰凡的信，等到以后再给他回信吧！现在我只给你写四分之一封信，我要骂你，要和你吵架，因为你这么不关心我，不问我为什么对卓霞也很生气。关于你的家庭生活你什么都没有说，可是我什么都想知道，甚至你存了多少钱，都想知道得一清二楚。

　　我生活在一个充满了异端因素的环境中，感到很不舒服，民主主义者仇视我，贵族也对我另眼相看，教条主义者（这些党派的人只知道盲目地模仿）把我看成疯子。但这些人都是那么愚蠢，只知道叫喊，什么事也干不了。

　　我的工作并不多，可是有人以为我懒，要给我增加负担。现在我正要出版斯泰凡的诗，我在一些地方表示了我对他的看法，讲得很一般，我最喜欢是他的《瓦茨瓦夫》这一首。《先人祭》在侨民中，好像没有留下很深的印象。可是《朝圣之书》[1]在各方面都引起了很大的反响。除了这些

---

① 　指《波兰民族和波兰朝圣者之书》，1832年12月出版。

大的作品，我还有一些小一点的作品，不会引起读者很大的兴趣。我对巴黎都感到厌了，只好勉强待在这里。你对《海盗》和穆尔的作品做了些什么？我的《先人祭》卖了两千册，挣了两千法郎，感到非常高兴，这样我就不愁没钱花了，现在我很高兴地要把《异教徒》①再抄一遍。一些写贵族的长诗只好不管了。你春天不能出来走走，多么可惜。但你能不能和我在一起待几个月呢？这是很难有第二次的。

几个月在德累斯顿，现在想起来，依然感到高兴，我做梦都总是想到斯泰凡的健康，可他们都感到悲哀。你还记得，我要他多喝水，可水又是那么有损于他的健康。波托茨卡夫人正好在德累斯顿，你们有了很好的伴侣，请代我向她致以最亲切的问候，同时也向多布热茨卡致意！

可是，可是，可是我以上帝的爱心恳求你，把林德的作品马上寄给住在霍伦的塔恰诺夫斯基，我听说，他对林德很生气，我再次请你，把林德的作品寄给他！在这里，我要和卓霞亲切地握手！

_____

① 这部长诗翻译了很多年。

致斯泰凡·加尔钦斯基

巴黎　1833年3月5日

　　亲爱的斯泰凡，你的信我收到了，还有要领取用于出版诗歌的一百六十五塔勒①的支票的事，我也告诉了波托茨卡夫人。

　　知道你很健康，我的心情也好了些，现在我能写一些信了，但我总是感到精神上很疲劳，你也知道这是为什么。我有过那么多的不幸还不够，看来这还没有完。这些事我以后再也不写了，你也不要说，在任何地方也不要说。

　　你肯定知道书为什么印得这么慢，而你也肯定等得不耐烦了。我知道你为什么这么烦恼，因为你也知道，现在一个有许多孩子的父亲，已经不关心他的孩子们的出生、成长和受洗了。你的《瓦茨瓦夫》对我来说，比我自己的作品还重要。我很希望有一个新的出版社，出版我们的作品能够少花一点钱。如果这个出版社这个礼拜不工作，我们就去找皮纳尔德的出版社。在你还没有完全恢复健康以前，你不要写什

---

① 相当于六百法郎。

么东西，歌德说过，不要为那些生活的表面现象①耗费自己的精力。你对那些人云亦云的看法并不关心，就好像这些至少有一半与你无关。

可是这里的法国和德国的一些报刊都很厉害地对我进行了指责。我还听说，古罗夫斯基②等人还要让我名誉扫地，证明我这个人很愚蠢。他们还认为，波兰人在国外的报刊上如果见到他们的这些论述也一定会相信，因为他们在国外，没法验证这种看法是否正确。可是我的朋友对这一切都表示气愤，而我也觉得很可笑。

这些天我来到了卢森堡，我会和多梅伊科住在一起，我不记得他那栋房子是几号了，以后再告诉你我的地址吧！我现在工作很忙。因为修改和抄写《异教徒》的译稿到现在还没有完，而且为此我还中断了我非常喜爱的那部关于农村的长诗的写作，所以我感到很烦闷，对这个《异教徒》也感到厌烦了，我一定要把它弄完，然后把它卖掉。此外我也听到了一些关于出售第四卷的谣言，感到很不高兴，我本以为，平日我是和一些正直的人在一起，现在这些人都是这么来欺骗我。瓦列利扬③说我政治态度不明确，我承认，我不愿搞政治赌博，也不愿空谈。我已经告诉列列韦尔，叫他不要再

① 原文是德语。
② 亚当·古罗夫斯基（1805—1866），波兰流亡者、激进活动家。
③ 瓦列利扬·别特凯维奇（1805—1843），波兰法学家，列列韦尔的亲密朋友，时任波兰流亡者1832年成立的波兰民族委员会书记。

当那个主席^①了，原来他就不应该担任这个职务的，现在他知道了，我说的这些话没有错。

我们的人大都已经忘记了波兰的事，他们只知道对怎么样发表政治演说，表现一种什么样的形式和以后会出现一个什么样的民族这些问题进行争论，甚至争吵不休，却不知道，这会把一个新生儿的骨头砸碎的。

请代我向波托茨卡夫人表示我对她永远不变的好感！拥抱奥迪涅茨！

印我的作品事先不用付款！

亚当

---

① 列列韦尔时任波兰民族委员会主席，后来又成立了德韦尔尼茨基将军领导的波兰侨民民族委员会，置列列韦尔于其领导下。

致尤里安·乌尔森·聂姆策维奇

巴黎天文台广场36号　　1833年3月22日

尊敬的先生！

你对我总是那么好心好意，我当然也要不停地对你表示感谢。你过去的那些好言好语使我增加了勇气，得到了鼓舞，现在想起来，我依然感到高兴，认为这是对我的奖赏。

我很激动地读到了你对第四卷①的看法，感到这是对我以后能够保持一个清醒的头脑的判断。作为这个作品的作者，因为有这个幻想而感到高兴，你猜到了我写这部长诗的目的和计划真的是要反映我们的祖国遭受迫害和苦难的全部历史，这是对我最大的表扬。维尔诺的场面是后来进彼得堡的监狱、流放和在西伯利亚做苦工的序幕，有广阔和丰富的社会背景，上帝给了我创作的灵感。在它的一部分中，我描写了一个贵族党员②，一个奴隶，他在彼得堡的一个城堡里一直待到1825年，度过了他的一生，向他的新的同志们讲过

---

① 　指《先人祭》。
② 　贵族党在1768年成立，维护波兰的独立，反对资产阶级改革。

科希丘什科和聂姆策维奇是怎么被囚禁的。尊敬的先生！你能否也给我具体地讲一讲你当时在城堡是怎么生活的[①]，这样你会使我感到非常幸福，也会给我的作品增添色彩。

我感到不高兴的是我现在从文学转向我们那可怜的政治了，你幸好住在伦敦，不可能从近处看到流亡者身上的伤疤和虱子，可我们的一双眼睛看到了祖国这么多的不幸，又看到我们的同胞是这个样子，的确是无法忍受的。但是我们也不要失望，除了一些坏的因素之外，还有一些好的倾向在不断地发展，这就是在我们面前已经开始的斗争，这种斗争是永无休止的，我们都有亲身的体会。

我跟这里不再发生任何关系，和它保持了远距离，不参加这里的活动[②]，因为面对一些酒鬼最好的办法就是等待，要等到他们清醒过来。侨民们好像是清醒过来了，那个希望保持一定的秩序和认同感的党最后取得了胜利。但也经常出现一种预料不到的情况，如果我们能够保持某种认同，那么这种预料不到的情况，就比所有的人的共同努力都要带来更大的好处。善良的人的优点在于他们相信美好的未来，因此我也敢于认定我自己是这样的好人。我相信，我们大家都会

---

① 指聂姆策维奇被俘后在彼得堡的监狱生活，他后来给诗人写了相关的回忆录。
② 这不是事实，三月底密茨凯维奇还开始担任巴黎的《波兰朝圣》杂志编辑。

见到我们的祖国，而你也曾以你说过的话和你自己的例子教我们去爱她。

对你负责任和好心的仆人

亚当·密茨凯维奇

致安东尼·爱德华·奥迪涅茨

巴黎天文台十字路36号[①]　1833年4月21日

亲爱的爱德华！

你在我写给斯泰凡的信中已经知道，我至今仍在巴黎，打消了原先想要靠近德国的愿望，但我不知道我在这里是不是还要待很久，我还要到哪里去转一转？我在城外的卢森堡区已经住了快两个月，是因为这里的天气很好，我要享用这里的白雪、泥泞和阴雨天给我带来的灵感，我的笔也一直在写。除了一些小的东西，我的《先人祭》又写了一些段子。对这个要命的《异教徒》的修改和抄写使我感到非常厌烦和痛苦，而且它把一些重要的事都耽误了。但我还是要把它弄完的，我非得把它弄完，这件事本来约好了要给钱的，可是钱至今还没有寄来。我现在又来写那部关于农村的长诗[②]了，它是我今天最宠爱的孩子，我在写它的时候，就好像我也在立陶宛。如果不是《异教徒》的妨碍，我可能已经把

---

① 与上封信是同一个地方。
② 指《塔杜施先生》。

它写完了。我虽然写得很慢，但一直在写。没有你和斯泰凡在我的身边，我对同志们几乎要两眼望穿，希望他们给我力量，因为我从你们那里得到过火一样的热情，产生过美好的愿望，这种力量、热情和愿望对我们大家都是有好处的，也会使你们表现得更加积极。这里经常发生各种各样的小事，把我的心都操碎了，然后我又要把这颗碎了的心粘贴在一起。

我书读得不多，但是圣马丁①一些神秘主义的作品和巴德的神学著作却看得最多。如果你见到了《普列沃尔斯特，一个有预见的女人》②，也要读一下，我觉得它很有意思。我每时每刻都有诗的灵感，都有收获，我有各种各样的想法，但我如果没有把《塔杜施》写完，就都不能实现。我在这里和热戈塔住在一起，他爱和我聊天。我也常和维特维茨基见面，我很喜欢他。和博赫丹虽然相距遥远，但我们也见过面。

斯泰凡身体还好吗？我们要把第一卷③寄给你，第二卷马上就要与读者见面了，第三卷也正要付印，我们想尽可能快一点，有一个好的兆头表现在我越来越欣赏他的《瓦茨瓦夫》了，特别是它的最后一部分写得不错，那里有很多美好

---

① 克劳迪乌什·德·圣马丁（1743—1803），法国神秘主义者。
② 原文是德语。
③ 指加尔钦斯基的《诗歌》第一卷。

的东西。

你一定要把斯泰凡的照片寄给我！还有，你把林德的作品寄给了塔恰诺夫斯基没有？发发慈悲吧，一定把林德的作品给他寄去！紧握你的夫人的手。如果你有女儿，就给她取名卓霞–玛丽娅或者玛丽娅–卓霞，这些名字都有很好的兆头，但你不要给你的儿子取亚当这个教名，取一个别的名字吧，但不要强求！告诉你，这就是我的想法，我一看见你就感到幸福，把你看成我的父亲。

祝你幸福，我亲爱的父亲！

亚当

致尤里安·乌尔森·聂姆策维奇

巴黎圣尼古拉街　　1833年5月底

值得尊敬的先生！

请原谅！对您给我的礼品①，和您寄给我的回忆录的手稿，我至今还没有表示感谢。您的回忆录中有一部分我要写在我的长诗《先人祭》中，我本来现在就要写，但因为有一些别的事，把这些事做完后，我才能回过头来把这部长诗写完。我想公开说明一下我对拜伦勋爵的《异教徒》的翻译，如果您许可的话，我将以这部翻译表现为对您的尊敬，把它献给你，以感谢您对我的友谊。我感到遗憾的是，我在英国未能和您见面。

我正在写一部农村题材的长诗，希望保持对我们过去那些风俗习惯的记忆，描绘出一幅我们的乡村生活，狩猎、游戏、打仗、袭击等的图画。故事发生在立陶宛，大概在1812年，那个时候还有许多古代的传说，还可见到过去乡村生活残留下来的一些习俗。这部长诗我已经写了一半，但因为它

---

①　聂姆策维奇回信时附上了一个有歌德头像的印章。

很长，我还要下很大的功夫，在这里，我会利用您给我出的主意以及我们的谈话。

侨民中的活动很多，对一些事情的处理也有许多不同的意见，谁都没法解决，恐怕只有上帝才能给我们创造料想不到的奇迹了。但我们不时可以叫我们的同胞尽可能不要参与到那些每天都要发生的事件中去，不要参加那些讨论，也不要参加什么参议会，等着以后看怎么样，我以为，这才是一些正直的人的选择。应当让所有的人都有行动的自由，是打保卫仗，还是进行秘密活动都可以，因为实际上，我们在什么地方能够拯救我们的土地，我们祖国的命运会怎么样，是根本猜想不到的，也可能有人偶然找到了正确的道路。如果说到在法国发生的骚乱，那一开始在很大的程度上是由我们的一些同胞之间的吵架引起的（双方之间的争论也是在吵架中结束的），既然大家在战场上都举起了鹰旗，那么相互之间也不难和解。

再一次对您表示深深的敬意，我是您忠实的仆人。

亚当·密茨凯维奇

霍奇科现在在外省[①]，我从他那里得不到《国民报》。

---

① 霍奇科是波兰民族委员会成员，1833年1月被法国政府逐出巴黎。

致弗兰齐谢克·密茨凯维奇

贝克斯① 1833年7月②9日

亲爱的大哥!

我得到了几份证件,证明我寄给你们的信经常没有到你们的手中,因为在这么一个动乱的时期,和国外通信是有阻碍的。我也没有再写了,特别是我从你的一些信中知道了我以前写的一些信都丢失了,不知道这是为什么?因为在我的信中,除了我们兄弟的祝愿和谈了几句利益的事外,再也没有写别的了。这个礼拜我一直在瑞士,我一定要来这里,是为了看望斯泰凡·加尔钦斯基,他的健康状况很不好,一个人待在阿尔卑斯山中,需要有人陪伴着他。到今天都一直是波托茨卡夫人在照顾他,她走后,我就要待在他那里了。

我对你也总是感到不安,大哥!如果他们要让你离开波兹南,你至少要他们给你普鲁士的护照,否则你是不能到法国来的。我一个人在这里待了一年多了,要弄到去瑞士的护

---

① 瑞士地名,距洛桑不远。
② 原文是法语。

照还有很多困难。那个关于终生给予薪俸的合同到头来成了一张废纸，尊敬的投机家在德累斯顿对我做过黄金的许诺，说要印我的作品，最后未经我的许可就把这些东西卖了，或者不知道散发到哪里去了。其实我不论在什么情况下，都能够给你一些钱，至少在一年内能够给你的生活提供方便，以后就很难说了。我现在又以四千法郎的售价卖掉了我的一部新的长诗的手稿，用这笔钱还清了我的债。旅行我得花钱，但我还有一年够花的资本。

从瑞士到哪里去，我不知道。加尔钦斯基一定会到意大利去，但他一个人是走不了的，我想给他带路又有很多困难，不知道怎么解决。所有这一切我都会告诉你，你写信给我可以按照下面这个地址：

洛桑贝克斯信箱[1]，前面还要加一个瑞士

有一本寄给你们的诗大概丢失了[2]，这是命里注定，我曾两次委托这些信使好好地保管，但都让我失望了。奥列什钦斯基有一册一定能寄到你们那里，因为我在途中把它取了回来，发送到德累斯顿去了。

---

① 原文是法语，后同。
② 指《诗集》第四卷和《先人祭》第三部的一部分，被普鲁士当局发现并销毁了。

我现在很健康，如果不是斯泰凡有病，我去瑞士的旅游会很高兴的。请替我向我们的朋友和你的监护人的一家表示衷心的问候！

亚当

致西罗尼姆·卡伊谢维奇

巴黎圣尼古拉街（索赛·当丹）73号　　1833年11月底

我收到了你的回信，这个法国人（我不记得他姓什么）给了我一张你的纸条，还向我透露了一些消息。我听说你们都很健康，也在工作，向你们表示祝贺。我病了很久，经过治疗后，现在感觉很好，已经恢复到过去那种正常的生活状态，像一颗钉子一样钉在家里，一动也不动，只知道写，晚上喝茶，和人聊天，只是你们不在这里。你大概想最近要搬到巴黎来，列泰尔^①好像也是这样。如果你们有这个请求，就写信给我，我也许能通过某个熟人给你们提供帮助。巴黎使我感到非常厌烦，也给我带来了折磨，我很想离开这里，但是我必须写完我的东西，并且将它付印。从我离开巴黎后又回到这里，我不仅一直在写，而且还习惯于思考了。塔杜施现在开始活动了，我正在写第六章，要把它写完还差得远。

---

① 列奥纳尔德·列泰尔（1811—1885），波兰政论家、历史学家，十一月起义后流亡巴黎。

要说侨民中怎么样，你知道的肯定比我多。我很少看见有什么人关心大家的事，可经常听到有一些人在吵架。我不得不给你们说一个笑话：这里有一个什么文明协会，它想给波兰人建一个图书馆，还为此写了公开申明，它还要我写了一个照会，把被莫斯科佬从波兰的图书馆拿走的书都要回来。可我只是随便地说了一下这个申明是什么意思，就将它抛到泥坑里去了，然后仍然喝我的茶。过了两天，有人说民族委员会和科学协会有私下的交易，巴黎的弟兄因此闹起来了，各种各样人都说他们要把这个图书馆据为己有，实际上它根本就不存在，它以后会不会有，也只有上帝知道。你们看这里的一切依然和过去一样。

我听说你写了很多东西，可至今你一点也没有给我看，我本来很高兴地想要读一读你们的东西，可我却看不到。诗歌总能给我带来青春的岁月，使我们的生活不至于贫乏，我想这是对你们最大的仁慈。我这封信将通过雕塑家达维德交给你们，他是个正直的人，你们肯定是知道的。我要责备我自己没有把书给你们寄去，这里面有我的过错，也没有注意到把书交给霍夫曼①，可他很少在家里。你们要写信告诉我，你们要什么著作？德国人的著作除了赫格尔②的之外别

---

① 卡罗尔·霍夫曼（1798—1875），波兰政论家、法学家，君主专制的支持者。
② 即黑格尔。

的都没有，赫格尔的也只有一部著作，根本就看不懂，如果没有加尔钦斯基在课堂上的讲解，至少我是看不懂的，加尔钦斯基因为听过赫格尔的课，而且听过很多年。如果你们特别需要这样的书，那就说一下要哪一本。只要巴黎有，你们一定能得到。

热情地拥抱你们！

亚当

我以为在这些时候，你的《十四行诗》已经有几十册寄到国内去了。

致西罗尼姆·卡伊谢维奇
和列奥纳尔德·列泰尔

巴黎圣尼古拉街73号　　1833年12月16日

我亲爱的朋友们!

给二位一起写信,是因为二位都在我的心中。收到你们的信的时候,我患了重病,曾长时间地在痛苦中煎熬,但现在我不咳嗽了,相信我已经恢复了健康。过去因为我的病痛,我一直没有给你们写信,但我经常想到你们,总想要给你们写信,在这个总是想要中,我也找到了乐趣,找到了对我的赏赐,找到了要做事的动力。

请你们不要叫我老师,这是一个可怕的称呼,它很沉重地压在我的背上。你们的心要的是爱,你们在追求完美,因此你们也要让和你们亲近的人穿上完美的礼服,在他们的身上镀金,让他们全身闪光。要为上帝和教堂保存你们拥有的黄金和光彩,把怜悯的衣裳不仅送给你亲近的人,而且要送给所有的人,使他们不至于赤身露体。也给我缝制一件这样的衣服吧!我对你们没有更多的要求。有人这么说过:"你们不要对保罗,也不要对阿波罗说出你们的名字,而只能让基督说出你们的名字。"

你们不要盲目地相信任何人，对我今天说过的话也要做出自己的判断，因为我也许今天说得对，明天就可能说错了，今天的事做得很好，明天就可能做得不好。有人说得好：**要仿效基督**①，**人就是骗子**，还有**我们都是人，我们什么也不是，只是一些残疾人，尽管有人把我们当天使**。如果我说的这些话有什么合你们的心意，那么这些话都不是我的，而是我记下来的，它们的意思都夸大了。你们如果认为这些话说得对，那是因为它们都是轻声说出来的，它们的意思永远不会变（**既没有喧闹，也没有对它们进行审查和提供证据**），要说明一种爱和相互的认同。歌德说过："什么是最神圣的东西？能够使人们联合起来的东西是最神圣的。"②相反的是，一句说错了的话，只要有人把它说出来了，它就像一颗子弹，从枪口里砰的一声射出来后，它会把一个人射伤或者射死。子弹是人想出来和人做的，但是谷物的种子人们却做不出来，只能将它们保存和撒播在稻田里，我不是老师。

你们以后还会生我的气，对加尔钦说的这句话会表示不满，即："一句话就像一把悬挂的发上的宝剑，也悬挂在我们的头上。"

---

① 原文是拉丁语，后同。
② 原文是德语。

这时候我会把头掉过来，我不想看见它。但却有什么在叫唤我们，就像有人在叫唤圣保罗一样："保罗，你一定要反对那反映了真理的俏皮话，但这是没有用的。"我们每个人有时候都很固执，但这种固执会伤害别人。因为只要人活着，就会有斗争，各种不同的思想、不同的感受都会穿透人的脑袋，吹拂着人的心灵。我教你们一个好的办法，可以区别好的和坏的，辨别正确和错误。这就是如果我接受了某种宗教思想或者政治思想，就要想到我在接受这种思想的那一天，我的行动是不是符合这种思想提出的要求，我是不是做了什么坏事，我是不是有过错误的言论或者想法。一个人如果在清算他的良心时发现它很坏，那么他的脑袋里就会出现一片混乱，良心是心灵的胃。

你们不要以为，一句说出了真理的话就可以使你们摆脱诱惑，脱离和谬误的斗争。越是机灵的士兵或者体格健壮的士兵，他们的长官就越要把他们派到最危险的地方，而那些游手好闲的人和胆小鬼倒是会留在军营里，可他们比那些勇敢的人会死得更快。

生活就是残酷的斗争。你们自己也见到过各种稀奇古怪的事。例如欢乐，我们愈是想要得到它，它却愈是远离我们，而当我们不需要它的时候，它又到我们这里来了。一个人可以有非常强大的威力，他只要把眼睛看一下那远处闪光的地方，或者他看见了一张漂亮的面孔，那个闪光的地方或者那张漂亮的面孔就会马上出现在他面前。他即使被关在房子里，那外面的世界也会来到他跟前。

一些赫赫有名的人都非常轻视他们的名声，但他们却摆脱不了这个世界的诱惑，他们离不开这个世界。谁占有的位置越高，反比那些位置较低的人更容易摔下来。有人说："如果你要把一个肮脏的鬼魂从你的家里赶出去，这个鬼魂看到你的家里已经打扫干净，它就会躲在一个空的地方，叫来七个鬼魂，帮助他向另外一个人发动攻击，那么这个人因为遭到鬼魂的攻击，他的处境就会比你更加困难。"①但是这场斗争结束后，在大地上就不会有斗争了。

我给你们说这些，是因为我知道，你们是爱人们、爱祖国和爱自由的。但我也很担心，希望你们不要以为内部的斗争是浪费时间，对外部世界不利。内部斗争能否取得胜利取决于外部的力量。一个国家的内部秩序紊乱，就会遭到灭亡。一个舵手在他的船遇到急风暴雨时，总是紧握着他的舵，两眼望着天空，他的身子一动也不动，有时候他又低下头来，这条船的命运就掌握在他的手中。可这时候，船上别的人却在甲板上到处乱跑，大声喊叫，造成一片混乱，他们的叫喊声也不能平息风浪。你们不要以为，我写这些就是为了表现我很聪明，我要说的是我们需要像这个舵手这样的人，使我们的船不致沉入大海。

我以为，对我们最有帮助的是福音书中的教导和**基督的**

---

① 　见《新约·路加福音》。

躯体 [1]。你们要记住，福音书上是怎么说的：使徒们在路上遇见了复活了的基督，和他谈了很久，却没有认出他是谁，一直到他撕下一块面包给他们，才使他们睁开了眼睛 [2]，这是对福音书唯一正确的理解。我现在要告诉你们一件事。有一次，我和一个普通的神父进行辩论，他对我说："我要向基督上诉，我们明天再谈公社的事。"后来我真的看到了他做得很对。

西罗尼姆的诗我很喜欢，他找到了一种能够写一些通俗易懂的诗的好办法，他的诗风纯净，但是我建议他在没有把诗写完之前，不要拿去付印，因为这是最危险的，印出来后有可能遭到指责，也可能有人称颂，但最后还是要把它撕毁和扔掉的，因此在大城市的马路上，任何时候都不会出现伟大的人物。我给你们写了这么多，也许我表现得不够谦虚，但我以为，我写的这些东西，你们都不会忘记。

你们走了后，我很少见到别的人，只有赞不时到我这里来唱歌和下象棋。扬斯基也很少见到，我过去和最近认识的一些人的经济收入总是要遇到一些困难，许多人都很痛苦，但做事的人并不多。西罗尼姆要问科什米扬的情况，这个人很不幸，他养成了一种嗜赌的恶习，把他所有的东西都输光了，从一个住地被赶到另一个住地，同时他也使扬

---

① 　原文是拉丁语。
② 　见《新约·路加福音》。

斯基陷入了贫困，因为他赌输了，有人就去要扬斯基的东西。你们要写信劝他一下，口气和缓一点，不要侮辱他。但我也怀疑，写信能不能治好他的这个毛病，我一次也没有见到过他。

我这些时候有过许多高兴的事，都是从你们的信中，从我在国内朋友和熟人中了解到的。一些波兰的书我不知道该怎么办。在霍夫曼那里借的书在侨民中都丢失了。但我要把奥斯特罗夫斯基的小册子寄给你们。我不知道你们有没有**《圣奥古斯丁的信仰》**①。我希望你们读它的拉丁语版本。

我现在还不知道，春天我要到哪里去。这个以后再告诉你们。祝你们身体健康！

亚当

---

① 原文是拉丁语，诗人想把这本小册子翻成波兰语。

致安东尼·爱德华·奥迪涅茨

巴黎圣尼古拉街73号　1834年2月14日

亲爱的爱德华!

我从上次写信给你到现在，曾长时期地患了严重的牙病，不仅牙龈肿胀，也咳得很厉害，但随着新的一年开始，这一切都好了，我现在感觉很好，又开始工作了。

你新年的来信情调很悲哀，我想过你在这个世上又在遭受折磨，到今天我也以为你一直在生活的边缘上，并没有牢牢掌握什么东西，也没有深深地扎到生活中去。可是现在，你终于开始认真地对待生活了，你比别的人更幸福，因为你真的像一个大丈夫，你有宗教感情在护卫着你，给你带来了欢乐。你从来没有变坏过，这会使你不难成为一个很好的人。相信我说的话，这就是幸福的基础。除了自己的罪过造成的不幸之外，别的真正的不幸在世上是没有的。不要去看任何别的人，只要看一看自己就够了，也不要更多地去关心这个世界和别的人，这是唯一正确的态度，它将不断地体现在生活中，可是它的重要性要长时期才能看得出来。

我在这里几乎是孤身一人，越来越难以见到别的人了，可是我很少见到他们倒感觉很好。我相信，我活着和工作都是为了这个世界，为了获得空洞的表扬，为了满足一些小的要求。我大概任何时候都不会再写短诗了，我要写一些有价值的作品，要使得人们学习它能够改正自己的错误或者学到智慧。我大概忽视了《塔杜施》，但我也快把它写完了，其实昨天就写完了，一共十二首，有很多美妙的地方，也写得很适度。为了把它抄一遍，我费了很大的功夫，过几个礼拜我就要拿去印了，你会看到的。作品中最好的是对我们国家的自然风光和家庭的风俗习惯的描写。这部长诗写完后，我的灵感马上就会转到别的地方去，转到《先人祭》以后的部分上去，它的一些没有写的片段我也顺便写了一下，如果上帝让我把它写完，那我就要把它写成我唯一的一部值得阅读的作品。

我几乎只和斯泰凡还有安托尼在一起，**请注意**①，安托尼不再玩牌了，脾气也变好了。我爱和赞下象棋，有时候还和博赫丹进行讨论，他总喜欢对报纸上的那些东西进行分析和研究，我担心的是，他会对他的心灵和思想失去自信。

你要给我回信，并且告诉我你的住址！吻你的卓菲娅的手，我经常想到她，我要写一部描写卓霞这个女英雄的长诗。但亲眼看见一个活人比描写一个最美的人要好得多，因为这个人虽美，但只是描写出来的，而不是活的。雅沃维茨

---

① 　原文是拉丁语。

基要印他的《海盗》了，他说他和你已经订了合同，只等他的这部译著的手稿拿去付印了。

祝你健康！不要把康斯坦奇亚·乌宾斯卡也写在你的信中！我读得很少，但经常读圣马丁的作品，你如果见到了他的作品，所有的都要仔细地读。

致弗兰齐谢克·密茨凯维奇

巴黎圣日耳曼区塞纳街法兰西旅馆59号　　1834年4月19日

亲爱的大哥！

我通过几种途径给你寄信，可不知道有什么办法才能得到你的回答。现在这张小票我又寄到德累斯顿去了，想一定能寄到那里。我照格拉波夫斯基的地址给他在信中讲了一桩很重要的买卖，而且马上得到了他的回答，你看了我那封信没有？

整个冬天我都病了，现在天暖和了，我也好了一些。待在这个该诅咒的巴黎，我又在忙于印书了。我很想到巴黎的城外去，如果不能走远，也要到那里去呼吸一下有利于健康的新鲜空气。

你的健康状况怎么样了？我们的流亡者都病得很厉害，要死了，而且有许多都已经离世。我们这些留下来的会怎么样，只有上帝知道。现在对我们的未来，什么也预料不到。你认识的斯泰凡·赞和多梅伊科都很健康，他们为此都很开心，别的人也为他们高兴。

我现在正要印出来的我的一部新作写的是立陶宛，你在那里可以找到我们的家庭生活和打猎的描写，还有律师的见解等等。我写这些东西的时候，就好像回到了我们那可爱的家乡，感到非常高兴。

亚历山大那里干脆一点消息都没有，但我听说他住在基辅，日子还过得不错。代我向格拉波夫斯基和他的全家致礼。我不久就会有空，可以慢慢但一定会给你写信。

你的
亚当

致伊格纳齐·多梅伊科

伊格纳齐先生！

明天要举行我的婚礼[①]，你要穿上漂亮的礼服[②]，早晨八点半到赞那里去，十点以前和他一起来沃沃夫斯基[③]家里，然后我们一起去参加那个仪式。你不要把这个告诉任何别的人，记住别迟了。

亚当

今天是21日，礼拜一，明天22日，礼拜二。

---

① 诗人和策琳娜·希曼诺夫斯卡结婚，妻子比他小14岁，是玛丽娅·希曼诺夫斯卡的女儿。
② 伊格纳齐是证婚人之一。
③ 弗兰齐谢克·沃沃夫斯基是策琳娜的亲戚。

致安东尼·爱德华·奥迪涅茨

巴黎佩皮尼埃尔街121号　1834年8月约12日

亲爱的爱德华!

我已经有三个礼拜和策琳娜一起，住在自己的庄园里，你也知道，我作为一个年岁大了的丈夫，根本就没有时间写信给你，要大谈和特谈现在的幸福也为时过早。我只能说，这三个礼拜没有一次感到心情不好，我总是很高兴，但也感到空虚，这是很久未曾有过的，你祝愿我永远这样吧! 策琳娜也说她很幸福，她高兴得像个孩子样。三个礼拜的幸福和美好，在这个世界，在这样的时刻。

你应该知道我们的庄园，离市中心很远，这里很安静，像乡下一样。我们只有三间房，有自己的家具，很快就会有一架钢琴。早晨策琳娜泡咖啡，然后我们做些家务活，到处转一转，叽叽喳喳地说个不停，一直笑到晚上。除了一些令人没趣的会见之外，我们很少出去。晚上，一些老的同伴：多梅伊科、赞，还有一些别的人，有时候也来看望我们，可能还有一些我们的熟人，不太习惯于见到我们的新家具，不好意思在那里就座。但我开始慢慢地恢复到原来的生活状态了，总要开始做点什么，因为我的这段时间全都浪费掉了，只是为了婚后的好日子。

布古安一定会把我的信交给你，我写得很快，但又遇到了麻烦，一时也说不清楚。布古安说要给你所有的帮助，你如果需要，可以去找他。护照你肯定已经得到了，但我又要提醒你，不要急于到法国去，那里的侨民的生活状况会使你很不高兴，除了我和另外两个人，你没法和他们生活在一起，你和他们相互之间也无法理解。遗憾的是，我妻子的财产几乎都失去了，而我们又有责任想着我们的孩子。你去国内①也许比来这里更有用处，你在这里的所有好朋友都同意我这个看法，如果你能够平平安安地回去，那是很好的。

耶沃维茨基还没有把钱交给我，这是一笔一定能赚到钱的生意买卖。他表示由他自己负责，不要你出钱。但这只能为期三年，其中有很大的困难，这个机灵的贵族给你写了这样一封信，而你却允许他长时期地拥有这么多的钱财。这二十个杜卡特使我感到非常烦恼，就像我害怕其中藏了鼠疫的病菌一样，我对这个地方也很讨厌。我已经对你说了，你如果要把这些钱还给乌宾斯卡夫人，那就马上还给她，这样的话，你在我这里还有账可查。但要知道，不能把这些钱随便找一个第三者寄出去，也不要像个傻子样谈论这件事，你一定要见到乌宾斯卡夫人本人，亲手把钱交给她，或者找一

---

① 指波兰。

个非常可靠、知道保守秘密的人，把钱交给她，但不要找女人。

《海盗》的翻译我已经看过很多遍了，我给你说了，我对其中一些译得不妥的诗句可以进行修改，如果你能给我这个权利的话，或者你自己把它们改一下。特别是其中一些简短的对话、发出的命令和喊叫，完全不像那种平常的和普通的对话中的那个样子。但有许多更有诗意的地方你倒是出奇地写得很好。我感到遗憾的是我不能马上把《塔杜施先生》寄给你，因为我怕邮局会给你制造麻烦。告诉我，能不能寄几册到德累斯顿去，寄给格拉博夫斯基夫妇和你，那里是不是安全一些？

我这封信也是写给弗兰齐谢克大哥和格拉博夫斯卡夫人的，如果她在德累斯顿但她不在你们那里的话，你还可以通过另一个途径，把这封信转交给她！弗兰齐谢克的信我刚才收到了。

紧握卓霞和你的小女儿的手！

亚当

致西罗尼姆·卡伊谢维奇 [①]

巴黎佩皮尼埃尔街121号，58号对面　1834年7月27日

亲爱的西罗尼姆！

你一定想不到，我会给你报告这样的新闻，即我已经结婚，这个礼拜我就住在自己的庄园里，妻子给我烧土豆吃。我的结婚和现在生活的一些具体的情况我会再写信告诉你们，或者以后当面对你们说，因为我们是要见面的。我的妻子策琳娜·希曼诺夫斯卡是著名的艺术家的女儿，我曾经把她看成一个很好、很活泼和高兴的孩子，我很喜欢她。后来我们离开了，并没有想到，也没有觉得以后还会见面。策琳娜已经失去了双亲 [②]，我本来要和别的女人结婚但没有结成，因此我们都想到了我们过去有过很长时间的相识，她到我这里来了，我们也很快就走到了祭坛前。一直到我们举行婚礼前，在我的朋友中，谁都不知道会是这样，你是可以想到他们是怎么感到奇怪的。我的结婚有几天使得巴黎都停止

---

① 　西罗尼姆·卡伊谢维奇（1812—1873），波兰作家。
② 　玛丽娅·希曼诺夫斯卡于1831年去世，她的丈夫于1832年去世。

了政治问题的讨论，除了卢贝茨基^①的来到之外，人们对别的事都不关心，这就是我为什么经常想给你们写信却又没有写的缘故。

你最近写的诗水平越来越高，题材越来越广，也更深刻了，就像你自己一样，我也为这些作品感到高兴，那首关于信心不坚定的诗写得真好，写斯泰凡的诗我看了后，激动得掉眼泪了，我要将它各抄一份给波托茨卡和斯泰凡的妹妹，但我不喜欢列泰尔提到的那些诗，也不同意另外两首诗对我和克拉乌迪娜过分的吹捧。让上帝指引你以后要走的路吧！你有很大的潜力，将来一定会走得很远。我只要求自己以后能够喊一声向右转，向左转，或者一直往前走就够了，别的你不用担心。

耶沃维茨基的信我没有给他，因为首先要弄清楚这是一封什么信。现在先要把全部手稿都准备好拿去付印，马上订好出版合同，要不以后就很难办了。我把奥迪涅茨的翻译卖出去后，遇到了很大的麻烦。你首先给我说清楚，你要印些什么东西，并且把你的手稿给我寄来，我要看它写得怎么样，我不知道你的《盖迪明纳》^②最后改得怎么样了，其中在许多部分我是没法认可的。你有一些小诗写得很好，如有

---

① 弗兰齐谢克·克沙韦雷·卢贝茨基（1779—1846），波兰王国的财政部长，反对十一月起义，1834年来到巴黎向法国政府讨还华沙公国的债务。
② 卡伊谢维奇的一部长诗。

很多的话，最好是马上把它们印出来。长篇叙事诗暂不要考虑去写。你患的是什么病，现在怎么样，完全好了吗？

感谢列泰尔的来信，他是那么吝啬，只舍得花一个格罗什。维特科夫斯基的买卖肯定已经做成了。我不能去塞夫尔河，因此把信交给了博赫丹，这几天我要走了，到盖德罗伊茨将军那里去，他就住在这里，我要问他要回信。

列泰尔的翻译和他以前的一样，都译得很好，但我以为，他要把卡尔德隆①的作品全部译完，恐怕没有这个耐心。因为这个工程很大，要译很多年，在现在这个时候，我也不知道有没有什么价值。如果列泰尔而能够写一部关于西班牙戏剧的著作，翻译一部和或两部西班牙的剧作，再来一些和别的不一样的东西，这对他来说会容易些，对我们国内的文学创作来说，为其提供借鉴也很有用。

春天的岁月对我来说却很难受，我经常感到忧郁，有各种各样的悲哀，现在虽然好了一些，但不知能不能长久。我今年表示过要做出最后的选择，是结婚还是这一辈子就打单身。最后我选择对我来说比较容易接受的结婚，因为我没有力量维持单身的生活，怕遇到我难以避免的危险。

祝你们健康，你们很快就可以收到我的信。

---

① 佩特罗·卡尔德隆·德·拉·巴尔卡（1600—1681），西班牙戏剧家。

维特科夫斯基在给我的信中没有写他的地址，肯定要在给你们的回信中附上他的地址。

亚当

致安东尼·爱德华·奥迪涅茨

蒙特莫伦西[1]　　1835年7月21日

亲爱的爱德华！

我只有在给斯泰凡的信中对你说几句了，因为我没有更多的要说。我这里既没有什么好事，也没有什么不好，既没有什么高兴的事要告诉你，也不愿总是去埋怨我的朋友。这一年过去了，好像只过了几天那样，既没有出现什么狂风暴雨，也并不十分美好。我这一年，除了写了几段法语之外，几乎什么都没有干。你如果感兴趣，在《北方杂志》[2]上可以见到我的一篇关于绘画的文章，另一篇《一个新兵一周的甜蜜婚假》是匿名写的。我对未来原来有各种各样的计划，但还没有实施，就像一些影子一样全都消失了。我好像利用过很多东西，也进行过思考，但我只读了几本书，是为了以后作长时期的考虑。这些书你如果找得到，我建议你也读一下，例如圣马丁的著作，它不仅稀少，也不为人知。你在德

---

① 　法国地名。
② 　原文是法语，后同。

累斯顿一定要找到《极度的痛苦耶稣基督》①这本书，慕尼黑，第二版，这里写的是一个修女埃梅里希。我们认为它是一部最美的长诗，比克洛卜施托克②的写得好，和……③的差不多，我的一些熟人在我这里把这本书拿走了，他们要把它翻译出来，我不知道他们能不能翻好。

给《梅李泰利》④我现在什么也没有写，我也不知道写什么才通得过书刊检查，我很想给你帮助，我可以对上帝表示，我会做这方面的努力，但我不知道我能不能成功。耶沃维茨基开了一个印刷所，但刚开张，我想再和他谈谈你的翻译的事。但因为要把书拿到国内⑤去销售是那么困难，使他也不太愿意买下这些手稿拿去付印了。我想，你把你的这些翻译拿到加里西亚去印可能还好些！在巴黎出版会引起政府的怀疑，虽然有些高贵的男女会看，但不可能有很大的发行量。

如果布罗金斯基还在你们那里，请替我向他问好！我虽然和他不相识，但你知道，我是很敬重他的。在《塔杜施》

---

① 德国诗人布伦坦诺（1778—1842）的长诗；原文是德语。
② 指德国诗人弗里德里希·高特里布·克洛卜施托克（1724—1803）的长诗《救世主》。
③ 原稿中撕去了一点，这里留下空白。
④ 奥迪涅茨出版的《新年鉴》的第三卷。
⑤ 指波兰。

的末尾有一首诗是写给他的①，但因为这个作品当时要急忙拿去付印，还有我当时结婚的一些事，我没有来得及修改，这首跋诗因此没有收进去，我就只有等到书的再版了（如有可能的话）②。

策琳娜很健康，但她很严肃，每时每刻希望自己得到解脱，吻你的卓霞的手。

亚当

我是不是总要按多布日茨卡夫人的地址给你寄信？

---

① 跋诗中有一段，其中维斯瓦夫即卡齐密日·布罗金斯基的同名诗作的主人公：

我年轻时也参加过乡下的娱乐，
常在菩提树下的草地随意而坐，
高声朗读描写尤斯蒂娜的诗歌，
还有那部关于维斯瓦夫的传说。（易丽君、林洪亮译）

② 诗人去世后，到1860年在巴黎出版全集时，这首跋诗才收进去。

致博赫丹·扎列斯基

塞夫尔[①] 1835年8月初

亲爱的博赫丹！

我忘了今天九点钟一定要赶到城里。我在这里写了几条。我希望以后见到你是怎么做的，知道他们是怎么想的。我们还有足够的时间。如果你来巴黎，就要到我这里来！

亚当

一、在基督教欧洲的政治建筑物中，那根支撑着整个大厦的柱子要倒下来了。

二、被所有政治上的盟友抛弃了的波兰人不得不要求获得他们本来应当有的权利，这种权利叫我们以暴力反抗暴力。因此我们的民族认为，武装起义乃是拯救二千万人的波兰的唯一的办法。

三、凭良心说，未来的时刻已在召唤我们的民族投入

---

① 法国地名。

战斗，我们也在召唤它，它会听从自己合法政权的命令。

四、敌人的打算都会落空。

五、议会通过的决议说明了所有占领者的政府的法令都是无效的，波兰民族不承认它们的合法性，外国人也应当明确这一点。

致安东尼·爱德华·奥迪涅茨

巴黎　　1835年9月28日

亲爱的爱德华！

首先你要知道，策琳娜9月7日很幸福地生下了一个女孩，她会取名叫玛丽娅，但还没有受洗。你可以列举一下，在这个孩子身上，有多少招人喜爱的东西，有多少优秀品行的表现。她的母亲每天都有新的发现，我也慢慢地看到了这一点。策琳娜的生产几乎没有什么痛苦，几天之后，她就可以下地走了。可是也曾有过突如其来的麻烦，这就是孩子病了，幸好病得不重，母女俩现都恢复了健康。

我好久没有给你写信了，我本来想给你的《梅李泰利》寄点东西，但我却什么新的都没有写，那些老的东西因为书刊核查的干涉，又过不来。你说那些宗教诗已经有了梅日巴赫①的新版，只是你不知道。你大概还记得，我以前在魏玛，翻译过《浮士德》的序幕，这个序幕的手稿我给了安东尼先生，安东尼把它包了起来，盖上了印章，写了地址，放

---

① 　华沙一家出版社。

223

在托德文那里。托德文已经去世，我现在给你一封委托书，你如果找到了这个序幕，就托你拿去付印，但是要看一下，作一点修改。①

这里别的诗人都怕你没有对他们的作品进行修改润色，安东尼先生尤其看重这一点。我以为，你和我任何时候也没有像现在这样，看重我们的语词的运用，其实也不用那么重视维特维茨基的这些结构主义者的观点。但是为了那一包东西还是要对他表示感谢，因为他最关心你的利益，而且也最不讲究什么形式。卡伊谢维奇的诗我不知道你觉得怎么样，但我觉得还是值得出版的，因为这些作品总还是有些诗的特色的。卡伊谢维奇是一个年轻的作家，一个好小伙子。他许诺了很多，也想拿出来付印，我对他也有过这样的建议，我没有意思要制约他的灵感，特别是我对这个作者还评价很高。我这里也有加辛斯基②的十四行诗，我写了信给他，问他能不能选一首或两首给你拿去发表。我会把他的诗放在我的信中，一起寄给你。没有得到许可我也不敢去碰那些预言家们的受不得刺激的家族，最爱发怒的肌肤。③

我现在在写一篇散文，阅读一些年鉴，我想写一部简短

---

① 这份手稿后来遗失了。
② 孔斯坦丁·加辛斯基（1809—1886），波兰诗人，密茨凯维奇在《波兰朝圣》上发表了对他的评论。
③ 原文是希腊语，出自贺拉斯。

的波兰史。①

　　这里也附一封给弗兰齐谢克的信，是他要我写给他的。吻你夫人的小手，请代策琳娜向她问好。

亚当·密茨凯维奇

---

① 　诗人后来写了《波兰历史最初的世纪》。

致沃伊切赫·科尔内利·斯塔特内尔①

巴黎佩皮尼埃尔街60号　1836年3月21日

尊敬的朋友!

我有时也得到过你的消息,我非常高兴的是,听说你和你的家人都很健康。但在现在这个时候,要知道更多的东西也很难,另外我也没有更多的东西要告诉你。我结婚两年了,已经有一个女儿,她满七个月了。上帝知道,我能不能把她养大,因为你知道,现在是很难预料我们的未来的。

有人告诉我们,说你又想出国,到巴黎来看看。但现在很难猜想,你为什么要这么旅游,你比我更了解这个国家艺术的贫乏,但你任何时候也没有想到,这里的艺术家们的品德是多么堕落腐化,所有的一切都是生意中的贱买和贱卖。我以为,你会为此感到非常痛苦,因为我知道你的感情、思

---

① 沃伊切赫·科尔内利·斯塔特内尔(1797—1845),波兰画家,克拉科夫美术学院的创建者;他为密茨凯维奇、斯沃瓦茨基画过像。

想和向往。《马加比家族》①你还没有画完，这很不好。你一定要把这个伟大和漂亮的纪念品留在克拉科夫。我很感兴趣地想要知道，你现在干什么，以后会有什么想法？

你的夫人②是不是不再想念罗马了？我很怀疑，我，一个外国人③，经常对这样一个奇怪的城市唉声叹气，可它对每一个人来说，都好像是他的第二祖国。我多少次想要迈开脚步，到阿尔卑斯山去，但很长时间，这根本是不可能的，我只能走在巴黎的马路上。

如果你跟博亨内克先生很熟，请你跟他谈一桩买卖，几年前，他就我的文学作品的出版的事，提出了对我很有利的条件。我给他回了信，同意他提的条件，并且表示了感谢。但是我没有等到他的回答，就不得不离开法国，去找别的出版商④，尽快地签合同。现在我不想写信给博亨内克，重提过去的事了，因为我不知道，他还有没有过去那种愿望和条件，特别是现在情况已经发生了这么大的变化。也许你去和他谈一谈，会对他有所了解，请告诉我，要通过什么途径，

---

① 马加比是犹太教世袭的祭司长家族，公元前167年曾发动起义，领导犹太人对抗塞琉古王朝，以游击战夺回耶路撒冷圣殿和使犹太地区免于希腊化，取得了相对独立。这幅画保存在克拉科夫国民博物馆。
② 她是意大利人；密茨凯维奇是他们的证婚人。
③ 原文是希腊语。
④ 诗人找到出版商梅日巴赫，1833年在华沙出版了《波兰民族和波兰朝圣者之书》。

才能写信和寄信给他。

紧握你的手，祝你一切都好！

好心的

亚当·密茨凯维奇

致弗兰齐谢克·密茨凯维奇

巴黎圣日耳曼区马拉街18号　1836年12月

亲爱的大哥！

我们还是有机会可以互通信息的，不像过去那样，这个机会一定会到来，而且会很快地到来。我对你说过多次：你给我提到过的许多信转来转去，都不知到哪里去了。其中由捷杜希茨基①转手，我只收到了一封。你知道，夏天我是在乡下度过的，可冬天我又回到了巴黎。到明年春天，我还要出去，但不知道，是不是还要到去年参观过的那个宫殿里看看，它对我来说，也太大了。我们大家都很健康，只有我感到牙痛，我要拔掉一些。妻子现在很好，女儿玛蕾霞十六个月了，很健康，也很结实，总是快快活活的，她对我来说，就像是我过去看过的戏剧表演和晚会上的文艺表演。

我们这些流亡者越来越贫困了。那些有工薪收入有的减少了，有的完全没有了，我周围看到的和听到的都是穷困，有很多人都自尽了。性格坚强的人在坚持，和命运斗争，尽

---

①　亨利克·捷杜希茨基（1795—1845），波兰地主，波兰制糖业的先驱。

可能走自己的路。在我们的朋友和熟人中，卢齐扬和我们住在一起，现在学习木雕艺术，他的活干得不错，很快就会以这门手艺谋生了。赞不能在歌剧院里演唱了，因为他的嗓子哑了，现正在学拉大提琴。多梅伊科和一些化学家一起工作，还有很多人我知道原来都很富有，对公益事业也一直是很热心的，但他们却被人遗忘了，或者因为通信不便，和我们隔离开了，现在他们几乎整天都挨饿。看到他们这样，我甚至感到羞耻，我要控诉！我现在为了需要，不再用波兰语而在用法语写作了。如果我现在已经写好了的这个作品①获得成功，我就可以增加一些经济收入，但能不能这样，只有上帝知道。

我好久没有亚历山大的任何消息了。我现在也有机会可以到立陶宛去，我希望这个作品也是一个小的纪念品，能够送给正直的泰拉耶维奇②，但我不知道他还在不在世。

我忘了告诉你，贝尔纳托维奇有好多年本来病得几乎要死了，但因为首先是马尔钦科夫斯基③给他治过病，后来又采取了一种立陶宛的体疗法，终于使他恢复了健康。我听说，他现在已经下地走路，很稳健，脸色也变得红润了。

你，亲爱的弗兰齐谢克，你在做什么？你想不想要改

---

① 　指诗人用法语写的剧本《巴尔党人》。
② 　诗人老家的一位朋友。
③ 　卡罗尔·马尔钦科夫斯基（1800—1846），波兰医生、流亡者，后回到了大波兰，以发展当地经济和教育事业著称。

善一下你目前的状况？至少不要使自己给我们这位忠实的保护人带来麻烦。请代我向他致意！我到死也忘不了我们对他和他的一家是有歉疚的。告诉格拉波夫斯卡夫人，帕塞克的《回忆录》①我很高兴地收到了，我很喜欢这些回忆，为她的这个礼品，更为她还记得我，向她表示感谢！

你的

亚当

这里给卢齐扬给你的信附上多梅伊科和赞对你的问好。

---

① 扬·赫雷佐斯托姆·帕塞克（约1636—1701），波兰贵族，参加过波兰的一系列对外战争，《回忆录》在1838年出版。

致安东尼·爱德华·奥迪涅茨

巴黎圣日耳曼区马拉街18号　1836年12月

　　斯泰凡一定会回复你在互通信息上的诉怨，你们互相埋怨，一是说你本来有很多机会，但一次又一次地都失去了，二是怨这里的生活条件太艰苦，严重地妨碍了你们的创作自由。但说实在，长时间的保持沉默也是一种心理状态的表现，这种心理状态认为，如果在朋友那里难以找到欢乐，还不如保持沉默。我也有过各种各样的悲哀，当我想到你目前的生活状况，想到你信中说的那些话的时候，我更感到悲哀了。亲爱的爱德华，虽然有这么多的痛苦，但我们都是男子汉大丈夫，你知道什么是一个建立了功勋的人吗？这是一个遭受过许多苦难的人①。你很兴奋，痛苦之后你会有欢乐。我们来把这句话再说一遍吧！

　　你知道，我们冬天都会在巴黎，我们都很健康，只有我感到牙痛，拔了后，现在好了一点。策琳娜也很健康，玛蕾霞十六个月了，她很健康，有力气，活泼灵巧，总是那么快

---

① 原文是法语，出自法国历史学家亨利·马丁（1810—1883）。

快活活的，但她很笨，到现在还不会说话，她总是要想出几个字，把它们说出来，然后又把它们忘了。我因为她而感到非常快乐，这是我的家庭喜剧，总是那么新鲜，那么有趣。

经济上的困难在折磨我，但是上天并没有把我抛弃，日子就是这么慢慢地过。我现在用法语写了一个作品，如果它很成功（它已经写完），读者喜爱，那我们的经济状况就会要好一些。你要为我祈祷，让我满足这个愿望，第二个这样的作品的写作也在紧张地进行①。如果第一个作品销售得好，我就要回过头来写一些波兰的东西。我不可能很长时间一点也不写，两个月前，我就有了这样的愿望。

我们这里的流亡者越来越穷了，他们的薪俸有的减少了，有的完全没有了。这里到处都是贫困，到处都可听到饥饿难忍的叫喊，这是一个什么样的景象？在我们的熟人中，多梅伊科一直在做化学实验，赞的嗓子坏了，不能在歌剧院工作，现在学习演奏大提琴。

你从侨民们的新闻中，一定听说过一些天主教徒、耶稣会士和教堂等等的事。你应该知道，对这些谣言该怎么看？我要告诉你，也只告诉你，你不要对任何人说，其实在流亡者中，福音书是很普及的，人人都来上教堂，有的人认为不好，有的人感到奇怪，我却非常高兴。有几个很聪明的人来上课，还有几个住在一个像修道院一样的地方，就像一个僧

---

① 指《雅库布·雅辛斯基，即两个波兰》，这个剧本没能完成。

侣的派别一样，他们在一起工作，给几个男孩上课，这就是所谓牧师聚会的传闻等等。

给我说说你有什么打算？你还在德累斯顿吗？还有你家里怎么样，你在干什么？我听说，你有什么东西要在弗罗茨瓦夫印出来。你一定读过《塔杜施先生》的德文译本，或者听说过它。是斯帕捷尔这个骗子印出来的，他说这是译者和诗人一起译出来的①，我和他一起干过，实际上我只听说了他开始了这项工作。

我不知道你知不知道《伊雷迪翁》，它和《神曲》是同一个作者②。虽有同样的缺点，但那里的诗还是很美的。你知不知道我有一些二行诗已经放在这里出版的第八卷中。我们最多和最经常的是和斯泰凡③住在一起，也常常谈到你，常有这样的祝愿：让我们能够更加靠近一点。我们要看，是用法语写作还是用我们的波兰语写作挣得多些，我的命运是不是永远就像今天这样，为了一块面包？

祝你健康，我亲爱的！我们都对你的妻子和孩子表示祝愿！

---

① 原文是德语。
② 齐格蒙特·克拉辛斯基（1812—1859），波兰诗人，《神曲》指的是长诗《非神曲》（不是但丁的《神曲》）。密茨凯维奇对它有如下评价："这部长诗确实是一个有天才的人的绝望的呻吟，他在为旧世界的灭亡唱赞歌。他看到了社会问题全部的严重性和困难，但遗憾的是，他还没有站到那样一个高度，能够将它们解决。"
③ 斯泰凡·维特维茨基。

致安东尼·爱德华·奥迪涅茨

巴黎瓦尔-德-格拉斯街　1837年8月16日

你前一封信经过各种各样的人的手，我不知道过了多久，直到不久前我才收到。我们又在责备你那寻找机会的癖好。最后一个期票马上就要到了，我感到奇怪的是你怎么给我寄来了钱。你很清楚，我亲爱的，这些钱是从哪里来的，我们相互之间既没有说要负这个责任，也不应有这么一个想法：要你对我进行关照。你一定很有钱，就把我永远看成你的债户吧！如果你要巴黎的什么东西，就告诉我一下，我尽可能要对你进行一点回报。

虽然你早就说过要走了①，我还是感到有些悲哀。我们相距遥远，相互之间也很少写信，但我感到我们还是在一个国家，在一个海滨，可你现在要到大洋的那一边去了。但是从另一方面来说，我也常这么想，你做得很对。我们这里的处境就像天空里总是下着雨，是那么阴冷，而且它一点也不说明，将来会变得好一些。更糟的是，我们这里的人至今很

---

① 奥迪涅茨打算回到波兰，后来定居在维尔诺。

235

少出去旅游过，也是因为没有钱。所有的侨民都没有见到过希望的朝霞。我们在这里能干什么，只有等待。可你如果在别的地方，不仅日子会过得好些，而且会更有用一些。

我的家人都很健康，玛蕾希卡很漂亮、健康、活泼，就像巴黎的小芭蕾舞演员一样，但是很蠢，至今不会说话。孩子和她的妈策琳娜现住在巴黎城外的圣捷曼①，每个礼拜我都有几天要去那里，其他的时间我在巴黎工作。

以前我用法语写过作品，你知道，我写了一个剧本，是按你的要求写的②，如果它的展示③效果很好，这就会有很大一笔收入，它是作家们很难得到的。这几天，我还要去区委会讲课，只能做到这些了。可是这些工作才刚刚开始，远没有结束，有几个著名的法国人对我做出了很好的评价，我对你甚至也可以自我夸耀一下，因为桑夫人也很赏识我的风格，称我为"很好地掌握了我们的语言的一个作者"④。可是这个赞誉对谁也没有像对维特维茨基那么感到惊奇，因为他从来也不认为我的法语有那么好，他也不理解，一个外国人能够掌握戏剧的风格，实际上他自己也在进行这种尝试，要在别的剧院上演了。这个消息你自己知道就够了，因为有

---

① 原文是法语。
② 指《巴尔党人》。
③ 这个剧本当时已经上演。
④ 原文是法语，出自乔治·桑写给诗人的信。

谁知道，他能不能获得成功？我的剧作本想在圣马丹堡①上演，如果有困难，我就要等另外一个新的法国剧院的开张了，因为这家剧院是一定会演我的戏的，但它也不会马上开张。我这一切老实说，都是为了挣得一块面包，如能获得成功，我以后就可以较长时期平心静气地游逛在祖国文学的花园里了。现在，我正在写波兰的历史，第一卷马上就要写完了，但是我手头的工作却在不断地增多，因而我也很遗憾地看到了，要做一件好事是多么不容易，可我们这里却对历史作了那么可怕的篡改。

我们的熟人中，只有斯泰凡的健康状况不好，这一方面是因为寂寞和贫困而造成的。热戈塔这一辈子都待在化学实验室里，煎烤、尝试、进行各种实验。他还是个著名的冶金专家，现在到阿尔萨斯②去寻找矿物去了。

你在走之前要写封信给我，祝你健康，有一张纸条请交寄给弗兰齐谢克！我还要通过格拉波夫斯卡夫人转手，写封信给格拉波夫斯基，请告诉我她的地址！

亚当

---

① 法国地名，原文是法语。
② 法国地名。

致泰克娜·俄沃夫斯卡 ^①

致泰克娜·俄沃夫斯卡 [①]

巴黎　1838年4月5日

　　我们的这个病人[②]至今既没有见到水，也没有见到科茹霍夫斯基[③]，科茹霍夫斯基给他写过信，但很少得到他的回信。上帝保佑，夫人你要管这样的事，波兰女人做什么都比我们这些政治家要快得多，好得多。

　　维希[④]的水要到皮拉米德斯街角上的圣荣誉街[⑤]的仓库里去领取，它的门牌号我记不起了，但那个地方好找。这样的水病人一个礼拜要喝一瓶，它一个法郎一瓶不算瓶子价。我不知道，夫人是怎么管理那个协会[⑥]的，你买水吗？你有钱吗？从仓库里夫人也许能够得到更便宜的水。

---

①　策琳娜的娘家亲戚。
②　指尤里安·晓塔尔斯基（1812—1838），波兰医学博士、流亡者。
③　他原是华沙国会图书馆的管理员，流亡巴黎期间曾任一个波兰图书馆的馆长。
④　法国中部的温泉。
⑤　原文是法语。
⑥　指波兰妇女慈善协会，1834年在巴黎成立，为了照顾得病的波兰侨民。

238

我请你来救治我的这个病人，他现在在极端的贫困中呻吟。

你好心的仆人
密茨凯维奇

我这里有一些好看的卡片，可以用它们去换威士忌酒，我也想喝。

致博赫丹·扎列斯基
和尤泽夫·扎列斯基

巴黎瓦尔-德-格拉斯街3号的对面　1838年5月约14日

亲爱的博赫丹和尤泽夫！

我要给你们写的信总是写迟了，因此最后就要来急急忙忙地赶写，写得乱七八糟。怎么办呢？今天给扬斯基的信一定要写好，所有的批发价我都要做一些改动。

我家里的情况要告诉你们的是，我们也就是妻子、女儿和我都很健康。女儿已经开始说话了，她爱跑跑跳跳，和我一起去城里会客。如果博赫丹的脑袋不是那么光透透的，却又留了胡子，也许我们还会想到是他。我现在还想到了家里要不要第二个孩子，但我至今却没有什么文学成果。波兰的历史也写得很慢，一些章节的写作计划不断地改变，这说明我的写作的指导思想还没有成熟。一句话，还需要等待幸福的时刻和灵感的来到。

关于我们一起组织一个社团的事，我现在还不敢说已经做得很好，维特维茨基一个人很积极，他已经干了很多，别的人我不知道，我有时候想催他们一下。我想翻译一下迪奥尼兹约斯·阿列奥帕吉塔或别的教会神父的著作。你们知道，我是不会要你们也走我这条路的，我很想让我们中有人翻译一些那些新的可是有争议的作品，例如莫尔[①]的《一个爱尔兰人想要找到宗教信仰的一次旅游》，和卡贝特的《历史》[②]等等。我们要记住，我们这么做，不是为了那些已经有虔诚的信仰和完美无缺的人，而是为了世界上那些和我们一样的流浪者。现在关于宗教信仰的争论很少引用哲学的论著，可以说，那个不信教的炮台已经悄悄地被拆掉了，他们好像进入了游击战，他们在谈话中提出一些看法，或者开玩笑似的，对教会进行攻击。对这些无知的人要用一些通俗易懂的东西去给他们进行宣传，对他们进行驳斥。这是我给你们提出的建议，你们如能采纳一点，那在这个时候，你们就为我们民族的复兴做了一件大事。

你们已经知道科隆发生的事件[③]，我很难跟你们说清楚，在德国的那些舆论是怎么造起来的，那里到处散发着大量的小册子，有些骗子和流氓在肆意咒骂。一句话，这就是今天德国的塔兰[④]，但我认为，那里不会发生打斗。这就好了，但还是要等着看这件事以后是怎么说的，对它也要进行更多的了解。你们相不相信，我们的同胞在那里，一开始是

---

① 托马斯·莫尔（1779—1852），爱尔兰诗人。
② 斯泰凡·卡贝特（1788—1856），波兰空想社会主义者，《历史》指他用法语写的《1830年革命史》。
③ 科隆的一名主教反对普鲁士政府的民族通婚政策。
④ 1833年11月，一些波兰侨民在巴黎塔兰街12号聚集并攻击《波兰民族和波兰朝圣者之书》的宗教观点。

支持普鲁士国王的，这里说的我们的同胞就是当地的波兰侨民。现在又闹到杜宁那里去了，那些人擦了擦眼睛，对这个世界还想到了宗教感到非常奇怪。不久前，恰尔托雷斯基公爵[1]在文学协会发表了一个很具有天主教思想的讲话，我在那里看见了几个哲学家在不断地叹气。如果我说，这些人为什么要叹气，我就要对你们说笑话了，但这里不是开玩笑的地方，也不是开玩笑的时候，好在最后我们还是了解到天主教这个宗教存在的状况了。

另外你们读没有读过《青年波兰》[2]？至于它是怎么产生的，我知道的和你们一样。我听说罗佩列夫斯基在这个杂志上发表过评论，有个法国人还对他表示了支持，如他请罗佩列夫斯基翻译过一些文章。我听说，雅努什凯维奇还偷偷地宣布过我是这个杂志的主编，算了吧！福音书上说过，谁以基督的名义去教育别人，他不可能长久地成为基督的朋友。我们感到高兴的是，罗佩列夫斯基和雅努什凯维奇都宣布了他们是天主教义的捍卫者，虽然他们的正统思想你们依然是怀疑的。说实在的，我也以为，他们自己就不太知道，他们信仰的是什么，他们要做什么。他们如果对什么有了一点了解，也可以写一点东西，但是他们想要加入扬斯基的公司，遭到了他的

---

① 亚当·耶日·恰尔托雷斯基（1770—1861），波兰政治家，贵族保守派的代表，曾当过俄国外交部长，十一月起义时担任国民政府主席，在流亡者中有很大影响。

② 一份宣传正统天主教思想的波兰语杂志，1838至1840年出版。

拒绝。

　　现在我们来说说扬斯基和他的这个家①的情况，我知道，你们给过他帮助，你们问过我们那些需要帮助的人状况怎么样了②，在他的这个家里早就有了亏空，财政收支一片混乱，不可能是另一个样的。我要说的是，他的这种亏空来自整个侨民的亏空。他的公司雇用了各种各样的人，有的给他们发薪水，有的没有，因为总是发不出，要欠债。为了维持这个艰难的局面，它就要向一些社会团体借贷，甚至要向一些被人们抛弃了的社团借贷。可是它现在有了希望，因为恺撒就会给它提供帮助，为它还清这些债务③。扬斯基的公司即使像现在这么艰难的处境中，它还给我们带来了这么大的好处，它的存在给我们提供了一个例证，说明我们的流亡者见到了一只蝶鱼，大家都在议论它，也一定在议论宗教。最聪明的话马上就会说出来，一本书虽然有人读过也会忘记，但是一个机关还是存在，它会起作用，起更有用的作用，你们如能尽一切努力来帮助这家公司，那当然是很好的。

　　在这封信的结尾，我要对你们说一件最重要的事，你们知道，在阿尔及尔和奥兰④有几十个波兰人，他们在那里

---

① 　指公司。
② 　扬斯基在公司经营上遇到困难。
③ 　有人从罗马给扬斯基弄到一笔"给予未来的复活者"的资金。
④ 　阿尔及利亚地名。

怎么样？你们那里有没有人愿意和有这种条件（特别是尤泽夫，他年龄大些，更有经验），去那里访问一下，这里的行政管理机关的领导不会不给你们护照。我们这里也要准备一包书，送到那里去，用来建一个阅览室。此外在那里也许还能建立一个宗教慈善团体，如果有人生病，能够互相帮助，并且一起举行宗教活动等等。我没有必要在这里多出这一类的主意了，你们中如果有谁到了那里，根据当地的情况，会更知道该做些什么。医院单身汉协会成立的时候，是一个很小的团体，如果侨民中的天主教徒认为有必要也参加到这个组织中去，同时在其中选一个年岁大的，那么这个年岁大的在爱尔兰，或者在非洲就可以建立一个首都了。这都是梦想，它可能任何时候都实现不了，但这总是按照基督的精神去做的。谁如果去造访了我们在阿尔及利亚的兄弟，即使能将他们中的一个引上正确的道路，那他这一趟旅行就很值了。我们在这里的大陆上至少可以听到关于宗教的争论，这里有报纸，有消息报道，但是在大海的那边，那些阿拉伯人和法兰西的投机分子，在道德修养上是极端贫乏的。

我没有必要在这里提醒，不管这个计划能不能实现，我们都不要把消息传出去，因为有许多人在一个好的事物的出现还处于萌芽状态的时候，就要把它说出来，从干燥的沙土中挖出来。

我忘了要向尤泽夫表示，我一读到他的信就感到非常高兴，出奇的高兴，他不仅是一个基督教徒，而且是一个文学家。他应当知道，他已经是一个很好的和人们喜爱的作家了。维特维茨基在散文作家中也占有重要的地位。

祝你们健康！

亚当

我这封信写得很长，但还是有很多事没有写，我很快还要就各种各样的事和你们作一次较长的谈话。

致策琳娜·密茨凯维乔娃

沃韦[①]　1838年10月20日

　　我的策琳娜，我来到了日内瓦，很幸运，也很健康。在城门口就遇见了亚历山大·波托茨基，和他一起玩了一整天。从这里我们也去了沃韦和纳克瓦斯基[②]那里，然后我又和他一起去了洛桑。

　　现在我要告诉你的，是我们的买卖做得怎么样。做得还不错，在我来到这里之前，这里已经宣布了我是讲拉丁语学课的人选，在学院里有这样的空位置，一个礼拜讲六节或者七节课，月薪约两千八百法郎，如果课讲得更多，那么薪俸也会多些。[③]照这里的管理人说，这些钱会使我们过得很舒服。这个国家美得像画中一样。这里去日内瓦只有几个小时的路，就像我们那里去俄沃斯基家一样，假期我们去了意大

---

① 　瑞士地名。
② 　亨利克·纳克瓦斯基（1800—1876），波兰社会活动家、政论家、流亡者，属于温和派；他在回忆录中多次提到过密茨凯维奇。
③ 　从1840年上半年到10月，诗人在洛桑大学讲授拉丁语学课，11月回到巴黎。

利。一句话，只要我的考试合格，我的尝试获得成功，我们在这里就很好了。我希望你也有这样的愿望，来这里进行忏悔。我感到幸运的是，有些瑞士人除了奶酪和葡萄酒的价钱之外本来别的一无所知，现在他们也听说我来了。几乎就在我写这封信的时候，我就得到了一个消息，说在日内瓦有一个地方，可以让我当一个教比较文学[①]的教授，共和国的一些重要人物都在谈论我，这个位置比在洛桑还要好些。

我的瑞士之行的计划是这样：明天是礼拜天，我没有什么事，我会在纳克瓦斯基他们那里，坐在一个好的饭桌旁喝葡萄酒，抽烟，参观湖面的景色。礼拜一我就去日内瓦，要问一问那比较文学的事。礼拜二我会回到洛桑，在那里一直要等我有个教书的地方，或者那里要我离开，这也是可能的。在洛桑我会写信给你，告诉你我的这个买卖做得怎么样。叫维特维茨基给我们写信，把我这里的情况告诉他，但对任何别的人，你们一个字也不要说，因为你们知道，巴黎的侨民营中，是如何造谣的。

你的信可照纳克瓦斯基的地址：瑞士的沃韦 寄给我，告诉我，你现在怎么样？你的咳嗽完全好了吗？对胖米霞[②]的健康我不担心，但是弗瓦焦[③]总是爱睡觉，今天来到了我这

---

① 　原文是法语，后同。
② 　诗人和策琳娜的女儿玛莉娅的爱称，1835年生。
③ 　诗人和策琳娜的儿子弗瓦迪斯瓦夫的爱称，1838年生。

里，要见我。

还有一件事要替我办一下，叫维特维茨基到我的学校里来，在学校大门对面的墙上钉着的一个搁架子上有一堆整理好的书，从中可以找到斯帕捷尔翻成德文的《塔杜施》，这本书一小半[1]是用皮纸包装的。如果不在架子上，那就在一张桌子上。另外要注意，在那个架子的左边还有一些小册子，放在上面的一本是希尔古伯爵的《关于马德里堡的提示》[2]。还有就是请维特维茨基马上到路德维克·俄沃夫斯基那里去，问他年前在什么法语杂志上发表过一篇文章谈到了我，也就是我的《塔杜施》，是爱米尔·德·哈格写的，这个杂志可以请布列查[3]去找一下，他住在巴蒂尼奥尔区勒梅希埃街57号。所有这些书和小册子都要包好，照上面这个地址给我寄来，因为我很需要。如果哈格的那篇文章难以找到，或者需要很长时间，那么就给我先寄来斯帕捷尔的《塔杜施》的德语译本和那个《关于马德里堡的提示》吧！可以请维特维茨基替你办这些事。

再见吧，亲爱的策琳娜！等着你快点回信。今天我写了很多信，还写了一封公函，简直连气都喘不过来了。如果你

---

[1]　原文是拉丁语。
[2]　原文是法语，后同。
[3]　欧根·布列查（1802—约1860），波兰政论家。

要买木材，那就捧一堆去吧！我现在说不出有什么事可以办得到的，上帝知道，也许我们就要离开巴黎。

你的

亚当

致洛桑学院委员会主席奥古斯特·雅凯 [①]

维拉尔 [②]　1838年10月21日

主席先生！

我不久前了解到，洛桑学院拉丁语学教研室现在缺人，我以为，我是能够成为参加到教研室的人选的。我毕业于维尔诺大学，在那里获得文学助教的学位后，于1819在考纳斯的一所大众学校里被任命为拉丁语学的教授。后来发生一些政治事变，使我不得不离开波兰。此后我按顺序分几次地访问了德国、意大利和瑞士。我现在住在巴黎。在国外期间，我用波兰语发表过很多作品，其中有几个翻译成了德文、法语和英语。我知道，这些诗歌作品和拉丁语学没有任何关系。我在这里提到它们，是要说明，我任何时候也没有抛弃文学这个职业，我一定要常常想起我过去学过的古典文学，实际上，就这一点，我已经准备好了参加公开的考试。

---

①　奥古斯特·雅凯（1802—1845），瑞士沃州的州长和国务委员会主席，后又任瑞士大众教务委员会的主席，是洛桑学院的上级。原信是法语，译者据波兰语版转译。

②　沃韦附近的居民区。

按照大众教育委员会的规定，在洛桑学院上课是用法语的，这种语言由于我长时期的运用，已经掌握得很好，我可以拿我用法语写的和发表在巴黎的杂志上的一些文章来做证。

　　如果委员会愿接受我作为人选，我就一定要向它尽快地拿出一个官方的文书证明我在大学拥有的学位，此外我还要拿出我的一些作品的翻译，这些我已经列举出来了，如果委员会认为有必要熟悉它们的话。

　　我很荣幸地能够向总统先生表示最崇高的敬意。

您的最低级和最顺从的仆人
亚当·密茨凯维奇

维拉尔在沃韦附近，纳克瓦斯基家。

致阿道夫·德·希尔古[1]

日内瓦巴兰斯旅馆　1838年10月24日

伯爵先生!

我到过日内瓦,是为了找职业,作为一个要在日内瓦找工作的人,我获得了成功,这对先生你来说,是完全可以理解的。情况是这样,在日内瓦有一个学院,那里现在要开一门比较文学的课,可是他们的教研室还没有人能够教这门课,而它对我来说,无论在哪方面都是很适合的,因此我作了一些努力,希望能够有这么一个机会。西斯蒙迪[2]先生和德·拉·里韦[3]先生也表示了对我的支持,因此那里的教委会进行了讨论,认为首先要得到德·希尔古先生的同意。我很清楚地记得,先生过去在日内瓦,这方面是有很大的影响的,可以肯定地说,不论发生了什么样震撼了欧洲的革命,

---

[1]　原信是法语,译者据波兰语版转译。

[2]　让·卡罗尔·列奥纳德·西蒙德·西斯蒙迪(1773—1842),瑞士历史学、经济学家。

[3]　奥古斯丁·德·拉·里韦(1801—1873),瑞士物理学家,时任这所学院的院长。

希尔古的一派总是有那么多的拥护者，那么坚实可靠，能够发挥积极的作用。如能承蒙伯爵先生向您这一派中最有影响的人给我作一番推荐，再请阿纳斯塔齐娅夫人[①]对德·坎多尔父亲说几句话[②]，那我的事就办成了，至少有许多日内瓦人是这么看的。[③]

我把这封信也给亚历山大·波托茨基伯爵先生看了，他现在走了，而我也只有这么多的时间，能够向先生表示崇高的敬意和无限的爱戴，我永远是您最忠实的仆人。

亚当·密茨凯维奇

---

① 阿道夫·德·希尔古的妻子。
② 奥古斯丁·帕拉莫斯·德·坎多尔（1778—1841），瑞士植物学家，这所学院的前任院长。密茨凯维奇在罗马认识了他的儿子，所以客气地称他为"父亲"；阿纳斯塔齐娅夫人给他写了信，他回信表示不同意密茨凯维奇担任这个教职。
③ 他的努力没有成功。

致策琳娜·密茨凯维乔娃 [1]

巴黎　1839年1月约7日

亲爱的策琳娜！

你想要的书很快就可以得到，但我不想让你在这些天去读，因为你特别是现在，需要尽量的休息。大夫们都说，你现在是月经期，每一次精神上的激动都是有害的。我听说，你现在担心我们的经济收入会陷入困境，放心吧！老天爷不会抛弃我们，我以为只要我们都恢复了健康，我们就会见到美好的未来。孩子们都很健康，斯坦尼斯瓦夫·俄沃夫斯基 [2] 好久不见了，他也没有给你治过病。我曾寄希望于法尔列特和沃尔辛两位先生，他们对我们更好，并且保证定要使你尽快地恢复健康。我们要相信他们，你看，你现在不是好多了吗！一个礼拜的迟早对于恢复健康来说，没有影响。

---

[1] 1938年下半年，策琳娜宣称自己是先知、圣母的化身，拥有疗愈的能力，是波兰人和犹太人的救赎者。因为婚姻生活和策琳娜精神状况（可能是产后抑郁）的双重恶化，密茨凯维奇在12月17或18日自杀未遂，之后策琳娜被送进精神疗养院。

[2] 他是策琳娜的舅舅，十一月起义时是起义军总部的首席医生，1847年在巴黎去世。

我把你母亲的那个小手镯寄给你，我知道，你喜欢经常把它戴在手上，小钟也找到了多梅伊科从科金博[①]的来信，说他在那里过得不错，他的旅行一路都很顺利。俄沃夫斯基一家叫我向你问好，他很想见你，但又怕你生气，特别是现在，祝你健康！

你的

亚当

---

① 智利地名。

致策琳娜·密茨凯维乔娃

亲爱的策琳娜!

大夫们都说,你在监牢里的日子已经不会太久了,你的健康状况在这个正要幸福地好转的时候,再也不要去损害它。我既不能给大夫们下命令,也没法见到你,或者什么时候让你回家,这都不决定于我。你如果处在我这个情况下,也会这么想。阿尔丰斯很快就要到你那里去,然后我也要来。孩子们都很健康,米霞的小眼睛好了一些,她所有的字母都认得,并已经准备好,要在你面前演示一番。

祝你健康,要最最经常地给我写信,然后你会得到我最长的信。

你的
亚当

致弗兰齐谢克·密茨凯维奇

巴黎　1839年2月20日

我亲爱的大哥！

半年多来，我的家里有那么多的痛苦，而且更多的是思想上和肉体上的痛苦，也不知道自己是怎么熬过来的。现在我稍微好了一些，也不愿给你讲那些悲哀的新鲜事，因为你的状况也很不好。我等待过幸福，至少是平安的时刻的来到，现在我妻子的身体总算好了一些。她病了很长时间，当时能不能好都值得怀疑，而且正是在我们想改善一下我们的处境，并且希望得到一些保证的时候，这个不幸就降临到了我们的头上。我去年9月去过瑞士，在洛桑的一个学院里，以教授的身份讲过文学课。我因为有了这样的地位，我所有的要求也得到了满足，这里很安静，是一个美丽的国家，我在这里的待遇也够我们全家的人都过得很舒服了。我首先想到的是要把这些情况都告诉你，可是当我因为租到了房子而正非常高兴的时候，我得到了消息，说我的妻子得了重病，要我马上回去。我找了一些医生给妻子会诊，也给我的一个孩子治了病。我的妻子当时正在给小儿子喂吃的，她忽然把那些食物一下子往孩子的头上扔去，有点精神失常了。因此我要把孩子们从家里接出来，后来，她自己也离开了这个家，让医生们来照看。现在她很有幸，很快就恢复了健康，甚至可以说，完全康复了，但她还有几个礼拜需要医生的监护。你不难想象，我这几个月的日子是怎么过的。我虽然没有大病，但我现在还是感到有点不安，怕支持不住，我希望我能够尽快地恢复过来。我感冒好几个礼拜了，也不见好，感到身子虚弱，还有些麻木。我至今没法给洛桑学院的拉丁语学课写教案，可他们是要求我写的，所以我怕失去我的这项工作①。我至今也不能离开巴黎，亲爱的大哥！这些烦恼一直离不开我，如果我要喘息一下，我的这种烦恼也许还会达到它的极限。

亚历山大那里简直是一点消息都没有。我从有关方面了解到，他在哈尔科夫②一直很好，他给我和孩子们寄来了一些礼品。在我们过去的熟人中，托马什·赞现在在彼得堡，但关于他更多的我也不知道。多梅伊科到科金博，到南美洲去当化学教授和冶金专家去了。现在我们和他所在的位置正好相反，因为他所在的那个城市在地球的另外一边，离开立陶宛恐怕没有比这更远的，除非有人要到月亮上去。但是多

---

① 诗人还不知道，当时洛桑学院正在想法维持他的教职，允许他迟一点来瑞士。
② 乌克兰地名。

258

梅伊科从那里写信来了，他说他很幸运，游历了大洋，潘帕斯草原和科迪勒拉山脉。他很健康，住的地方也很方便，他的收入很高，但他十分想家，因为在整个智利共和国，只有他一个波兰人。

在我们这些少数在维尔诺一起参加过宴会的熟人中，现在已经完全分散了，科瓦列夫斯基（我不知道你还记不记得他）到过北京，亚历山大·霍奇科去了巴西等等。切乔特不久前访问了立陶宛，在维尔诺出版了他翻译的一本《村社的歌》，后来他好像又回到白俄罗斯去了。卢齐扬一直在做他的木雕，已经很有成绩，他可以以这门手艺谋生了。我知道，你想要离开你现在住的这个地方①，但你要等我告诉你的消息。几个月之后，我就会做出最终的决定，是待在这里，还是到瑞士去。

> 你的
>
> 亚当

---

① 1838年3月，应俄国的要求，普鲁士当局撤回了对波兰流亡者的居留许可。

致伊格纳齐·多梅伊科

巴黎瓦尔-德-格拉斯街1-3号　　1839年6月13日

亲爱的多明戈[①]先生!

我几乎每个月都要写信给你,以后按常规还会保持这个习惯,这些信都是用一包包旧的纸写的。下个月我还要寄给你几本法语书,我想你在美洲也是值得一读的。但你每一封信都要告诉我,这么多的东西你收到了没有。我最近的一封信是在热内亚写的,将由撒丁岛的轮船寄送到你那里,这些就是由我经手,给你寄去的所有的东西。

你的地图和随笔集因为没有钱,至今没有印出来,可是现在普拉泰尔想要印。我和妻子还有两个孩子下周要到瑞士去,这个地方我是做出了牺牲才找到的。总之,我是想在那里住下来,上帝保佑,我一家人都很健康。

我们这里没有什么好说的,我们的流亡者的大军的住地像宿营一样,他们发出的公报什么也没有说。和比利时的战争你知道,没有打起来,但是那里总是有什么烧着了,以后

---

①　即多梅伊科。

260

会引起大火的。现在所有的眼睛都望着东方，很难预料，那里会发生什么。法兰西好像用一张狗皮把自己包起来了，那里做不出任何决定。一句话，现在还不用回到欧洲去。你要把你在美洲所见到的写一部著作，给波兰人看，让它在国内印出来。我们这里能让你的手稿在波兹南发表，这里还有西班牙文的翻译，因为只有投入了工作，才能使我们从碌碌无为中变得有点生气。国内追查得很厉害，好多家庭都遭到迫害，一个人是很难安安静静地坐在家里的。

你在我们这里的一些熟人都很健康，你就等着欣赏扎列斯基的诗歌吧！它还有几个月就要出版了，你可以高高兴兴地看好几个月。

祝你健康！

亚当

致伊格纳齐·多梅伊科

洛桑圣皮埃尔街16号　1839年8月11日

我亲爱的伊格纳齐！

当我要给你写信的时候，我的手却抬不起来了。因为我看到，我的一些信寄出去之后，不知道在什么地方迷了路，都丢失了，你也许要怨我太不小心。我在几个月内总是要写一些信，而且我也知道，你的一些熟人也和我一样，很爱写信。我们写信告诉了你一些立陶宛的情况，也寄给了你少量的书和日报。那个布霍把这些东西都藏起来了？还是送这些东西的船沉没了？或者它们在什么地方被扣压了？只有上帝知道，但你迟早是要收到的。你的所有的信每一封都是通过各种不同的途径送过来的，可见我们的欧洲就像一个早就住在这里的老太太一样，比你们的科金博更容易找到。你要相信，你寄来的东西在我们这里是不会丢失的，可是我寄给你的每一封信现在看来，都丢失了。因此我在这里，把我知道的，还要简单地说一遍。

我去年在洛桑学院获得了文学教授的职位，妻子长期的生病一度妨碍了我去那里就职。可是现在我们全家都到这里来了，我肯定会住在这里，要在这里讲课。妻子和孩子们都健康。米霞长高了很多，弗瓦焦也摆脱了长时期和很危险的病痛，开始在地上爬了。这个小男孩长得瘦小，他到我这里来就像米霞去找她的母亲一样。我们住在这里很好，一个月付八十法郎的房租（房间里有家具）。我的住房的窗子面对着莱芒湖①和阿尔卑斯山，可惜的只是离湖太远。但我更爱我们立陶宛的景色，我可以躺睡在那里，睡过了头也无碍，而不愿看这里远处的闪光，它就像皮影戏样给人的眼睛以错觉。洛桑这座城市实际上很令人厌烦，这里的居民本来对我们很好，如果我们能够习惯在外国的土地上，我们在这里就可以过得很好，但我们就像茨冈人那样，在什么地方都只能做客。

　　我在这里，在洛桑，和你在科金博一样感到孤独，只是我离自己的人近些，因此我很理解你的想念。如果你觉得在那里太难受，就放弃那里的实验室，一个人到我们这个仓库②里来吧！我们尊重你们的共和国，但我不希望你为了她，就把你这一生的精力都耗费在那个讲坛③上。现在你说一说你的情况吧！甚至像我给你提出的建议那样，你还可以简单地写一写拉丁美洲在西班牙人来到这里以前（像大家知

---

① 即日内瓦湖。
② 原文是法语。
③ 原文是德语。

道的那样）和以后的历史以及现在的情况，要写得适合于在我们国内出版，最后还要加上你在那里的旅游。你至今写的美洲只写了那里的土地和矿石，可是那里的人我们知道得很少。你在假期中以后就不要去科迪勒拉山了，而要去墨西哥和巴西看看。你们那里的战争我知道得很多，因为我在报纸上总是注意在科金博发生的一切。

我寄给你的各种各样的书在我这里都有登记，因此我首先要了解的是，这些书都寄到了没有。

从我离开巴黎到现在，我也不太知道巴黎现在是怎么样的。维特维茨基住在维希的塞纳河边，他的身子一直很虚弱。赞表示同意在一个法国人那里当宫廷乐师，他对这个职务本来不乐意，但我听说他很健康，也长胖了。博赫丹总是没完没了地写诗，他对自己的作品也感到很满意，但他至今什么也没有发表过。托马什·赞住在彼得堡。立陶宛那里总是不断地进行侦察和搜捕，日子不好过啊！关于别的一些熟人的情况，拉斯科维奇一定会告诉你。

我们这里的政治家们，现正在研究东方发生的一些事件，法国人和英国人对这都很理解，我们这些勤劳的臣下①都在干他们所爱干的。但是这些事件中，有的还可能出现对我们很重要的情况。我总是祈求上帝，希望他让莫斯科佬占

---

① 嘲讽的话，指波兰流亡者中一些政治人物还在想沙皇之所想。

领孔斯坦丁诺波尔[1]，这样就会改变欧洲的面貌。但有什么办法，那些聪明的莫斯科佬不着急，而那些愚蠢的法国人又阻挠他们这么做，如果没有别的办法，就只有大喊大叫了。

　　我还要寄给你一些别的书，在这之前，我会写信给拉斯科维奇，要他准备好几本小册子，但愿也能够寄到你那里。你如果读到《塞韦仑索普利查回忆录》，一定会很高兴的。我还对拉斯科维奇说过，要他和你们的美洲做一笔生意，由你来当你们那边的代表，甚至可以让我们的人到你们那里去，因为去你们那里一趟特别合算。我如果有钱，也一定会来看望你，为了实现这个愿望，我要到维也纳去抽彩[2]。实际上，你如果在科金博找得到我的住地，我甚至要带着一个小团体到那里去。如果这办不到，那我就要你回来。

　　祝你健康，要尽量快活一点！

你的

亚当

---

①　即伊斯坦布尔。
②　万一中彩就有钱了。

致布罗尼斯瓦夫·菲迪南·特仑托夫斯基 [①]

洛桑圣皮埃尔街16号　　1839年9月9日

尊敬的先生！

我很早很早就欠了你的债，因为我没有回你的信，也没有对你寄来的作品表示感谢。我感到惭愧的是，我这么晚才向你承认了这一点，而且我要说明的是，如果不是出现了一个特殊的情况，我还不会写这封信，这封信真的是用波兰语写的。原谅我，对你这样的人表示一般的客气是不够的，对你的著作我也很想说一点什么，但是我不敢写，对这么一个具有深刻的思想，在十几年对学科和道德的研究中取得的成果，我的看法在信中是无法表达的。我要对你说的只是，我许多次地读你的著作，都是非常集中注意力的，这说明你写书就是要读者这样，因为你的著作明白易懂，在读者中能够普及，大众化，没有秘密和不明白的地方 [②]，读者喜欢。但

---

① 布罗尼斯瓦夫·菲迪南·特仑托夫斯基（1808—1868），波兰哲学家，用拉丁语、德语、波兰语写作，政治上趋向右翼。
② 原文是希腊语，出自贺拉斯。

我总是希望，你什么时候能给波兰写点什么，用波兰语写。我想，到那个时候，你就会成为一个完整的哲学家，因为一个哲学家就像一个战士一样，在他的祖国有他的兵器和力量，他自己开始是不会知道的。我要给你唱一首歌：前进，特仑托夫斯基，从德国到波兰。[①]

你是自莱希[②]以来，第一个也是唯一一个熟悉外国哲学所有领域的人。你对它有全面的了解和认识，你掌握它。但你在我们这个很少有人了解的历史中，也可以研究一下我们伟大的哲学是怎么产生的，指出它未来发展的方向，这也会使它更容易地得到发展。时至今日，都是外国的哲学，就像外国的鹰样，占领了我们的这片土地。这里说的是斯拉夫语，它像世界一样的古老，在它的体内可以发现许多伟大的秘密，这些秘密有的隐藏着奥义。有的语言过去都消失了，或者因为脱离实际，成了死的语言，就像一个从树上掉下来的枝芽一样。我以为，你的思想如果有了波兰的精神，就能创造一个新的哲学体系，它将不同于你过去在外国的土地（我们在书上称为土地）上创造或者更确切地说建立的那种哲学。对你的一些著作我并不想去提到它们，但我既然过去说了，那就请让我向你提几个问题，说一说我不明白的

---

① 这里改写了东布罗夫斯基建立的波兰军团团歌、即后来的波兰国歌《波兰不会灭亡》，原句是："前进，前进，东布罗夫斯基，从意大利的土地来到圣母的琴斯托霍瓦。"
② 神话人物，波兰人是他的后裔。

地方。

你认为哲学是人的智慧的表现,这是希腊人的智慧,但是你能肯定,在这个基础上就像在一株树的根基上,没有产生过一个体系吗?要知道,毕达哥拉斯时代的希腊人喜欢运用东方的传说,可是这个毕达哥拉斯当时在哲学研究上虽然有了一些进步,他的哲学却越来越难懂了,现在它就像被永远藏起来了一样,它不是希腊土地上生长出来的植物。我以为,它的价值也没有你说的那么大。我同意这么一些人的看法,他们认为古希腊哲学有一半或者说有一个学派的产生是植根于传统的,这个学派的观点认为要采取某种生活方式和遵守某种纪律,才能去寻求真理,可是另外一些人却认为喝醉了酒也能谈哲学。现在新的研究证实,甚至亚里士多德也原封不动地抄袭过印度人的许多东西。

还有,尊敬的同事!你从古希腊的那个时代一下就跳到了康德的这个时候,你说苏格拉底之后就是谢林。整个中世纪过去在世界上,在你看来,就没有值得注意的哲学,至少没有可以和苏格拉底或者谢林的理论相比的哲学,你会不会像德累斯顿一个图书馆员那样,也说神秘主义是一种"狂热的和野蛮的哲学"①。

你虽然在回忆雅库布·伯梅②时,对他非常赞赏,但他

①　原文是德语。
②　雅库布·伯梅(1575—1624),德国神智学家、神秘主义者。

站在你面前，就像人的肾脏中的一块石头那样，根本是不属于你的。还有巴德，你不要他，把他放在谢林这一派和黑格尔这一派的一些坏蛋中。但我认为，就是巴德的反对者，也认为他是值得注意的，不能把他像杂草一样从田里除掉。我这里没有说托马斯①，一点也没有说，更没有说教堂里的那些神父。

我在这里不能再说了，否则我就会陷入狂热，就会说个没完。

你的第二部著作《论不朽的灵魂》②就像第一部那样，无论在写作风格上还是叙说上都很不错，我看了后非常高兴，我认为你的认识前进了一大步，你对正统派很生气③，那么请你告诉我，你是怎么看待正统派的？你既然认为天主教的各种舆论都是不对的，你不认可它们，那么你为什么又要引用它所提出的一些教条，例如关于躯体的复活的教条等等呢？你的奥林波斯山写得很好，有诗意，但是我却要大胆地对它发动攻击，我虽然不是一个巨人，但我也能在这座山上挖一个洞，我最想知道的是，你认不认为你的厄瑞玻斯、奥林波斯山和现代性表现的思想倾向是一致的？它们如果说的都是一个上帝，那它们相互之间都会有影响的。奥肯④曾

① 托马斯·阿奎那。
② 原文是德语。
③ 指天主教，特仑托夫斯基是新教中的加尔文派。
④ 瓦弗日涅茨·奥肯（1770—1851），德国科学家、自然哲学家。

经证实，实际上他看到了，每一个原子对整个宇宙都有影响，那么你认为，所有的圣人对我们中的任何一个都没有影响吗？你认为历史并非永垂不朽的观点是正确的，那么为什么按照你的理论，过去并不起作用，只有成了历史，才能起作用呢？历史到底是什么呢？你知道，尊敬的先生！天主教认为历史人物是永远要起作用的，不仅对知识阶层起作用，而且作为一种积极因素，对整个人类都有影响。祈祷和赞美所有的圣人不只是要牢牢地记住他们。黑格尔，黑格尔自己也不是不知道要做祈祷，他只是不知如何把祈祷归于他的哲学体系中。在你看来，祈祷是不必要的。那么你说说，难道就没有一个无所不包的哲学体系对祈祷作过解释？

尊敬的先生！如果我还要赞扬，赞扬你讲的课，赞扬你论述的许多深刻的真理和那么多的见解，那我就非得马上结束这封信了。你的理论的提出第一次是那么清楚地说明了你要改变整个美学的面貌，而它今天所表现的想象和智慧，都好像包藏在一些抽屉里一样。我记得，巴德认为，所有的感觉都是一种感觉，这就是要使自己变得越来越强大。这种看法说明了多少真理。

请原谅我乱七八糟地提出了这么多的指责，但我对你还有一个请求，请你去问一下，对我那增加的讲约翰·克里斯琴·贝尔的拉丁语学史，还有拉丁语法和戈特弗里德·赫尔曼^①的《诗律学基础》^②的课有多少报酬。现在是不是还要查看我的身份证件？我很久没有语文书了，这样的著作你给我寄一些来吧！我马上把钱给你寄去，如果你没有钱买书，请告诉我，要给你寄多少？我的地址是：洛桑圣皮埃尔街16号^③。

你好心的

亚当·密茨凯维奇

---

① 戈特弗里德·赫尔曼（1772—1838），德国古典语文学家。

② 原文是拉丁语。

③ 原文是法语。

致伊格纳齐·多梅伊科

洛桑美栖旅店　1840年2月15日

我亲爱的伊格纳齐！

如果我的最后一封由布克索·迪·斯·科洛姆纳先生寄出去的信丢失了，那我就不知道该怎么办了，我对我们的通信感到很悲哀。

我给你写了这么多的信，在每一封信中都重复着前一封信中所写的，因为我不知道，哪一封你能够收到，可是你给我们的信都能够到我们这里。我现在还要试一试给你寄信，告诉你我在哪里，在干什么。我要把这些寄出去的信都登记一下。我在瑞士莱芒湖畔的这个洛桑城，已经住上快一年了。我在这里当了一个教拉丁语学很不怎么样的教授，月薪二千七百法郎。我虽然不怎么样，但我现在的收入还会增加一些。我的课的收听效果也很好，大家都能接受，这里的人也对我很好，虽然这里就像共和国通常出现的情况那样，有很多党派，它们互相仇视。我一周有六节课，事情很多，特别是那些我不熟悉的事情，在我们现在这种情况下，我又怎么去把它们做好呢？当然也有这样一种希望，即巴黎有可能让我去那里教斯拉夫文学①课，但我对这并不在乎，而且我也很犹豫，因为我对巴黎已经厌倦。这里的冬天暖和，和意大利完全一样。我住的房子也很漂亮，礼堂里显得十分气派，里面挂着许多很大的镜子，还有一些很大的窗子，面对着花园和莱芒湖，说真的，这样的住地是我最大的欢乐。但我有时候却思念立陶宛，是那么痛苦，因为我总是梦见我的诺沃格鲁德克和杜哈诺维奇，你一定会更加惦念。

我的妻子最近得了一场大病，这个我已经对你说过好多次了，我不想再说了，她现在很健康，怀孕了。米霞也很健康，开始读波兰语书，会织袜子，她常常想到你，看到那些美洲的飞禽走兽的图画，就总要联系到科金博，她能够对你很好地说出来，科金博在什么地方。她特别请你给他带一些小蜂鸟来，上帝啊！我也不知道你们那里有没有蜂鸟。你给我多写一点你看到的动物和鸟吧！你知道，我对这很感兴趣。弗瓦焦，我的小儿子，总算脱离了一场要命的大病，现在他恢复了健康，性情温和，非常可爱，他谁都喜欢，对所有的人都有好感，人都说他是个小姑娘。一句话，你在我们这里比在你们那里会有更多的知己。我们什么时候能够见到你呢？我很惦记你，在我看来，只有和一些老的朋友在一起，我们才能心心相印，互相理解，新的朋友是另一代人，就像外国人样，我们会慢慢和他们疏远的。只有维特维茨基

---

① 原文是法语。

273

例外，他已经立陶宛化了。这个可怜的人的脚有病，经常重重地摔倒在地。

你也许已经有了和那个新的世界告别的办法，我想你要离开他们的那个学校了，回到我们这里来吧！那些侨民你没有必要去看望他们，那里总是吵架，现在已经是罗贝尔·马凯尔化①了，他们不是互相讽刺，就是嘲笑。这很明显是上帝对我们的惩罚，但是我过去和他们住在一起，对于这种精神上的贫困我们也曾感到高兴。这里，也许就在洛桑，或者在附近的一个城市，就可以找到你的住地，这是最好一个避开那些侨民的办法。

立陶宛的云齐乌伯爵也住在我们这里，他已经永远离开了自己的国家。他在这里买了地，有十个孩子，一家人都很正直，也很虔诚，虽然有点外国化了。他的女儿们已经很好地教育成了家庭的主管，他的妻子既质朴，又节俭。这里已经不止一次有这么一种想法，要给你和云齐乌的女儿做媒，如果你在那里没有一个西班牙女人缠着你的话。

这里在政治方面没有任何重要的新闻，我已经写信告诉过你，教皇发表了反对俄国的声明②，但是这种反对并不厉害，有时候人们以为，还会发生很重要的事件。扬斯基的公

---

① 法国演员、戏剧家弗里德里克·勒麦特尔（1800—1876）扮演的同名喜剧《罗贝尔·马凯尔》的主人公，是一个海盗出身的喜欢自我吹嘘的骗子，借助金融投机和政治腐败混迹于上流社会。
② 俄国是东正教国家，长期迫害天主教教徒，教皇对此发表了声明。

司缺乏资金，是因为他经营得不好，有两个或三个人又到罗马去了，扬斯基也要去那里。

我的全部精力都用在讲课，我怀疑，今年除了讲课，还能做点别的什么，但我这些讲课的内容，我想以后还是要把它们印出来发表的，这样人们会想不到，我还成了一个拉丁语学著作的作者。

我这里也附上拉斯科维奇给我的信，你怎么知道我和他也常有书信来往，此外我还抄了一封你叔叔的信。书和日报这一次没有寄，因为我不知道以前我们寄的东西你收到了一点没有。

祝你健康，我亲爱的！尽量多地写一写美洲，要回到我们这里来，即使没有黄金、没有蜂鸟也要回来，想办法在海上坐船回来，因为我知道，那片潘帕斯荒原是很难走的。你自己决定吧！发挥你的本能，还有上帝对你的恩赐和照顾，这也是我们大家对你的期盼。我这封信写得很长，但很亲切，是我想要这么写的，希望它能寄到你那里。

你的

亚当

致弗兰齐谢克·密茨凯维奇

洛桑美栖旅店　　1840年3月13日

亲爱的大哥!

我在洛桑已经给你写过一封信，可是我等你的回信却白等了。我现在要马上告诉你的是，我的事情已经定下来了，我被任命为学院的一个并不怎么样的教授，月薪四千五百法郎①，生活有了保障。你如果想念我们，没有我们感到很困难，那就要想一想，马上写信给我，我通过法国政府，可以给你拿到护照，你会在我这里找到自己的家。我的女儿已经读书了，会织袜子，小儿子喜欢跑来跑去，第三个孩子也快有了。但这里除了我们，没有任何别的波兰人，你会处在用外国语讲话的人们中。

巴黎有人给我提了建议，要我去那里的一个大学里任职，收入多些。工作很少，我仍在犹豫，因为这里所有的人都对我很好，我离开他们对他们是不好的。但不管我们在这里，还是在巴黎，我们都会在一起。你和你的尊敬的保护人

―――――――――

① 应为四千八百法郎。

276

商量一下，赶快告诉我，你们是怎么决定的。

上帝保佑，我们都很健康，这个国家出奇的漂亮，我们的住宅也很好，有花园，到处都是湖光山色。一句话，如果不是远离自己的人和感到孤独，这里是很不错的。

亲爱的大哥，祝你健康！我的妻子紧握你的手。卢奇扬和一个法国女人结了婚，他在巴黎也干得不错，他的收入够他用了。

你的兄弟
亚当

致列翁·法乌切尔 [1]

　　策琳娜昨天生了一个女儿，孩子很有力气，我觉得她也很漂亮。策琳娜坚持要自己给她喂奶，尽管我们反对，但她既不接受我的请求，也不听医生的劝阻，她生这个孩子好像不很痛苦，一切都好。亲爱的列翁先生！请把我的这个公告也传达给你的家人吧！

　　我读了对决定 [2] 的认可。我费了好大的功夫去找《箴言报》，在洛桑是得不到它的，我也想过俄罗斯文学在斯拉夫文学中能起多大的作用，人都说它左边的一部分 [3] 能起作用，因此我对部长的回答就一定要审慎一点。我愿担任这个职务，当一个教授、一个文学家、一个学者、一个学究，但我不知道，部长还有没有这个意愿？我在这里只能得到几份

---

[1]　原信是法语，译者据波兰语版转译。
[2]　1840年4月，《通用的箴言报》上刊登了法国教育部长维克多·科乌辛在法兰西大学开设斯拉夫文学讲座的决定。
[3]　指波兰语学。

日报，里面关于信贷①的消息，什么也得不到，先生请你告诉我一点这方面的情况。如果我要离开洛桑，为了准备这一行程，我还需要时间，此外我也要把我近期的离去告诉我们的瑞士联邦。

忠于你的

亚当·密茨凯维奇

---

① 指月薪情况；诗人后来得到了教职，月薪五千法郎。

致亚当·恰尔托雷斯基

洛桑　1840年7月31日

慈悲的公爵阁下！

我非常感谢阁下一贯对我的关心和这么快就给了我这么一个消息。我想要写一封信给部长，对他作一点解释。首先，在议院的讨论中，有人说我除了波兰语之外，不会别的方言，这个我可以保证，我很熟悉俄语，捷克语也不错。其次，有人问部长，我知不知道捷克人写的文学著作。我的回答是，我特意为此在1829年去过布拉格，认识了那里的一些语文学家，仔细地看过他们的著作，我最后也想把我的一些作品翻译成俄文和捷克文。这说明，这些和我同一个民族的人们是很乐意接受我的这些劳作的。其实我这么写我自己是很难受和不愿意的，如果阁下你遇见了科乌辛，能不能把这一切都告诉他。

至于这个讲座采取什么方式，宣传什么思想精神，我都同意阁下您的看法。每一个观点的提出都是带有政治性的，一个部长、一个记者和一个教授应负的责任也都不一样，但要使这个讲座更适用，就必须限制它的内容所涉及的范围。

这方面我现在对部长也不能做什么保证，但我可以给公爵您寄来一篇用法语写的文章，是我在1837年因普希金的逝世而写的。这篇文章写在纸上虽然没有什么文学价值，但表现了我对那些莫斯科佬的看法。如果公爵您觉得有必要，可以把它给部长看一下，文章没有署作者的名，说明作者的立场是中立的。

请公爵阁下接受我深深的敬意！

亚当·密茨凯维奇

我只要得到正式的通知，就会像公爵说的那样，给他们回信。我要离开洛桑了，感到很可惜，但我去巴黎，也不是为了要得到什么好处，或者去那里清除什么坏的东西，因为那里的人总是想有一个我们的敌人。请公爵代我向公爵夫人和沙比耶日娜公爵夫人表示我们的敬意。

致教育部长维克多·科乌辛 ①

洛桑　1840年8月16日

部长先生！

这样的话，斯拉夫文学的讲堂已经形成了，如果部长先生要我到那里去负起责任，我现在已经准备好了，可以听从政府的派遣。我其所以很愿就任这个新的职务，也是因为部长先生您的关心和您的优厚的任命，要我讲授的这个课题不仅是因为我们的同胞深感它的重大意义，而且也得到了所有国家学者的认可。

部长先生您清楚地知道，您要在巴黎建立斯拉夫讲堂的这个计划在国外引起了多大的反响，北方的文学家们认为这个讲堂对他们国家来说，是很重要的。这些国家——根据那里来的消息——都很感兴趣地了解到，它们的文学家说过的话被认为是学者的语言，它会用来在欧洲最著名的大学之一

---

① 这是对科乌辛8月10日来信的回复。部长告诉诗人，议院已经通过在法兰西大学开设斯拉夫文学讲座的计划，并向国王和部长会议介绍了密茨凯维奇。原信是法语，译者据波兰语版转译。

的讲堂上讲课。虽然我们斯拉夫民族的各个分支有各种不同的看法和倾向，但部长先生建立的这个讲坛由于它的纯文学的性质，不论波兰人，还是捷克人和俄罗斯人，对它都会有深切的感受。所有的斯拉夫人都会在这里团结起来，可以肯定地说，他们都对国王陛下的政府怀有感激之情。

我作为一个波兰人非常荣幸的是，我第一个被任命给巴黎的青年展现我作为我们民族文学的代表。同时我也很高兴为此我能进行新的研究，对这种研究我已经献出了我的生命的一部分，这种研究对我来说，也是永远没有止歇的。我感到幸运的是，我能为这么一些对我们来说在许多方面都很宝贵，并且能使政府提出的一切要求得以实现的国民服务，我对他们当然也要担负很大的责任。

可是另一方面，我现在也还要鼓起很大的勇气，去辞退我现在的职务以及我和它有联系的一切所得，特别是这一切都是沃州①政府出于他们的好意所给我的。至于我什么时候能够开始讲课，现在还不能够明确地定下来，我和我有很多成员的家庭在旅途中有很长的路要走，一些预料不到的阻碍还会推迟我来到巴黎的时间。但不管怎样，我是会在规定的时间以前，到达工作岗位上的。

部长先生！请原谅我写了这么多我个人的事情，它们是对您的信中对我说的那些好话的大胆的回应。

---

① 瑞士地名。

部长先生！希望您接受我对您的感谢和我对您最崇高的敬意！

非常低下和听您的话的仆人

亚当·密茨凯维奇

致国会主席雅库布·迈·穆耶德恩①

洛桑　1840年9月23日

主席先生！

我很遗憾地要向国会说明，我不得不辞去洛桑学院教授的职务了。

法国政府决定就在巴黎设立一个斯拉夫文学的讲堂，要我去那里主讲，此外还有许多重要的因素也非得要我去担任这个职务。斯拉夫人认为，这个讲堂在目前情况下，是一个具有伟大意义的文学前哨。每一个斯拉夫民族都希望这个讲堂能够维护它的利益，波兰人也很害怕如果我没有接受法国教育部对我提出的这个建议，作为一个外国人没有被派去担任那个讲堂的主讲，就会有人在那里传播敌视我们民族的思想精神。我认为，我是应该接受这个对波兰人非常友好的民族的政府要我把守的这个前哨的，我的同胞也希望我在这个讲堂上，为完成我们民族的事业多做贡献。我这里说了这么多涉及我的私人关系的一些事情，就是因为我很热切地要向

①　原信是法语，译者据波兰语版转译。

国会说明，我要离开我的这个新的祖国的原因。

我现在最看重的是洛桑学院的正式教授这个受到尊敬的职称，如果能够保存下来，那我将是很幸运的。我因为不能长久地担任这个职务，我也不愿——如果说待遇的话——继续享受你们在1840年3月3日规定给我的待遇，去年我只拿到了你们在1839年10月1日规定的作为一个客座教授的薪金。

请国会让我保存我的证书，这是我在沃州留下的珍贵的纪念品，在这里，我感受到了政府和民众对我表示的那么多的友好和亲情。

主席先生！请向国会表示我对它的忠心和感谢，接受我向它表示的崇高的敬意。

亚当·密茨凯维奇

致维克多·云齐乌

斯特拉斯堡^①　1840年10月8日

仁慈的先生！

我们勉强地走到了阿尔萨斯，虽然遇到了麻烦，但我们依然充满了活力，很健康，这不容易啊！感谢上帝，弗瓦焦在路上高兴了一点，但是他的病并没有好多少，这个可怜虫总是感到难受。海仑卡^②哭得更多了，也许是因为她的身子老是缩在车子里，加上路上的颠簸，感到难受。我们在斯特拉斯堡要待到下个礼拜天。如果上帝保佑，我们在下个礼拜二就能到巴黎，海关上的工作人员也对我们大施恩典，让我们过了关，这就是我们的全部旅程的公告^③。我知道，亲爱的！你们对我们那么好，也很担心我们全家在旅途中，乘坐驿车、大马车和在船上，会出什么事。我们不管在什么地方，不管是漂在水上，是坐车还是走路，都会记得你们，向

---

① 法国地名。
② 诗人和策琳娜的女儿海仑娜的爱称，1840年生。
③ 原文是法语。

你们表示感谢。

　　吻你夫人的小手，向你们全家问好，吻海仑娜小姐①，用加里西亚②的话问候霍乌，和我的蒂塔③亲热地拥抱。

密茨凯维奇

　　马科夫斯基（我在他的学生宿舍里写了这封信）也很亲切地问候你和你的夫人，给你们鞠躬。

---

①　云齐乌的女儿。
②　波兰地名。
③　云齐乌的女儿。

致维克多·云齐乌

巴黎　1840年10月18日

尊敬的先生!

我们很幸运地来到了巴黎，家里人都很健康，至少比这趟旅行之前要健康些，尊敬的先生! 我在你那里得到的黄金①已经带来了，我感到高兴的是，我现在正需要它。我们正在找我们的住地，还需要一些家具。我整天都在跑，很明显，我对巴黎一些地方都不熟悉了，过去我在这里感到厌烦。这里的报纸也在对我进行挖苦和讽刺，说我到这里来是为了搞钱，这种讽刺以后还会更多的。我见到的侨民已经老龄化，但他们还很活跃，爱闹事。我寄这封信，就是为了说明，我们已经来到了陆地上。

你的仆人

亚当·密茨凯维奇

---

① 　诗人向云齐乌借了六百法郎。

致伊格纳齐·多梅伊科

巴黎阿姆斯特丹街1号　　1840年12月23或24日

我亲爱的立陶宛人迪科库姆波！

我又在巴黎了，首先是我自己和我的家人，在这里都能够待下去。在洛桑，我最后成了一个惯坏了的孩子，不管是对政府还是对学院来说都是这样。如果不是妻子又生了病，还有孩子，我一想起洛桑，就像那里是天堂一样。但我是一定要往前走的，否则这个讲堂就会让莫斯科佬或者德国人占领，因此我和妻子还有三个孩子虽有很多困难，但很幸运地还是来到了这里。我现在是法兰西大学的教授。我在这里讲第一堂课时虽然心态还没有调整好，但还是很成功的。它不能说讲得非常好，但条理清晰，听众很感兴趣，也受到很多人的赞扬，而且这些人的话是受到普遍重视的。我曾经把洛桑的一些日报，经过巴西寄送到了你那里，因为那些报纸报道过我在洛桑讲课的情况，现在我还要找一些巴黎的日报，也要寄给你，因为我爱在你面前夸耀一下我自己，我知道，你为此也会很高兴的。一句话，我的这个开头还不错。可一件事要办成也并不那么容易，我每上一堂课就像穿越潘帕斯草原那样，会遇到老虎和印第安人。我们的人说我不该用法语讲课，他们当然是好意。弗兰齐谢克·格日马乌又指责我讲的法语中不该掺杂一些波兰话，但是法国人都拥护我，是天命让我接受了这么一个艰难的职务。但它也给了我帮助，让我作为一个教授，有五千法郎的收入，此外我在图书馆做了一个目录，又获得了一万法郎的酬金①，这样的机会会越来越多。

　　我的妻子现在很健康，米霞已经是个大姑娘了，讲句老实话，现在要问的是，她什么时候能够嫁给多梅伊科？儿子个子很小，就让他这么小吧！他终于脱离了一场大病。小女儿海仑卡很小，才十六个月，已经长了牙齿，长得胖，很健康，真好玩。侨民中一直在为建立恰尔托雷斯基的王国而斗争，他的新党坚决支持他，那些过去的党派都很胆战心惊，因被击败而退出了。公爵为人正直，但并不经常是很机灵的，他曾经让别人敲了敲他的一个纪念章，因为上面写了一句话："上帝啊！让我们的国王回来吧！"②这使他的反对者非常生气。我依然像过去那样地爱公爵，但并不是他所有的步骤我都理解和同意的。国内③非常贫困，博赫丹在写诗……

---

① 诗人为巴黎一家图书馆整理了馆藏斯拉夫作品手稿的目录。
② 1840年春天，恰尔托雷斯基的拥护者宣称他是波兰国王亚当一世。
③ 指波兰。

致博赫丹·扎列斯基

巴黎　1840年12月26日

　　我亲爱的，谢谢你们寄来的一包东西[①]！紧紧地握你们的手。斯泰凡已经给你汇报了我讲课的情况，从他和我的谈话来看，他的汇报是真实的。我的讲课虽然费劲，但还是讲得很有次序，很明确，纯粹是我的风格。我虽然并不感到害怕，但也没有很大的热情，因为我很心酸，也很悲哀。我后来知道，法国人很喜欢我的课，如蒙塔朗贝尔、福谢和凯尔戈莱[②]等，他们认为，这个讲堂的设立就是作为大学里一般的讲课，也是很明智的。这里不讲别的事情，这是我们都同意的，因为别的事情还有很多要写。这也是我的第一次尝试，它是一个开头，每一堂课都是一次战斗，会不会取得胜利，只有上帝知道。尤泽夫这个老兵大概最了解我这几次上课的心情，你们就为我祈祷吧！因为只有上帝的恩赐，才会使得我在这个讲堂上，不至于可耻地摔下来。法国人和莫斯

[①]　据扎列斯基说，这是一包产自枫丹白露的蘑菇。
[②]　让·弗洛里亚洛·凯尔戈莱（1803—1873），法国政治家。

科佬要我在我讲课的记录上签名，我不同意。我在大学的生活状况现在好了很多。

昨天我们在尤斯塔切吃了一顿丰盛的晚宴，斯沃瓦茨基在这里还即兴地赋了一首诗，我也回应了一首，这是我自创作《先人祭》以来从未有过的灵感。这里的气氛很好，因为聚集在这里的各个党派的人们都感动得哭了起来，他们都很爱我们，这一刻，在场所有的人都充满了友爱，这个时候，诗的精神也和我在一起。我想知道，你昨天干了什么？想了什么？因为我总是以为，我们两个人只有一个心灵，但我们不能在同一个时候成为这片土地上的两个诗人，虽然精神是永远的，但它在我们的身上，只是有限地存在。

祝你健康！

你们的
亚当

书我收到了。

致弗兰齐谢克·密茨凯维奇

巴黎阿姆斯特丹街1号　　1841年3月23日

亲爱的大哥！

自从我又来到巴黎后，出现了各种各样的情况，使我总是那么感到不好受。我虽然不停地工作，但还是经常遇到各种麻烦。妻子又病倒了，孩子们也经常生病。我的这三个孩子，总有一个并不是完全健康的。但是现在，感谢上帝，我的情况好了一些，家里的人都好了。玛蕾尼娅不论是波兰语书还是法语书都读得很好，她学会了各种各样的技能。弗瓦焦长个了，很快就三岁了，但他的个子并不高，长得很白，生性活泼，有理智，很善良。最小的海仑卡还在摇篮里，虽然没有哥哥姐姐那么多的娇气，但是受到父母的宠爱。我们住的地方很方便，但没有像洛桑那么美好，那里我们住的是老爷的宫殿，有美丽的景色，可以散步，空气也比这个到处都是喧嚣和泥泞的巴黎要好得多。春天我们一定要到巴黎城郊的乡下去，因为我会有五个月的假期，到那里去呼吸新鲜空气。

我的讲堂事情很多，要给法国人讲我们的文学，他们对这一无所知。我还要讲得使他们不觉得乏味，因为他们是凭兴趣来的。我讲课的法兰西大学①是一所只是为业余爱好者开的学校，说真的，这里根本没有常规的学生，教授们讲课时一定要用通俗易懂的语言，使那些法国人听得懂。教授这个职位的取得并不由教育部决定，因为这其中有一个司法的程序，我因为没有法国的国籍，所以我在这里至今没有教授的头衔，但任何人也没有因为这个要我离开这里，除非我自己要走，这也是可能的。

我在这里最不乐意的，是我住在侨民们中，你想象不到，在这种心情不好的情况下，和这些两耳不闻窗外事的人在一起，我是多么难受。每个白天和晚上都要死背那些政治纲领的条文，如果有谁不站在自己这一边说话，就要大发雷霆。我们的人有些来听我的课，也是想要知道，我是属于哪个党派的，是属于贵族党，还是属于民主党。但我对他们却不谈政治，因此他们对我很生气。现在他们好像安静了一点，我想，我如果继续留在这里，等到明年，我不仅教学工作会要轻松一点，而且侨民也定会让我安静下来，我虽然没有法国国籍，也能当上教授，可我不愿意正式宣布我已经不是立陶宛人，要我成为法国人我不乐意。

国内好久没有消息了。关于亚历山大，我甚至不知道他还在不在世。我这里的熟人中，我最常见到的有赞和卡希

① 原文是法语。

茨，还有一些别的立陶宛人。赞老是生病，他的兄弟托马斯现住在彼得堡。两个月前，我还收到了多梅伊科的信，他很健康，正在筹集路费，准备要回来。他还写了一篇关于矿物学的论文，受到那里的科学院的赞赏，说其中有许多新的见地。我们也收到奥迪涅茨实际上是他的女儿写的一些短信，奥迪涅茨是《立陶宛信使》杂志的主编。

告诉我你现在的状况和你周围发生的一切！我在这里听说，你们现在的国王①对波兹南人要好些，也许会给你更多的自由。也给我说一说对我们很好的格拉波夫斯基一家的情况，格拉波夫斯基好像已经回来了。我还听说，国王封了他为伯爵，如果这没有错，请代我向他表示祝贺！我要亲切地拥抱他，也对格拉波夫斯卡夫人表示我的敬意。

祝你健康！

你的

亚当·密茨凯维奇

---

① 1840年登基的普鲁士国王弗里德里希·威廉四世对在普鲁士占领区生活的波兰人比较宽容。

区政府的声明 [1]

巴黎   1841年4月15日

巴黎一区区政府。

1841年4月15日，在法兰西大学讲斯拉夫文学课的密茨凯维奇先生（贝尔纳德先生）来到了我们这里，见到了巴黎一区的区长。他1798年出生在立陶宛公国（波兰），现住在阿姆斯特丹街1号。

他向我们说他在法国已经住了七个月，已被任命要肩负以上的职责，所以他想要常住在王国，为此他已提出了申请，希望国王能够恩准他享有公民的权利和与此有关的法国的国籍。因为他已写了一个声明，要加入法国国籍，他也表示愿尽他在这里应尽的所有的社会责任，遵守王国的法令。

在这种情况下，他要求我们给予他能够满足他的这个要求的凭证，我们给予了他一个表示同意满足他的这个要求的文书。届时，他可以按照这个文书，要求满足他所提出的要

---

① 这是一份官方文件。诗人为加入法国国籍作了许多努力，但未能成功。原文件是法语，译者据波兰语版转译。

求，他读了这个文书后，和我们一起，在上面签了名。

写了在巴黎和上面所说的年月日。

亚当·密茨凯维奇

副区长 B.D. 马宗

致策琳娜·密茨凯维乔娃

亲爱的策琳娜！

　　我寄给了你一块用来绣花的布，如果你认为不合适，我就给你再选一块。家里所有的人都很健康，孩子们什么地方都不去，因为现在这个时候不好。我去看了米霞，弗瓦焦爱跑爱跳，爱叫喊，他只管他自己，从来不问我，也不问你。我虽然晚上睡得很好，但是感到很疲劳，我想你比我一定要安静些。我可以肯定，你不久后会要到那里去①，你最近的病也不会复发。我现在想的是，要怎样才使你不会遇到更多的麻烦，使你的创作在思想和道德的表现上，能够更自由地发挥你的想象，所有这一切都决定于上帝。你的诗我看过了，我对它们也很欣赏，你要相信我，你知道，我并不是要夸奖你，你的才能我也并不感到惊奇，有诗你就写吧，或者构思吧！我以为，这样你会更加安静下来，我很喜欢你这样。

---

① 　指疗养院，但此时策琳娜已经在疗养院了。

祝你健康，我的孩子！你永远和昨天一样，是那么甜美，这样你就不会病了。

你的

亚当

礼拜二

致波兰语学协会历史系 ①

巴黎　1841年8月4日

尊敬的先生们!

我承认我应当接受你们的意见和召唤,在你们的协会中,担任这个光荣的职务。你们协会历史系过去的主任尤里安·乌尔森·聂姆策维奇不仅很有才能,也很努力地领导了这个系的历史研究的工作,而且以他的影响和声望大力地支持了你们的这个协会,使它大放光彩。你们知道,在这方面,谁都代替不了他,一些比我更加称职的人都不敢接受这个职务。可是对我来说,除了努力工作之外,你们也不可能有更多的期待和要求。只因为你们对我的友好和尊敬,才使我在同胞的眼中,变得非常严肃,你们的努力对这个系的发展,是很有用的。

亚当·密茨凯维奇

---

① 1836年,波兰侨民在巴黎成立了波兰语学协会,聂姆策维奇任主席。历史系是协会的组成部分,负责收集整理关于波兰历史的文献,建设一个档案库。

致托马斯·奥利扎罗夫斯基 [①]

巴黎　　1841年8月30日

亲爱的兄弟!

我给你的诗都洒上了兄弟的泪水,你不要说我是天才,也不要赞我! 什么叫天才? 这都是一些忏悔者,他们如果不能延续一千次生命,就像你说的那样,也能延续多次的生命,而我也只是比你大一些。我过去经常想到你,想和你达到互相理解。

你过去的一些诗都丢失了。你不只是你一个人,你也不是一定要去写,或者模仿那些反映历史的长诗。在你的《沃凯特克》[②] 中,我见到那里只有几十首诗,表现了你的思考和联想,在那里我也见到了你的精神面貌。在你的讽刺诗的创作中,我担心你会走佩尔修斯和尤韦纳利斯[③] 的老路,你的心灵和风格,都和他们出奇的相似。但这是过去,在最近

---

① 托马斯·奥利扎罗夫斯基(1811—1879),波兰诗人。
② 一部长篇叙事诗,以波兰国王弗瓦迪斯瓦克·沃凯特克(1320—1333年在位)统一波兰的业绩为主题。
③ 两位都是古罗马诗人。

的诗中，你走的是什么路呢？你要把自己看成你的主人，而不要去看别的人，更不要去模仿别的人！你要问你自己，要使你的心灵更洁净，表现你的思想精神，我们很需要新的诗人。

一些大的事件就要发生了，你也可能听到了一些消息，这些消息都是真实的，上帝会关照我们和我们的事业，这种表现你很快就会见到。兄弟，你可以高兴，我们的不幸就要过去了。我作为你的兄长希望你，并且代表政府机关命令你高兴起来。兄弟，高兴吧！要振作起来，你过去是很坚强的，什么也不信，但不要让这种坚强和什么也不信把你引上邪路，要爱上帝和你的亲人，要敬仰基督，祈求圣母，上帝会使你更加坚定。

你的兄长
亚当·密茨凯维奇

致弗兰齐谢克·密茨凯维奇

巴黎　1841年9月上半月

亲爱的大哥！

听说你很健康，已经习惯了命运给你的安排，你很少惦念了，我很高兴。谁能比我更加清楚地知道什么叫惦念，要医好这种病又是多么困难，除了我们自己，在任何别的地方是找不到药来医治它的，我希望你能找到它。

我们家里现在比过去好多了。我的妻子从她出奇地恢复了健康后一直很好，孩子们也很健康。大女儿在学习弹琴和写作，也爱在厨房里洗各种厨具，她很善于学习，会成为一个好姑娘。弗瓦焦的病已经完全好了，他现在很结实，也很活泼，但什么也不肯学，他说他学不会。小海仑卡也会跑了。我想你一定会见到他们，因为我们会把他们带到立陶宛去。那些早就在我们这里传开了的消息你肯定也听说过。我在这里不能写更多的东西，我要说的只是，用不了多久，我们知道的一切和我们每个人在心灵上感受到的东西，都会表现出来，只要我们的心灵没有完全被堵塞，只要我们更加信仰上帝而不相信世界上的智慧和力量。但我知道，要使人们都有同样的信仰是多么不容易。

　　我的大哥！有一件事想让你去做：我有一个好朋友斯坦尼斯瓦夫·什切潘诺夫斯基给普鲁士国王陛下提出了一个请求，希望能让他去参观普鲁士和波兹南。什切潘诺夫斯基是一个大音乐家，欧洲第一位吉他演奏家，他的演奏艺术是无人可比的。他也是一个正直的人，性习平和。我们那个好心的格拉波夫斯基能不能帮他一下，让他得到许可，去完成他这一趟音乐之旅？你可以向格拉波夫斯基很郑重地做出保证，什切潘诺夫斯基不会滥用他对他的恩赐，他不论在行动上还是言语中都不会失去他对他的信任。我了解什切潘诺夫斯基，我很喜欢他，如果这次能帮他一下，我会感到很幸福的。我想写信给格拉波夫斯基先生，但他经常不在波兹南，我不知道，我现在给他的信他收到没有？

　　我把你委托给上帝，亲爱的弗兰齐谢克！

亚当

　　关于亚历山大，我从一些日报上了解到，他当上了一个政府部门的文官，在那里是个能干的小伙子。我听说他还和一个波兰女人结了婚，定居在哈尔科夫。

致尤利乌斯·格鲁热夫斯基 [①]

巴黎　1842年1月19日

我尊敬的尤利乌斯！

我给了雅鲁什凯维奇五百法郎，你把这些转交给了帕泰克，我感到难受的是，看到你真是一无所有，这是我没有想到的，而我把这些钱还给你也太迟了，当然还有一些别的原因。但不管怎么样，我以为你不会生我的气，此外我还会从和莫斯科佬的战争中获得的第一批战利品中拿出一些当作利息付给你。

你问我有什么新作，我不想马上告诉你，因为我的作品要等到我写完一卷后才能够拿出来，否则你是看不懂的。我要说的只是，我相信我们的幸福已临近，这个我总是深信不疑的。托维扬斯基使我有了希望，他给我作过解释，也展示了有力的凭证。我的尤利乌斯，你知道我信天主教，而且我也谴责过加尔文教，但你至少不应把我看成你的加尔文的

---

①　尤利乌斯·格鲁热夫斯基（1808—1865），波兰流亡者，定居日内瓦，和人合伙开钟表公司。

信仰的仇敌。有很多加尔文教徒和犹太人甚至比某些天主教徒更亲近上帝。谁对那些伟大、美丽和高尚的东西有亲身的感受，并且使它们表现在日常生活中，他就能效忠于上帝，走向天堂。我以为，一个天主教徒做到这一点要容易些，所以我们有那么多的人都献身于这种信仰，但是也有很多人并没有意识到这一点，所以上帝要唤醒所有的人，一个人既然有生命意识，他就要使自己醒悟过来，就像在我们的革命中一样，一个人如果有一颗波兰的种子，即使深藏在他的心灵中，他也会感到它在生根发芽，会长成大树。你对我说过，一颗好的种子在你的身上我是能感觉到的，并且比你自己还要更清楚地感觉到。

现在我说够了，如果还有什么详细的情况要对你说，我决不会忘记。我听说有数以千计关于我的谣言，这里有些人把我看成异教徒，还有一些人就像过去那样，说我是一个宗教狂。你知道，我并不是他们所说的那样，到时候会清楚的。

祝你健康，也祝帕泰克和恰佩克健康！

你好心的

亚当·密茨凯维奇

我家里所有的人都很健康。

致路易·塞迪洛 ①

巴黎　1842年1月20日

尊敬的先生！

我将这幅素描画留了下来，要将上面的题词和国王图书馆中的古斯拉夫文的文献对比一下，可遗憾的是，我现在没有时间进行这方面的研究。我在去年的一节课中，**着意**②讲过两种字母的问题，但是这个讲稿又找不到了，所以我只能回答先生提出的几个问题。

我在我的笔记中提到的"斯拉夫的宗教语言"是一种死的语言，它曾经用于举行所有东方斯拉夫的宗教仪式，不管是天主教徒还是教派分裂分子都用过这种语言，就像西方的教会当年使用的拉丁语那样。西方教会使用的拉丁语所留下的文献记载有《圣经》的拉丁语翻译、几段布道的文字、祈祷书和几

---

① 　路易·彼德·塞迪洛（1808—1875），法国数学家、东方学家。教育部让密茨凯维奇写一份对古斯拉夫宗教文献文本性质的介绍，塞迪洛作为法兰西大学的行政管理人员去信给诗人提了些问题，如古斯拉夫宗教语言在当今留下了什么痕迹、基里尔字母什么时候开始使用，等等。本信是对此的回复，原信是法语，译者据波兰语版转译。

② 　原文是拉丁语。

个年鉴的记载。很长一段时期，人们都认为，斯拉夫宗教语言是像捷克波兰语、莫斯科俄语、塞尔维亚俄语这几种大的语种和它们的方言的祖先。有的学者如莫拉佐维奇（斯拉夫语语法的作者）和他的学生们都非常热爱这种古斯拉夫语，他们甚至走向极端，把所有新时期的斯拉夫文学都看成破烂，要把它们全都扔掉，他们还要使今天的波兰语、俄语和捷克语都恢复他们所想象的那种原始状态，就像要迫使法国的文学家只能用拉丁语写文学作品那样。可是最新研究证明，斯拉夫宗教语言只是古罗马帕诺米亚地区[①]的一种方言，因为基督教首先在这些地区传播，传教士用当地的一些部落的语言传教，然后又把这种语言用于波兰和俄罗斯的教堂里做祈祷和举行各种宗教仪式。

教派分裂分子用基里尔字母[②]拼写的文字印制《圣经》和祈祷书。有一种看法，认为这种字母是一个斯拉夫使徒基里尔创造的，他在9世纪末（868年）死于罗马。按照民间传统的看法，天主教徒们使用的格拉哥里字母[③]则是圣西罗尼姆创造的，他生于达尔马提亚[④]，1830年在罗马出版的卡波尔神父用意大利文写的一本书中，证实了这个教会著名的博士的斯拉夫出身。但是斯拉夫的语文学家们曾经很长一段时

---

① 多瑙河流经奥地利、匈牙利和南斯拉夫的沿岸地区。
② 一种古斯拉夫字母表。
③ 另一种古斯拉夫字母表。
④ 克罗地亚的沿亚得里亚海地区。

期表现了一种和民间传统不同的看法，他们认为基里尔字母才是最早使用的宗教斯拉夫语言的字母，可现在他们又认为自己的这种看法是错的，特别是有一份称为《克洛齐亚努斯的格拉哥里文献》①的被发现，由科皮塔尔②这个学者1836年在维也纳公布出来之后更说明了这一点。

但不管怎样，我们还是难以确认这两种字母是什么时候产生的。我认为，这两种字母不管是第一种还是第二种都产生于一个源头，即更为久远的斯拉夫人的异教时代，因为我们在斯拉夫人接受基督教信仰之前，在一些早期发现的石雕和金属雕刻上，发现了用这种字母拼写的文字。斯拉夫文的原始字母的产生好像和北方的古代文字③有密切的联系。第一批信基督教的作家按照希腊文或者拉丁语字母的形状对它们进行了改造，再加上在希腊文或者拉丁语字母中没有的新创造的字母④。两个教派分开之后，每一派都采用了不同的字母，于是所有常用的文字都采用了不同的字母。斯拉夫人现在写和印自己的书时有的用拉丁字母，有的用新时代的俄文字母，后者是彼得大帝时期创造和开始运用的。

现在我要说明几个日期：

---

① 　原文是拉丁语。这批文献出自五百五十二块产生于11世纪的铅片，上面刻了许多用格拉哥里文写的关于早期斯拉夫人的宗教信仰和布道内容的文字，19世纪上半叶由一位叫巴黎-克洛茨的伯爵收集整理。
② 　巴尔特沃米耶伊·科皮塔尔（1788—1844），斯洛文尼亚斯拉夫学家。
③ 　指古北欧尤其是斯堪的纳维亚人的文字。
④ 　如波兰语中的 ą、ę、ó、ł、ś、ć。

基里尔文最早的文献《奥斯特罗米罗夫福音书》是1052年出现的，格拉哥里文字最早的文献**《克洛齐亚努斯的书》**①也产生于11世纪，著名的兰斯手稿②也是用格拉哥里文写的。波兰人雅斯琴布斯基③对它进行过研究，认为它很古老，但他说不出它产生的年代。第一本用格拉哥里文写的书于1483年在波兰出版，而基里尔文最早的印刷品则见之于1491年，也是在波兰出版的。

　　先生你对这好像也很感兴趣，如果你要对这进行更深入的研究，那我就要提醒你，你在利用那些在巴黎出版的关于斯拉夫人的著作时一定要小心谨慎，因为这些著作的出版都是从做买卖的利益出发的。它们原则上都表现了俄国一些学者的观点，就是说明某种语言和文字的产生，也表现了俄国学者的观点，这些观点经常是错误的。因为这些学者要讨好俄国政府，以得到它对他们的支持和奖励，他们在研究和论述中表现的观点要和政府对这个问题的看法一致。

　　请接受我对你特别的敬意！

在法兰西大学讲斯拉夫文学课的

亚当·密茨凯维奇

---

①　原文是拉丁语。
②　在法国兰斯发现了格拉哥里文的手抄《圣经》。
③　路德维克·雅斯琴布斯基（1805—1852），波兰考古学家、斯拉夫学家。

致伊格纳齐·多梅伊科

巴黎阿姆斯特丹街1号　　1842年2月

我的伊格纳齐!

你最近寄来的一些信都写得很短,也没有回答我要问你的那桩最重要的事情,就是你什么时候回来。这个我在瑞士的时候就对你说了,此后,我在给你的每一封信中,也都一直在向你提出这个建议和请求,你要回来,从海上回来! 不要再在那个渺无人烟而又危险的潘帕斯冒险了,关于回来的路程,你自己是能够计划好的。

我写这封信给你,是因为这里发生了一件很重要的大事,这就是上帝给我们派来了一个超凡的人物,是上帝对我们令人惊异的恩赐①，据我了解，像这样的大事，你就是跑到美洲去，又从那里回来这么远地去了解它，也是很值得的。这个人物的神奇的使命我在我这封信中不能说，也说不清楚。如果要用我们这个人世间的话来表示我的看法，那他就是我们这个世纪最伟大的哲学家、智者和政治家。自从我见到他之后，对我来说，我们的流亡生活已经结束了。我深信，上帝马上就会为我们完成一桩奇特的伟业。

在侨民中现有这样一个不好的传闻，谁也不愿意对我们说。可是从一开始就有人认为我得了精神病，幸亏我的讲座仍在继续，这就给人们证实了我的神经是健康的。还有人以为，我是不是要搞什么邪门歪道，或者要建一个什么党派。可我在这里却要再说一遍，有一件大事在我们这个世界上马上就要办了，谁如果要为它而献身，那他首先自己就要一身干净，要使自己变得圣洁，否则他就会死去，或者继续遭受折磨。上帝要改变欧洲过去的秩序，建立一个新的波兰。我经常这么想，而且你也那么多次对我提到过这件事，现在我

---

① 1840年末，神秘主义者安杰伊·托维扬斯基（1799—1878）从立陶宛来到巴黎。他认为，人类同时被光明精神和黑暗精神掌握，黑暗精神遮住了上帝为拯救世人而发出的慈善之光；人要通过内心的自我完善、远离罪恶，才能让福音惠及人类世界。他反对以推翻俄国的方式谋求波兰解放，主张在博爱思想的指引下，实现斯拉夫民族和世界各民族的大团结；波兰民族如同耶稣基督，为人类受苦受难，人类也将因此得到拯救。托维扬斯基的思想对流亡者有很大影响，密茨凯维奇追随他，参与了神秘主义组织如"波兰圈"的创立，积极推动其运作。

有理由更加坚信了。我亲爱的！想办法来我这里待一段时间吧！我不知道你想不想回来，上帝会让你有一个最好的想法，我不知道，你会不会带着你最美好的财富马上到我这里来，或者你还要等什么更有把握的机会，可是我有责任把我的想法告诉你，你还是在祈祷中问问上帝和你的心灵，该怎么办吧！

我家里的人都很健康，米霞能够演奏一个曲调的间奏或前奏。弗瓦焦昨天看了一场木偶戏，说了他的印象。小海仑卡会走了，但不会说话，只知道哼哼地叫着，我想到明年春天，还会有第四个孩子。

博赫丹的作品有一卷你会收到，另外两卷非常重要，也很漂亮，我以后再寄给你，因为我这里只有一本，大量的都还在波兹南印制，还没有寄到我这里来。

祝你健康！

你的
亚当

致西罗尼姆·拿破仑·蓬科夫斯基 ①

巴黎　1842年5月19日

亲爱的先生！

我从你那里听说，有几个我们的人想听听安杰伊②的讲话，如果他们的愿望是真心的和纯洁的，请他们在礼拜天上午十时到我这里来，请他们不要迟了！

你的

亚当·密茨凯维奇

礼拜四

---

① 　他是一位法学博士，十一月起义爆发前在华沙政法学校任教，起义期间是立陶宛军团的上尉军官，流亡后当过翻译。
② 　安杰伊·托维扬斯基。

致内务部长卡罗尔·杜恰特尔[①]

巴黎　1842年8月7日

部长先生！

我们这些在下面签了名的人了解到，安杰伊·托维扬斯基按照政府的命令，已从法国被赶走了，下这道命令的原因我们不清楚，我们也不应该对它表示什么看法，但是我们知道，安杰伊·托维扬斯基在我们中的时候，那种敌对的情绪却一直在追逐着他。我们知道，政府里，谁也没有去问他为什么受到了这么多的攻击，我们担心，那些对他的诽谤对政府的好意有不良的影响，因此我们有责任向你、部长先生拿出这个反映了真实情况具有决定意义的证据。我们所有的人和我们中的每一个都可以向你保证，这个作为我们的朋友和老师的人的意图是纯洁的，行为是正当的。

安杰伊·托维扬斯基在他的祖国大家知道，是一个合法的和具有优良品德的公民。他曾长期担任立陶宛中央法院的审判官，不仅受到自己同胞对他的敬仰，就是俄国政府对他

---

① 原信是法语，译者据波兰语版转译。

也很尊敬。两年前，他离开了自己的祖国，也抛弃了大部分的财产，这些原来是应作为宝物带在身边的。此外他还离弃了他的五个孩子，让他们处于危险的境地。然后他来到了法国，给我们讲述了拯救的道理。

部长先生！我在这里没法给你讲，他的这些道理给我们带来了多大的教益，它们使我们懂得了要亲近上帝，相互之间要精诚团结，履行我们困难的职责。他的话也加深了我们原来就具有的基督和波兰的感情，使我们处于病态的身体和心灵恢复了健康，使我们复活了。我们承认他的话所包含的真理和生命，并且认定他是天命给处在这个伟大的慈善的时代的各族人民派来的那些大人物中的一个。

我们已经庄严地承诺，要把他的话都牢记在我们的心中。我感到痛苦的是，这个在我们中已经撒下了种子，要让它长成果实的人已经离开了我们。

他的离开对我们每个人来说，都是一个最沉重的打击，天命已经这么多次让我们遭受了这么沉重的打击。

部长先生，请接受我们最崇高的敬意，我们能够成为你最低下的仆人，也感到非常荣幸。

致伊格纳齐·多梅伊科

巴黎阿姆斯特丹街1号　　1842年11月21日

　　一个礼拜前，我让加伊先生带一封信给你，可是加伊先生带着这封信到普罗旺斯去了，你恐怕以后才能够收到。但我也悄悄地对你说过，我以后会对你写一封更长的信。

　　我很健康，也很结实，妻子更健康，你如果见到她，会认不出来了，孩子们都好，要感谢上帝！这个时候我正好听见米霞在弹钢琴，其他两个孩子不是在喊叫，就是在睡觉。我马上就要去讲课了，如果我有法国的国籍，我就会成为一个正式的 [①] 教授，但我不愿意这样，因为我们大家都是安杰伊的学生，在这个艰难的时候，我们的同胞更要团结一致。尤其是政府现在对我们采取怀疑的态度，我不能只在自己的家门前建一个御敌的堡垒，让别的人遇到危险。我愿听从天命的安排，也可能有人要把我吊死，或者把我从讲台上赶下来，就照上帝的旨意办吧！

　　安杰伊的事业我对你也说不清楚，因为这个人物只要

---

① 　原文是法语。

他还在，他还在活动，谁都不会对他有所了解，我愈是和他接近，就愈是不了解他，这是上帝派来的使者，他是神的出身①。你要知道，我们的同胞平日很少想过有什么上帝的秘密，但他们现在却又真的发现了这个秘密，他们当然是很难理解的。安杰伊已被政府从这里赶走了，我给你寄去了我们的信，现在又是第二封，你做什么都要按照上帝的旨意，不要随便离开你所在的地方！天命到时候会使你能够采取灵活的办法，来到我们这里，因为到那个时候你呼唤上帝，上帝就会见到你在人权之友社②社员的脚跟前了，就像我们都在巴黎的马路上一样。你要永远保持心平气和，要相信上帝，听从上帝的安排，这样你就会永远健康，会有力量。

加伊没有让我变得意志坚定，也没有给我羽毛，我也不怪他。我没有见到你的学生③。巴黎那么大，而我现在又是那么忙，真的要把我的身子劈成几瓣，分头去做那些事了。国内的压迫非常残酷，但是最近的一些尝试也成功了，只要我们能够坚持，就会看到美丽的朝霞。我已经看到了，我

---

① 原文是拉丁语。
② 法国的一个激进政治俱乐部，活跃于1790至1794年。
③ 多梅伊科写信给诗人（1842年4月9日），说要派三位最优秀的学生去法国学习，法国政府会提供助学金。

真心地向它问好，我相信，在这片土地上，我会再一次向它问好！

你的兄长

亚当

如果我有机会，我要给你寄去一些醋渍蘑菇，这是我们在圣热尔曼①时采摘的，我们在那里度过了夏天。

---

① 巴黎郊区地名。

致内务部长卡罗尔·杜恰特尔[①]

巴黎　1843年3月

部长先生！

自从法国政府对我表示尊重，让我就任法兰西大学斯拉夫语言和文学教授这个职务以来，虽然我的就任当时说是临时性的，但我有责任在法国长期居住下去，并向民政机关的公职人员表明我的这个愿望，这样我才能够获得国王恩准我的公民权利，具有一个法国公民的尊严，然后我就可以再进一步地获得法国的国籍。

1841年4月5日，巴黎海关接受了我要求公民权利的申请书，这说明他们要开始办理这件事了。自从我按规定这么做了之后，已经过去两年了，在这段时期，我曾一再地努力，希望能够得到国王的政府对我完成它委任我的这个职责的信任，在这种情况下，公众教育部部长先生您对我的工作终于

---

① 原信是法语，译者据波兰语版转译。

表示了满意①。

　　因此我在这里要向部长先生提出一个请求，使我能够获得法国的国籍，这样我就能够永远恪尽职守地担任我在法兰西大学已经担任了两年的这个虽然困难但很荣幸的职务。

　　我很荣幸地要告诉部长先生，我在法国的居留，除了有十八个月去了瑞士旅游之外，已经十年多了。法兰西是养育了我的祖国，正像波兰是生育了我的祖国一样，我对这两个国家有同样的爱。如果国王能够大发慈悲，给予我正努力想要得到的国籍的话，那么在这种新的情况下，我对所有职责，都会尽全力地去完成。

　　我向您表示深深的敬意，部长先生！

您最卑贱和最顺从的仆人

亚当·密茨凯维奇

---

① 部长在1841年的一份报告中写道，"密茨凯维奇的非常好和很有学问的讲课"，"既服务了法国，也服务了科学，给法兰西增添了斯拉夫和密茨凯维奇的讲堂"。

致乔治·桑①

巴黎　1843年5月（？）9日以后

　　我给夫人送来了我的一个剧本②，请把它给博卡热③看一下。另外我还有一件更重要的事，要和夫人商谈一下，这就是我以为，可以把《非神曲》搬上舞台。除了博卡热外，只要有两个演员和他合作，就可以演。但这要有个说明。我现在还不知道，这件事能不能办成。因为夫人是一个给我带来了幸福的人④，而你又是第一次提到这件事，我想它一定会有一个结果。

　　　　　　　　　　　　　　　　　　　你忠实的

　　　　　　　　　　　　　　　　　　　亚当·密茨凯维奇

---

① 　原信是法语，译者据波兰语版转译。
② 　指《巴尔党人》，乔治·桑想推动它在法国上演。
③ 　彼德·博卡热（1797—1863），法国演员。
④ 　大概是指乔治·桑对诗人的赞赏。

致菲迪南·古特

巴黎　1843年6月3日

下面是亚当对菲迪南要说的话：

一、今天是礼拜六、3号，戈什钦斯基、波列夫斯基、克卢科夫斯基和拉耶茨基他们宣了誓，并授予了他们奖章。对斯金德尔我还没有这么做，因为我不认识他。斯沃瓦茨基到今天也没有改正他的错误。[①] 大师的信中说，仪式可以在4日以前举行，所以我选了3号。我以为，上帝也在为他们祝福，如果不是全心全意，那也表现了很大的爱心。弟兄们都非常激动。我没有叫"圈"[②]里的人都来参加，只要他们派七个代表来，结果他们成双成对地，来了十几个弟兄，大家都哭了，互相紧紧地拥抱，以南泰尔[③]的方式接吻。皮尔霍夫斯基弟兄吻了我的手，他很激动。我想上帝会接受他的吻，给予他一滴新的爱。这些宣了誓的弟兄们都抱着我的两

---

① 大概指斯沃瓦茨基也是托维扬斯基的信徒，但没有接受后者授予的奖章。
② 指"波兰圈"。
③ "波兰圈"是在南泰尔成立的。

条腿，我要把他们的这种谦恭和诚心诚意的表示转告给你，使他们和大师①心连着心，而我们自己在弟兄们面前也应表现一种虔诚的态度。这种仪式的举行，对我来说是很困难的，站在一面旗帜前宣誓是一件大事，这里要表现一种非常强大的精神力量。就是大师亲自主持也是很难的。我一直感到身子虚弱，我最近（昨天）讲那堂课的时候，在课堂上感到晕晕沉沉，我本来要放松一下，但又总是遇到很多麻烦。

二、昨天在法庭上审理了皮埃尔–米歇尔一案上诉的事，法庭认为原来对皮埃尔–米歇尔五年徒刑的判决有效，驳回上诉。法国人除了阿利克斯这个身子不时打战的可怜的夫人之外，谁都没有去管这件事②。只有一个叫博米涅尔的当时站在审判厅里，但他并不关心案子的审理。此外还有几个女人在不停地叨唠，说一些蠢话，她们好像是皮埃尔–米歇尔的学生。法庭上也没人注意那个辩护律师，因为他的辩护水平很低。但这个案子没有涉及我们的圈，我事先还要几个志愿者到法庭上来，他们一共来了十个，我要他们在那里做了祈祷。皮埃尔–米歇尔也给我写了几句话，我想给他多写一点，但我不知道现在能不能够和他通信。

三、米什莱③的讲座已经结束了，是部里要他结束的，

① 　指安杰伊·托维扬斯基。
② 　后来她也成了托维扬斯基的信徒。
③ 　儒勒·米什莱（1798—1874），法国历史学家、作家，被认为是"法国最早和最伟大的民族主义和浪漫主义历史学家"。

但他好像准备明年要以更多的新的材料重新开讲，他觉得现在不用着急。我如果觉得身子骨有力气，我还要到基内那里去。

四、去布鲁塞尔对我来说，比去德国容易些（去德国很难），去法国更容易，但还是不要去找大师的麻烦，我如果现在能够出去，我就要去布鲁塞尔，希望我们在法国边境上的一个什么地方能够见面。如果大师出去的时间推迟了，那我从七月开始会有空闲时间，我在瑞士就能够赶上他，会有多一点时间去游玩。

五、查沃斯要我去奥尔良 ①，在泰奥多尔那里，我们就可以形成一个七人小组，但我不知道，我能不能去，我也可能要斯泰凡去那里，但不一定。我想礼拜三到你们那里去，不过也有不少困难，各种各样的困难。

六、我觉得大师那封信的题目很重要，这是一个公开的号召 ②。它是不是表示了某种《意见》？我以为不是，它是一个《通告》，字里行间表现出这个写通告的人已经疲惫不堪。但也可以给它加上《圈》这么一个题目，这就是大师所表现的远见卓识。

你也会说，"长官"这个词用于波兰的书面语言意思很普通，它也没有像一些外国语中这个词的意思显得那么高

---

①　法国地名。
②　对波兰流亡者的号召，但这封信最后没有发布。

贵，因为我们的语言中的这个词的意思并没有表现一种高贵的精神。在法国人看来，这是一个意思很好的语词。

和你们亲密地拥抱！

亚当

我把罗穆阿尔德的梦（梦幻）寄给你，你评论一下，如果有必要，也可以给大师看一看。塞韦仑·戈什钦斯基这个兄弟也有这样的梦。

致塞韦仑·戈什钦斯基

布鲁塞尔　1843年7月28日

兄弟！

我知道，在我们中间发生了什么。大师承认，你提出的作为一种替代的使命符合最高的要求，你纯粹是为了履行职责而提出来的，也是根据"波兰圈"现在的实际情况提出来的。所以我很希望你能坚持这个观点，并加以发挥。

现在采取决定性的步骤还不是时候。我们的活动是一种宗教和政治的活动，我们的精神是基督和拿破仑的精神。罪恶总是窥视着我们，想让我们失去这种精神，但我们却要坚持我们的政治立场，不让我们在千百万人的眼中，变成一群背叛者。教皇的祝福代表了宗教和拿破仑这两种精神的统一，我们并不是教会的一个分支，而是在它那里生根发芽和成长起来的。教会谴责至今所有的叛逆，这是符合上帝的旨意的。大师的来到，并不是要解散这里的僧团，而是要它们在我们这个时代，遵循上帝的旨意。我们并不是教会生命中的一个海湾，或者一条支流，而是它的主流。你要接受这个观点，要理解它，让圈里的弟兄们七个人组成一个小组，也能听见这个响亮的声音。

要说和法国人的接触，你可以去看第二小组，也就是我的那个七人小组常用的那本"慈悲的著作"是怎么说的。要和他们常在思想上进行交流。你可以叫一个弟兄去这么做，给他下一道命令，要他做好准备。要相信大师，他会赞同你这么做的，你下了这样命令后，还要看结果怎么样，不要和法国人作和我们的思想精神无关的私下的交谈。

泰奥多尔从海上来到了奥斯坦德①，在那里见到了大师，他在精神上更振奋了，昨天他到滑铁卢的战场上去了。

我有许多"圈"内的工作要做，因为我在大师面前，觉得自己很低下，我要尽一切努力，把自己的地位提高一点。从昨天起，我和大师的关系已经十分亲近，你也要这样！罗莫阿尔德没有得到你的命令，也许会和法国人接触，这是我的看法，我认为他会这样。

亲切地吻你！

> 你的
>
> 亚当
>
> 礼拜五

拿破仑有些偏颇，他不让教皇知道就要走，可教皇却

---

① 比利时地名。

在路上遇见了他。我们的事业以最有力的步伐，正在不断地推进，它在它走向进步的道路上，是最合法的，因为它不同于所有的异教和革命。任何一个政权都不能在精神上对我们进行指责，我们要使每个人都得到爱，因为这样，我们才有力量。

致塞韦仑·戈什钦斯基

布鲁塞尔　1843年8月2日

塞韦仑兄弟!

泰奥多尔到我这里来过,和大师见了面,现在他到他自己的人那里去了。我和波乌尔涅尔一家人按照我们的思想精神在法国正要完成我们的事业,这是我们的事业第一次在法兰西的土地上生根发芽,在这种情况下,我们的事业已经走出了波兰的国门,要在国外的侨民中完成了。至于我们的"圈"里现在有多少成员,有的成员的思想和行为合不合我们的要求,或者后来是不是脱离了我们的组织,这都不重要。两年前的八月,大师对我们的三个侨民说,要在大地上完成我们的事业。如果说要宣传我们的思想精神,这方面的工作在法国已经做了很多,因为这个民族很善于理解这种精神,现在要使一些法国人把他们的思想化为行动,让他们知道他们的行动会有很好的效果,但也不要给他们具体地指明方向,不要催促他们马上去采取某些具体的行动。让他们自己去干吧!只不时要把你们的力量之光照在他们的身上,这是"波兰圈"现在要肩负的使命,它要有敏锐的察觉,要行动起来，加强自己的力量，要使每一个心灵都具有它应具有的一切，给他们指出前进的方向。法国人希望你们给他们增添力量，他们也有权向你们提出这个要求。如果有人处于怠惰和消极的状态，那就要看他的思想精神是否符合"圈"的精神的要求。

"圈"不能对每一个侨民负责，但是在它的弟兄中如果有人知道他的某个同胞想要知道上帝的意旨，他就应当把上帝的意旨向这个同胞说得更清楚一点，给他指出一条正确的道路，只有这样，对"圈"的精神的宣传才是有用的。但这并不是"圈"里所有的弟兄都能做到的。塞韦仑兄弟你不用对"圈"之外的每个人都去做工作，但要更多地接触那些能够接受我们的思想精神，对我们的事业表现了很大的热情的人，要到那些"圈"要你去的地方，发挥你最大的作用。

斯泰凡·赞为基内效劳也是对他的祝福，我把这个告诉了大师，下面是大师说的一段话，你看一下，并把它抄一份给斯泰凡，希望他按照这里提出的要求去做：

　　　　基内很纯洁，这是属于我们的灵魂，表现了我们的感情，在这一刻，他把他的想法告诉了亚当，因为他说到了一个在今天能够给那个需要帮助的人提供帮助的男子汉大丈夫。泰奥多尔兄弟在法国也有他应尽的义务，这一刻在他的身上有一粒种子在燃烧，表现了他的精神的力量，他能做很多服务工作，希望他的这只娇贵的手中的种子在一段时期不会淹没有在地上的杂草中。

菲迪南明天要去你们那里，在途中会停留一天，我明天也要去美因茨①。大师这几天会走莱茵河去瑞士。如果你在礼拜天或者礼拜一要寄信，那就写上马耶斯信箱②这个地址。礼拜一之后等我的消息！

亲热地拥抱你！

你的
亚当

---

① 德国地名。
② 原文是法语。

致策琳娜·密茨凯维乔娃

德国—瑞士　1843年8月

〔……〕很可惜，你不在这里，因此你也没有看见大师是怎么和他的妻子散步的，没有看见他们又是怎么善于找到一个很便宜的住所，住得那么好的。那里的一切都是那么悠闲自在，令人爽快，要做到这一点对我们来说，是一门学问，是很难搞懂的。这很明显是人们给他们的祝福，也是对他们的一种奇异的关爱，而他们在思想上也做了很多工作，他们在尽力守护着他们的伟大精神。你会说，这是一个国王的家庭，他们在旅行，不让人发现，但所有的人都认识他们，要向他们表露自己的功德，却又不愿说出自己的秘密，这就是我对他们的印象。

致伊格纳齐·多梅伊科

巴黎阿姆斯特丹街1号　1843年12月14日

我亲爱的伊格纳齐!

今年夏天，我在洛桑参观访问的时候，收到了你最近的一封信。你说，欧洲的消息使你的心变得像石头一样的硬了。你要仔细研究一下你这是什么感觉，它说明了什么。上帝把我们赶了出来，使我们都那么孤单，要我们长年不断地进行祈祷和忏悔。你在远方孤身一人，也一定是这样，你对你的精神面貌是看得很清楚的，你对一个人的罪恶和微不足道也表示了你的看法。我的伊格纳齐!对于欧洲来的每一封信中的话，你都要认真地研究，保持一种纯净的心态。如果其中有些话冷了你的心，使你感到有人要使你堕落下去，使你感到忧患，你就要想一想，这种信是从哪里来的。如果我的话也使你感到这样，你也可以对我们进行谴责。如果是别的人写了这样的信，你就要弄清楚，这是谁? 凭良心说，我的话有可能使人感到不安，但都是要人们努力地工作，保持良好的精神状态，决不是叫一个人的心变得像石头一样的冷漠。

关于我们的事业我不想写什么，也不能写，你可以去研究一下，甚至可以在你那边，把地球翻一个个儿，看看我们这边的情况是怎么样的①。在观察星星时，你也可以研究一下我们现在要研究的一些地质和天文学的问题。我不能以事业的名义②叫你回来，但我作为一个普通人和你的老朋友如果能见到你，却是很高兴的。我要对你说的只是，你要经常想到，上帝对你有什么旨意。你不要忘记，上帝的旨意不只是对你一个人的。因为你和你的国家相距还不是太远，你可以搞你的生产和买卖经营，很明显，上帝对你有什么要求，同时也会给你准备你需要的东西，要了解他的旨意就看他对你是怎么祝福的，他让你在美洲已经待了六年，是不是要让你继续留下？你问问他吧！也问问你的心吧！

我夏天走莱茵河，到过瑞士。弗兰齐谢克·马列夫斯基也在德国，但我们没有见面，因为他在那里我知道得太迟了。但我从他那里了解到，别特拉凯维奇住在奥伦堡③，他仍在世，但老了很多。达尼沃维奇死了，死在西里西亚的河边上。托马什·赞回到立陶宛去了，他本来要结婚，但他患了忧郁症，认为自己找不到前进的道路，失去了生活的理想。切乔特在立陶宛的一个什么地方，耶若夫斯基在

---

① 多梅伊科没成为托维扬斯基的信徒。
② 指"波兰圈"。
③ 俄罗斯地名。

沃文①。

　　我家里的人都很健康，最小的儿子爱生病，你不知道他。最大的女儿自己要写信给你，她经常问到你，因为她知道，你已经走了六年哪！但她认为蜂鸟从你那里是一定能够得到的。祝你健康，我把你介绍给上帝。

---

① 　乌克兰地名。

致玛丽娅·达戈乌特 [1]

巴黎阿姆斯特丹街　1844年2月28日

尊敬的夫人！

我非常高兴地想问一下夫人建议的会见时间是哪一天和几点钟？我认识赫尔韦格 [2]，他是一个作者。我想，赫尔韦格作为一个人比他作为一本书的作者，更令人感兴趣，因为我对人的灵魂比对书更感兴趣，这是我要对夫人说的，也是我对夫人你感兴趣的原因，因此我也看到了你的盛情邀请的价值所在。

愿为你献身的

亚当·密茨凯维奇

---

[1]　原信是法语，译者据波兰语版转译。
[2]　格奥尔格·赫尔韦格（1817—1875），德国诗人、民主主义活动家。

致菲迪南·古特

巴黎 1844年3月末

菲迪南！

有一件事你要和大师商量一下，这就是我想把瓦仑迪画的图像印出来，这幅图像画的是站在地图上的拿破仑。另外，画在石头上的图画①可以秘密地保存，需要的时候再拿出来印制。我已经找到了一个石画家，画得很好，对我们的精神有深刻的理解，他要我给他祝福，为这幅画给他奖励。那么请问大师，同不同意作这样的石画？到时候可不可以把它印出来发表？以什么方式发表？②我在法兰西大学讲课，现在觉得这对宣传拿破仑是必要的。

我没有更多的要说了，因为我不知道过去的信你收到没有。这里有各种各样的传闻，但我们已经有三个礼拜没有见到你的一个字了。玛丽娅在一个法国诗人那里，我去年和他

---

① 即石版画。

② 托维扬斯基同意了，诗人1844年5月28日在斯拉夫文学讲堂上把版画发给了听众。

谈过话，她使他很受感动，这个礼拜天还要去他那里。告诉我你们现在的经济收入怎么样？

你的

亚当

致安杰伊·托维扬斯基

巴黎　1844年4月8日

大师！

3月17日，我和守护们一起工作了一些时候，希望在复活节这一天，法国人的七人小组都能够接受圣灵的赐予。我还要把圣灵在秘密的仪式上授予我的一切也就是对我们的祝福，都转赠给他们。弟兄们前一次的聚会是最大的一次聚会，那个法国人的七人小组都激动得哭了起来。可是大师，我并没有给他们指明方向。

我曾经在一个伟大的礼拜三，把过去说过的一些话给弟兄们再说了一遍，然后就让他们每个人都按照他们自己的心愿去做他们该做的事情，而我自己，则表示了要在大师的精神面前进行忏悔，在祭坛前接受精神的圣餐，但这不是说他们也一定要这么做，或者我是为了给他们作一个示范，因为在这之前，有些弟兄曾表示要在我面前进行忏悔，还有一些要在守护者们面前进行忏悔。有个兄弟还说，如果他现在死了，就没有别的人要忏悔了，而只有守护者了。我认为，这一切都表现了他们的虔诚和纯洁，没有掺杂人间的杂念。策琳娜早先也到我这里来了，她要在我这里作自我忏悔，但是神父都为弟兄们的罪恶进行了辩解，使他们差不多都安下心来了。在和守护者们一起开了会后，我们就向所有的弟兄宣布了我们的精神。

七人小组都去教堂里接受了精神圣餐，大部分弟兄都在一些残疾人面前作了忏悔。我告诉了他们要以什么样的心志到祭坛去参加仪式。不管是要和父亲一起吃饭或者要在父母面前撒娇的孩子们，还是有人要把鲜花撒在坟上，或者像一些男人那样，宣布他们要实现某个人的遗愿，按照事业的精神去做。我提出了一个口号："上帝是甜蜜的。"谁在圣餐礼上对这个口号表示真心的拥护，就证明他愿意为上帝效劳。这是第一个口号，它也是最早提出来的一个口号，使我们和那个老的僧团有了紧密的联系，以后我还要提出一个更加响亮的口号。上帝对所有的人都做了保证。弟兄们都说，任何时候也没有像今天，参加了精神圣餐礼之后，感到那么幸福。

有些弟兄（我现在给了他们行动的自由）来到一个神父跟前，有一个弟兄对神父表示，希望他的罪过得到宽恕，因为他感到很忧虑，但他认为忏悔并不重要，重要的是要有新的精神。另外一个马尔谢夫斯基原来在那个老的僧团里，他在忏悔时向神父表示，他的心志已经脱离了这个僧团。我写了这么多，是因为整个"圈"已经前进了一大步，这证明了每个成员都在努力地工作。

我有一个想法，就是要有一间房来存放属于我们的事业的那些东西，如文件和图像等等，弟兄们来这里阅读，会提高他们的精神修养。我觉得这间房也要有一个名称，我问过罗莫阿尔德，他住的那间房有没有什么名称，但是我没有想出一个什么名称。后来我又想到了一个牧羊的女孩（她那里我并没有去过），她很圣洁，也知道我们的事业。但是她不知道我的想法，而她却产生了一种奇怪的幻觉，这就是上帝已经来到了她的农舍中。我的想法是按照您的要求提出来的，但我现在并没有急忙去找这个房间，更没有想它有什么名称，大师您要我做的这件事还没有做。

我在法兰西大学讲了最后一堂课后，简直是议论纷纷，我的教授同事们也有点担心，是不是要叫我结束这个讲座，他们发给了我薪水，也给我提供了很多方便，这是因为部长是个好人，他不愿为难我。我回答他，说我一定要完成我的任务，有什么不得了，这样的议论以后不会再有。我当然不会辞职，但我还不能肯定，这是不是说，我这个讲堂到这里就要结束了。我以后还要采取更激烈的行动，因为现在的形势越来越紧张了。大师您如果有什么想法，请告诉我，但是要快一点。

我高兴的是，19日那天，菲迪南没有到我们这里来，任何一种力量也不能阻止他的愤怒，他听信了一些错误的传言，弟兄们也悄悄地说："他不来更好。"可我现在却很需要他，上帝大概认为，他还是要完成我们的事业的。

19日那天之后，弟兄们的情绪都大大地兴奋起来，他们越来越受到感动了，我们的"圈"任何时候都没有像现在这样，温暖在爱的阳光下。

我在很多事情的处理中，都很需要菲迪南的帮助，例如弟兄们相互之间如何处理关系等等，因为我往往想不出好的办法，看不到照亮了我的光明。上帝虽然把我推举出来，但我还是有这么多的麻烦，我的健康也还要承受这么大的压力。

策琳娜胸口痛得厉害，但我家里的情况还好。维特维茨基出版了一本反对我们的小册子，我现在还没有看。戈列茨基病得很重。列布内去世了，他听过我的课，而且总是那么专心，最后一次召唤使他伤心了一辈子。基内的课也讲完了，可是他在课后回到家里就失去了知觉，很快就死了。

一些接受了精神圣餐的弟兄在一些地方表现得十分活跃，他们分成了一些小组，我今天请来了他们中的第一组，那都是一些法国弟兄。在圣罗赫教堂里，我们的同胞有很多都表示了今年要接受圣餐，我们的反对者都在梅切尔斯基神父那里，另外还有一些神父也和他们在一起。这是一群反对者的魔鬼不怀好意地聚在一起。

菲迪南兄弟读过基内的讲课没有？这篇讲课的书面文字印在《世纪》[①]上。

大师您的信在复活节那天收到了，我非常高兴。

亚当

复活节周的礼拜一

---

① 　原文是法语。发表日期是1844年3月23日。

关于拿破仑纪念碑的信 ①

审查为拿破仑建立的纪念碑的图像的委员会

巴黎　1844年7月底

先生们！

当拿破仑的遗体将要运送到欧洲的时候，法国感到对它的这个英雄，对它自己，对整个基督教的世界都负了债。建造纪念碑表现了这个时代最伟大的思想精神的面貌，它为新的法国的精神和拿破仑的精神能够结合起来提出了可靠的保证，而且这种保证是看得见的。

一个民族的纪念碑应当表现这个民族所追求的真理，表现这个民族和它的英雄在感情上的联系，它要激发这种感情，要宣扬它，使它成为完成伟大的事业的动力。

人们过去并不知道怎样才能成为一个新时代的人，也不懂得应当服从真理和坚持真理。多神教的教徒们有过一个良好的心愿，就是他们也遵耶稣基督是他们的多神之一，他

---

① 参加"波兰圈"的也有法国人，密茨凯维奇希望为拿破仑一世建一座纪念碑；托维扬斯基同意这个想法，设计图由"圈"中弟兄万科维奇绘制。原信是法语，译者据波兰语版转译。

们在自己的祭坛上竖了人之子的神像，他们要推翻多神的统治。

给拿破仑竖立一个值得骄傲的胜利者、一个遭受了痛苦的囚犯、一个战士或者一个父亲的形象，对他表示敬仰，不符合他作为一个英雄的苦行者，一个要贯彻上帝意旨的伟大的使者的本来面貌。这种敬仰玷污了拿破仑的圣洁，也歪曲了他的思想精神以及符合他的精神的一切。

法国大革命的爆发使基督教有了新的需求，为我们这个地球开辟了一个新的时代。拿破仑作为法国大革命的精神之火和新的追求的具体体现，将所有那些在基督教前进的道路上走得最远的人们都团结起来，朝着一个精神的目标前进。拿破仑是一个新时代的法国人，他也是一个波兰人，一个意大利人，甚至部分地是个德国人，因此他种下了各族人民新的大联合的种子，但如果这中间出现了差错，那就会有碍这种联合的实现和发展。如拿破仑在圣赫勒拿岩上就进行过忏悔，说他没有完成这个使命，后来他又在上帝面前洗刷了自己的罪过，指出了一个新的时代已经到来，这也是基督教要表示的意愿，因此基督教徒们知道拿破仑的遗骨要运回来后，都感到非常激动。

法兰西民族热爱拿破仑，他们都愿意跟随着他，因为他带领他们走上了一条真正的进步的道路。他的精神也是他的民族的精神，这里也表现了耶稣基督的精神，是很圣洁的。拿破仑战争的胜利果实和他的精神果实既属于他，也属于法兰西。

法国的艺术和文学继承了过去的传统，大都盛赞军队的力量，也是因为研究了拿破仑的业绩，而劳动和奉献精神则没有表现出来，但文学只有表现这种精神，才能创作出好的作品。现在的艺术和文学创作对那种因为没有完成使命的痛苦并不关心，它们只是满足于对事件发生过程的描写，使人们记住它们，而并没有深入地研究这些事件发生的原因以及它们所表现的思想精神。难道拿破仑的胜利的取得和法典的制定不是因为有法兰西精神的指引？难道不应当赞颂这种精神，要将它表现在行动中，让后辈能够学习和继承它？现在就是要让法兰西民族记住这种精神，把它看成自己的，使它和基督精神结合起来，变成一种新的精神。

法兰西民族和拿破仑一起做过许多大事，也遭受过痛苦，有时候，他们也因为没有完成自己的使命而感到悲哀。这个民族的伟大精神脱离了欧洲以往的历史传统，它向圣赫勒拿倾诉过它的痛苦，它的心情不可能保持平静，除非它能够将它的精神表现在自己的行动中，只有这样，它才能够认识拿破仑，也认识它自己。

我们设计的纪念碑的图像要反映出这种思想精神的面貌，它不是我们创造的，也不是整个人类创造的。我们以为，这是一个法兰西的天才创造的，我们要向上帝和人们表示，我们就是这个天才的见证。我们都是打心眼里认定这个图像是好的，要按照这个图像去雕刻纪念碑，这个图像就是这个法兰西天才形象的展示。我们提出的这个看法也是每一个法国人从他们民族的感情出发和他们的良心所要表示的看法，而不是别的，"法国的人们！你们就看一看你们的心中对拿破仑是不是这么想象的？"

我们这么说，只是针对那些心中一直在想着拿破仑，听到了拿破仑的遗体要运回法国而为之激动，并且感到非常兴奋地要参加他的葬礼的法国人。但我们也没有说要对一些党派的代表、对那些拿破仑和新的法国的敌人进行审判。

委员会的委员先生们！你们要审查拿破仑纪念碑的这个图像，我们相信，在这种情况下，你们一定意识到了你们要做的是一件具非常伟大和不一般的意义的大事，因此你们也不要对我们表示的这种不一般的态度感到惊奇。我们并不了解你们的思想感情和你们的政治态度，但我们看到了你们的爱国主义的表现，你们有知识，我们只要求你们具有一个认知者的良好的心愿，作为一个真正懂得艺术的人，去审定这个图像是否合适。

若要知道我们给你们提供的这个图像是否表现了法兰西民族的情感和愿望，我们建议你们还是去问一问残废军人休养所中的那些老兵，领袖在他们心中的形象是永远不会消失的，因为上面浸透了他们的泪水；我建议你们去问一问那些帝国①的士兵，他们的宗教信仰十分虔诚，相信法兰西具有

---

① 指法兰西第一帝国。

伟大的使命；我们还要建议你们把这个图像给那些社会下层的普通老百姓看看，看他们觉得怎么样。他们对拿破仑的骨灰那么倾心地朝拜，这充分说明了他们最敬仰的是什么。这就是对于这么一件大事的办理，要表示一个什么样的态度必须遵循的所有的标准。

我们要向上帝说明，所有那些具有政治或艺术偏见，想要阻挠给拿破仑竖纪念碑，而且认为他们这样做是对的的人们，他们对这是要负责的。我们也要郑重地声明，不管一些人有什么说法，做出了什么决定，从我们现在了解到的情况来看，我们相信，这个纪念碑是一定会竖立起来的，而且它也将按照我们所提供的这个图像竖立起来。

委员先生们！有一件事需要你们做出决定，这个纪念碑照我们提供的这个图像，是不是马上就建起来，而且你们也会自愿地参加？或者一定要等到以后，根据一些人的胡思乱想，将它竖在一片废墟上？

致教育部长阿贝尔·弗朗索瓦·维勒曼[①]

巴黎阿姆斯特丹街　1844年10月4日

部长先生！

我很荣幸地能在这里向您提醒一下，您还记得，有人催逼我在法兰西大学尽快地开课，因此我考虑了一下，不得不求助于您了，希望您能批准我的假期，这种催逼我只能把它看成我个人的遭遇。

在讲授文学、哲学和斯拉夫各民族人民的宗教信仰的历史中所提出的许多问题，因为它们所表现的新意和严肃性在公众中，毫无疑问会引起极大的兴趣和对这些问题不同的看法。斯拉夫的政论家和文学家们都表现了他们不同的宗教和政治观点，他们有时候摘录我在讲课中的一段话，曲解了它的意思，然后对它进行评论，这种评论都是从维护他们的民族和他们的党派的利益出发的。在法国，我们同胞的处境是

---

① 阿贝尔·弗朗索瓦·维勒曼（1790—1870），法国批评家、文学史家，他任教育部长期间（1839—1844）对诗人比较照顾。原信是法语，译者据波兰语版转译。

很特殊的，因此我作为一个波兰人，一定要使我的讲堂受到舆论的关注。法国的日报也很了解这些舆论的措辞和它们所表现的思想倾向对波兰造成了不利的影响，对讲课的教授本人，也表示了敌对的态度。

我知道，对那些没有经常来听我的讲座的人来说，现在要他们理解那些一定要理解的斯拉夫种族历史进程中的秘密还不是时候。这个种族虽然人数是最多的，但它在居住在欧洲的所有的种族中，却是最不为人知的，它自己都没有意识到它有自己的天才和使命。我以为，我不能不一段时期暂停一下我在口头上的讲课，更没有必要把我在法兰西大学讲过的东西再来重复一遍。

我的讲座就是为了向听众说明它要表现的思想精神，对它提到的一些倾向做出评价。事实证明，我的讲课除了要突出斯拉夫民族的天才，彰显其思想精神之外，没有别的目的。了解这种思想精神对法国来说更重要，因为在我们这个时代，一个正确的思想就是要让人们都了解它和接受它，它是力量的泉源，是行动的指南。我以为，所有这些能够给予力量和指导行动的东西，对法国政府都是很有用的，我和这个政府也总是有着最最圣洁的联系。

部长先生！我以为，您如果考虑到我的这些想法，定会让我在冬天能有半年时间的休假。如果我在休假之前能够讲完我一定要讲完的课程，那我也不会忘记把这个情况告诉您，并且听取您以后让我复课的安排。①

　　部长先生！请接受我对您的深深的敬意，因为我很荣幸地能够成为您最卑贱和最顺从的仆人。

　　　　　　　　　　　　　　　在法兰西大学讲课的

　　　　　　　　　　　　　　　亚当·密茨凯维奇

---

① 　　部长批准了休假。

致尤利乌斯·密海列特①

巴黎　1844年底②

我很高兴，因为我今天感到很健康，能够接受先生对我明天亲热的邀请。

我一直在整理我讲课的手稿。③

你忠实的

亚当·密茨凯维奇

---

①　原信是法语，译者据波兰语版转译。
②　原信上没写地址和日期，有研究者认为也可能是1845年初写的。
③　讲稿要在1844年底或1845年初付印。

致安杰伊·托维扬斯基

洛桑　1845年7月1日

大师和先生！我以为我在这里得出了一个信念，瑞士和我们的事业有紧密的联系，而洛桑这个瑞士的联邦州又是我们活动的一个驻点，但我发现这里发生了很大的变化[①]，我过去的朋友都对我表示不信任，而一些新的管事的人虽然我不认识，却对我表现了真挚的友爱。现在联邦州的领导被他的反对党戏称为独裁者和小国王（或者说只是一个政府的顾问），但是他在我知道的所有的政要中，却是个大人物[②]，对一些最近要发生的事，他都有预感。他的意志坚强，比他的兄弟塞韦仑有更多的锻炼，他的这个兄弟也像他，但他的身体比塞韦仑健壮，是一个好动的人，浑身是劲，在这些方面他要在言谈和行动中才能更多地表现出来。他很少听到过什么东西，但是他的听觉很好。只要我对他有所表示，他都

---

① 沃州联邦在1845年2月发生了政变，自由党政府被推翻，新的执政者是一群激进分子。
② 指亨利·德吕埃（1799—1855），瑞士政治家、律师，他是这次政变的领袖，1848年当选为瑞士联邦委员会委员，1850年出任联邦总统。

牢记在心。他有一次还说，他在来世也许会变成一头公牛。他对我也非常信任，还把他的一些秘密的笔记给我看过，上面记载了他见到过的一些事，表现了他的性格。总之一句话，他不论对我说什么，还是给我做什么，都像我的兄弟一样。他的一些同事也心性纯朴、善良，为人耿直，但是由于那些变幻莫测的事故的不断发生，虽然他们不断努力地工作，本来应该提升，却也不那么容易。

我以为在这片土地上，因为某个大的事件，发生过一场革命。德吕埃①先生对这是深有感触的，他第一个告诉我，说他在这里和奥尔良党②，和奥尔良的思想进行了斗争，那些银行家、小商贩、新教的神父、学者、学院和大学生等都反对他，只有几个大老粗和普通老百姓站在他一边，可实际上他已经挺身站起来了，他在管事。我对他说过，他应当也只有受到我们的事业的精神的鼓舞，才能够振奋起来。他听了我的这些话很高兴，并且对我说他很理解，今天他无论做什么事，发表政治言论，都要按照耶稣基督的精神去做。我们和他做过长时间的重要谈话，我和他的同事也共过事，我们以后还要去看他。

但是我在这里要和一些老的朋友和同事见面，虽然作了最大的努力，却仍然没有达到这个目的。我不得不为过去

① 亨利·德吕埃。
② 即自由党，和法国的奥尔良党关系密切。

那些不该做的事检讨自己，表示忏悔，因为它们即便按照《圣经》旧约章程的规定没有罪过，根据事业的精神也是有罪的。做这些事既没有原则，但也纯粹是偶然的，属于凡间的。我到过尤齐乌那里，在他的家里磨蹭了三个小时。他家里的人有时候表现得很生气，但我没有感到他们这是对事业的不满。我好心好意地对他们说，尽了一切努力，也许正因为没有对他们表示不尊重，上帝没有使我获得成功。啊！我在这里真的感到，就像有人说的那样，这个家庭是什么样的了。马利谢夫斯基到我这里来过，为了过去的事我对他表示过道歉，现在我也很亲切地接待了他，但他在这里却无意地犯了一个大的错误，因为他像过去那样说了谎话。我的话也强烈地触动了他，有些话虽然是对罗姆阿尔德说的，但也许能够使他振作起来。

我和那些在沃州城邦的人也就是我过去的朋友①经常发生争吵，这里有几个目的，也可以说只有一个目的，就是希望他们的想法和德吕埃能够一致。如果是这样，那么这个城邦就是我们的"圈"的营地了。但我不会为此花很多时间，因为我在这个周末就要走了，最晚也只能到下个礼拜。以后如果没有遇到很大的困难，我还要想办法去苏黎世，我们的兄弟去年就说要到这里来，这件事我对赞郑重地提过，也说过他的意见，可是卡明斯基却没有注意，遗憾的是，拉姆兄

---

① 指自由党人。

弟却在这里给我们留下了不好的印象，因为人都发现他有犹太人少爷的派头，而且作风轻浮。但罗姆阿尔德兄弟服务得很好，他在这里是有用的。这里发生的一切（一直到演奏小夜曲）我在爱翁塞德翁①都看见了，每一年发生的事我都要在那里记下来，但我有时候因为不太注意，或者遇到困难，未能将这些事全都记下来。我以后只要可能，就一定会注意和改正，但是我的身体现在又不怎么好。我再说一遍，只要把德吕埃和塞韦仑·皮尔霍夫斯基加以比较，就会对他产生最好的印象。

我会从巴黎把信寄过来，还有爱乌斯塔赫的信的一部分和那张发表了我对大学生们的回话的报纸。应当知道，那些给了我小夜曲的人，那些证人和大学生都是革命的敌人。我的回话是反对他们的，可是上帝知道，他们都接受了，而且三呼万岁。

大师、父亲和先生，我是听从你的，向你祝福！

亚当

我把菲迪南兄弟留在了巴登，他写信告诉我，说他要去伯尔尼，我因为事情太多，没有给他回信。但是一切他都表

---

① 瑞士地名。

示谦恭地接受了[①]，只有他所需要的乐谱没有提起。他在路上甚至产生一个想法，要让一个女人相信我们都是一些伟大的人物。我们见到他后，也对他作了解释。他后来怎么样，我们就不知道了。

亚当

---

①　托维扬斯基曾批评菲迪南·古特在"圈"里没有按基督精神行事，要他把代表事业的旗帜交给诗人。

致安杰伊·托维扬斯基

巴黎巴蒂尼奥尔区　　1845年9月17日

大师和先生！

"圈"里的工作在继续，有成效。为了改变兄弟们目前的处境，耶若夫斯基兄弟已经采取很好的办法，为了帮助他们，也付出了很大的努力。他的帮助之所以最有成效，是因为他以自己为例，向他们展示了一个人是怎么获得新生的。涅维亚罗维奇兄弟来到了我们这里，也要帮助我们。他为我们给他的恩情所感动，定要称我们是他的兄弟，他在呼唤我们的时候，以世间最好的方式，表现了火一样的热情，以最精准的语言，表现了智慧的力量，这对我们是很有用的。可是在最近几天，耶若夫斯基在他的话中，却以一种不同的语调使得斯泰赫兄弟生气了，他们之间发生了争吵，但最后还是和解了，因为他们发现这是他们之间产生了误解。斯泰赫这个兄弟真是出奇的单纯和虔诚，他的生气是因为他看到耶若夫斯基要号召人们采取行动，认为这是不行的。耶若夫斯基和塞韦仑的合作还是采取了过去那种错误的办法，他也愿意和托马什·赞合作。实际上，在我们中间，过去的一些争

359

吵都消除了，大家都感到，我们每个人都要从头做起，都要深刻地检查自己，都有新的工作要做。

这里每个兄弟都有进步，爱乌斯塔赫和阿列克斯·霍茨科遇到的困难最大。爱乌斯塔赫成天祈祷，但他又离不开人世，他以世俗的办法在干他的事业，他虽然越来越清楚地看到那些召唤具有精神上的力量和深刻的内涵，但他自己却没有这种力量和火一样的热情。阿列克斯·霍茨科接受了我们的信仰，但他至今并不认为这对他有什么触动，因此我也狠狠地敲打了他一下。塞韦仑·皮尔霍夫斯基和菲迪南好像好一点，但他总是站在"圈"外，认为自己只是事业的盟友。

有些兄弟这个时候也和外人接触，他们还是第一次正确地表现了他们的思想情调。帕什凯维奇和两个侨民作了一次重要的谈话，这次谈话使他们受到感动，很有成效。

盖雷奇兄弟要写信给密科瓦伊，向他提起以前发出过的那些号召，这是他要争取过来的新的对象。他的愿望是真诚的，也有充分的准备，他要征求你的意见，可是我以为，他这么做现在还不行。盖雷奇无论他的肉体还是精神上都有一股强大的力量，他的头脑总是能够保持冷静，他采取了一种完全是人间的生活方式。他好像在以一种新的精神状态投入外交工作中，这是他的特点。他甚至还会毫不费力地把他的一些笔记都印出来，表现他的风格。

卡罗尔和罗莫阿尔德·盖德罗伊茨兄弟明天就要到你那里去了，先生！卡罗尔很单纯，但他也有独立自主的能力，他不会让拿破仑的火烧在他的身上，他不善于表现自己，也不会把自己的好处表现出来。盖德罗伊茨是个大丈夫，他的意愿很好，也有强大的精神力量，但他的思想精神始终处于沉睡的状态，至今也没有采取什么行动。

我现在把盖雷奇的笔记的复印稿也寄给你，上面写的是：

最高贵的老爷！请允许一个在世界上什么也不是的人对您说几句话。

时至今日，我的兄弟亚历山大·霍茨科给老爷您写过信，时至今日，我的另一个兄弟塞韦仑·皮尔霍夫斯基也曾求过您到彼得堡来，他要和您谈话。最高贵的老爷！我以上帝的名义要问您，您就没有看见，在您那辽阔的国土上，所有的一切都变得越来越糟了吗？您就没有看见，您周围的一切都在不停颤抖和彻底完蛋了吗？

我要跪下来对您大叫一声：最高贵的老爷！对您的人民发发慈悲吧，对您自己的心灵也发发慈悲吧！但这要时间。

最高贵的老爷！我虽然是一个波兰的侨民，但我过去也是你军中的一个战士，现在只要你对我下一道命令，我马上听您的指挥。①

这里的话还没有说完，但盖雷奇却把笔扔下了。在这些笔记的另外一些版本中，他虽然没有写这么多，但却更代表了他的风格。

这里还有一个年轻的波兰籍的以色列人，他对事业有很大的热情。他的身子骨也很硬朗，但他却又内火攻心，处于病态。昨天我和他一起工作，他很受感动，情绪也放松了点，我觉得，他是和我们站在一起的。

伊万诺夫斯基兄弟做他爱做的事去了，不知道哪一天回来，我们也在想他以后会朝着哪个方向发展，有人把菲迪南夫人的信交给了他。

我一直在努力，想知道上帝有什么旨意，叫我的"圈"朝着什么方向发展。如果上帝在我面前显灵，我会马上告诉你，我要照你的旨意去做。②

你在世间的仆人
亚当

---

① 原笔记是法语，译者据波兰语版转译。
② 托维扬斯基的回信只做了一般论述，没表示和诗人完全一致。

致塞韦仑·皮尔霍夫斯基

巴黎巴蒂尼奥尔区林荫路12号　1846年8月14日

塞韦仑兄弟!

你的意愿（想要坐牢）^①我以为是不合我们民族（斯拉夫民族、波兰民族）的心愿的，也是违背上帝的事业的。

你要实现你的意愿只能采取一种人世间的办法，因为你不能够正式和公开地采用上帝事业所用的语言和表现形式，也不会得到事业管理机关的同意，可你却又承认这个事业的领导者是一位大师，是卡罗尔兄弟。你的行为名不正，言不顺，不可能出于某种被认可的名义。

为了表示我对你这件事的看法，我后天要来找你，或者你就到我这里来吧！今天和明天我都有事，你的信（在你没有做出决定以前）我不会给别人看！

你的兄弟

亚当

---

① 皮尔霍夫斯基出国考察时花掉了"圈"的集体生活费一万法郎，他宣称愿意回波兰去被捕、入狱赎罪。

关于塞韦仑·皮尔霍夫斯基的声明

巴黎巴蒂尼奥尔区林荫路12号　1846年8月23日

　　塞韦仑·皮尔霍夫斯基早就和我脱离了所有行政管理事务上的联系，他在几天前到过我的家里，给了我他写给弟兄们的领袖[①]的一些信的抄写稿，但他的这些信都没收到回信，他问我在这种情况下该怎么办。

　　我看了这些信后才明白，原来塞韦仑·皮尔霍夫斯基要通过俄国大使馆向俄国政府表示他的忠心，认为他这是"以上帝事业的精神为波兰民族服务"。我对此的回信如下：

　　皮尔霍夫斯基的企图是违背民族意愿的，他迈出了和上帝事业为敌的一步。

　　他要实现他的这个意愿所采取的手段也是很卑劣的，因为他总是以上帝事业和它的仆人的名义，可他早就和上帝事业不在一起了。

　　我叫他和我谈一谈这件事。他有几天到我这里来过，并

---

① 托维扬斯基。

且口头上向我宣布，他已经投降了俄国，他要从天主教堂的怀抱里爬出来，到希腊的教会分裂派那里去。

我不愿回顾这次谈话的一些细节，或者把它再说一遍，因为这会玷污我的同胞和我自己。

我还叫他来了一次，要他郑重地考虑，答应我不这么做。

现在我又收到了他给我的信，说明他为了实现他的这个愿望，已经陷进去了。

几年前，希维亚托佩尔克·密尔斯基要波兰的流亡者放弃坚持宗教信仰和维护政治权利的斗争，对密尔斯基这个要求，我们以事业官方的名义，公开地表示过我们的看法。

我们对于这个退化分子的头人的表态是所有的人都知道的，他们都表示拥护我们的这个表态，已经站在我们的事业的旗帜下，或者正要站在它的旗帜下。

我可以肯定，我的这些话都表达了所有要完成上帝事业的兄弟，和在流亡中不管走的什么道路都是为了完成波兰民族事业的同胞的感情和心愿。[1]

亚当·密茨凯维奇

---

[1] 皮尔霍夫斯基回信表示自己"还是上帝事业的仆人"。他退了"圈"，但并没投靠俄国。

致弗兰齐谢克·密茨凯维奇

巴黎巴蒂尼奥尔区林荫路12号　1847年1月22日

我亲爱的弗兰齐什库!

几天前我收到了你从意大利来的信,已经好几年没有你的一点消息了。我本来有两次机会能给你寄信(有一次可以通过乌边斯卡把信给你带去),但这些机会都错过了。

关于我这里的情况,我亲爱的大哥,我是没法向你说清楚的。你知道,我们生活在一个什么时代,你也要想到,我现在是居住和活动在一个常有暴风雨袭击的地方,因此我有很多事情要给你解释清楚。我在这里的处境是很困难的,要不断地寻找目标。但是你知道,表面上看来我遭遇了不幸,但我的内心也不是没有欢乐,有时候,我好多天都是很高兴的。

我和这里的政府关系很密切,只要我是个明智的人,他们对我就会有好感,也会很真诚地对待我,所以我总要保持一个清醒的头脑。这里就像我早先在俄国一样,如果我不去想我心里想的那些东西,那些使我激动、使我高兴和振奋的东西,那我就会获得显赫的地位。所以我在这里要找到我的那颗星星，我想我会见到它越来越明亮。如果上帝能够再一次延长一下我的寿命的话，我还有很多事情要做。亲爱的大哥，也许你会对我的所作所为感到奇怪或者感到不安，但你要永远相信，我做的一切都是为了我们全家生长的这块土地。

我很高兴地想起了我们兄弟虽然相互之间联系不多，但我们的关系还是很密切的，你就是我，我就是你。我知道，你不会怀疑不管发生了什么事故，不管是我，还是亚历山大或者耶日①（如果他还在的话）都是在一起的，就像你看到他们在家里一样。这是人间很少能够见到的欢乐，因为我们的心总是在一起的，心心相印。如果我们在世上得不到任何帮助，这就是一种帮助。大哥，我相信，如果我们都老了，在我们去世以前还是要见面的。到那个时候，我们会长时期地在一起，境况比今天会更好。

关于亚历山大，我知道他还活着，一直住在恰尔科夫，他和弗兰齐谢克·泰拉耶维奇的女儿结了婚。有时他也去过诺沃格鲁德克，参观了扎奥谢，好像他把他的岳父也带到小俄罗斯去了，这我是从扎奥谢那里得到的消息。我对你就写这些，这封信的抄本我寄给了你，你收到没有？科尔内尔

---

① 耶日·密茨凯维奇1826年从维尔诺大学毕业，到俄国当了医生，后来在克里米亚和一名俄国海军军官的女儿结了婚，没和兄弟们保持联系。

卡①和她的孩子都住在扎奥谢，很明显，她们的生活就像过去那样。我读了你这封写给卢齐扬的信后大哭了一场。我以为，老斯迪普乌科夫斯基②一定还在那里，此外还有杜沃夫斯基们③。现在是年轻的一代了。弗拉努斯·斯迪普乌科夫斯基④好像也不在了，这我是从一个旅游者那里知道的，但我不敢肯定是不是她（或者说我的哥哥弗兰齐谢克），因此我没有对卢齐扬⑤提起这件事。

我很健康。妻子一段时期以来，也出奇地恢复了健康，现在很好，不久前，她一个人去瑞士办事去了。我一个人管着我的这些孩子，一共有五个，最大的女孩十三岁了，两个男孩也进了学校，还有两个小的在家里。这些孩子和我们家里的人，就是和我、和你们、和我的兄弟都出奇的相像，很像。大女儿玛蕾尼娅从她的习性甚至她的面孔，都会使我想起你。老二弗瓦齐约很像我，大家都这么认为。老三哈伦卡干脆就是亚历山大，黄头发，圆脸蛋，会管家，还有点书生气。最小的会使我想起安托霞⑥，我总是忘不了他。奇怪的是我的第四个孩子奥列什，他的性格和思想情绪都和耶日一样。这些孩子比我们都更幸福，他们在世上的路也比我们好

①　诗人的表妹。
②　诗人的姑父，大约1815年去世。
③　诗人的表亲。
④　诗人的姑妈。
⑤　诗人的表亲。
⑥　即诗人的小弟弟密哈乌·安托尼，六岁就去世了。

走得多。

　　把你的信干脆邮寄给我、你给库伊内特的信他没有收到，因为在这里，如果没有写明是什么街道和哪栋房子，任何人都找不到（除了部长）。你要记住，这里有一百多万居民。

　　我们的地址是巴黎巴蒂尼奥尔区林荫路①12号，在巴黎大门附近，是单独一栋房子。

---

①　　原文是法语。

致玛格丽特·傅勒 [①]

巴黎巴蒂尼奥尔区　1847年2月15日之后

一个女人，她感觉到她天生就有这种生存的权利，她要使她的这种权利得到认可，她的这种努力表现在她的叹息中，也表现在她的语言和行动中，她要采取行动，为了维护她的这种权利。

一种精神，它认识那个旧的世界，它在那个旧的世界中犯了罪，它要在一个新的世界中认识那个旧的世界。

她的着眼点是那个旧的世界，但是她活动在那个新的世界，她要居住在一个未来的世界。

她的使命就是要去了解这三个世界，她要在那里说话，在那里活动。

这是唯一的一个秘密地躲藏在古代世界中的女人，一个要接触那些在当今世界有决定意义的事物的女人和对未来世界也有感触的女人。

----

① 玛格丽特·傅勒（1810—1850），美国作家、政论家、记者，早期女权运动的领袖。这是诗人应傅勒要求写的寄语，原信是法语，译者据波兰语版转译。

你的心灵和波兰的历史、法国的历史都是紧密相连的，而现在又和美国的历史有联系了。

你是那许多灵魂的第二代。

你的使命是要参加为波兰、法国和美国的妇女解放的斗争。

你有认识，你有权利，你有责任，你有希望和要求，因为你保持了你的童贞。

对你来说，若要获得你的自身和你的那个性别（一个阶级）的解放，首先要知道的是，你们是否都仍保持你们的童贞。

你会给新的世界带来在许多世纪中已经成熟的果实，富于激情的果实，你要以你的视线、手势和行动来表现你的精神。

我的玛格丽特！你要把男人们从罪恶中解救出来，他们正在寻找那种能够使他们精神振奋的眼光，能够使他们得到鼓励的手势，能够有人表示欢迎地和他们握手，因为在这个世界上，是没有人和他们握手的。

你要把视线投向他们，给他们做手势，他们能够做出许多表示精神的动作，因为他们需要精神，却又得不到精神。

让他们也具有你的精神！因为他们已经做好了准备，接受你的思想精神。除了精神，你要把你的一切都献给他们！

你的兄弟

A.

致玛格丽特·傅勒 ①

巴黎巴蒂尼奥尔区　　1847年4月26日

亲爱的朋友！

你的旅游成了赛跑，我有点奇怪，你本来应在那波利 ②
多待一阵的。

你不要这么随便就离开这么一个你觉得很好的地方，因
为那里是很少有可能再去的。要多享受一些你的美好时光，
不要随意抛弃那些想要待在你身边的人，而且其中还有那个
你在教堂里遇见的小个子意大利人 ③。

你在船上认识的那个波兰的女士是我过去的相识，有
一次，我们同乘的一艘船，在黑海上遇到了狂风暴雨，这已
经是二十年前的事了。她全身上下都闪耀着美丽的光彩，我
当时年轻，心里想的和你差不多，就像你现在这样。我开始

---

① 　原信是法语，译者据波兰语版转译。
② 　即那不勒斯。
③ 　指乔瓦尼·安杰诺侯爵，是泽佩·马志尼的追随者；1849年傅勒和他结
　　了婚，1850年两人与刚出生不久的儿子回纽约，全家在港口外因船只遇
　　难去世。

和这位女士接近，但是我过于浪漫，希望成为她唯一的男人，可她却只是把我当成她的许多男友中的一个，好长时间我都感到十分委屈。后来我才明白她是对的，她做得很对，我只留下了对她作为一个友人的回忆，我感到遗憾的是我在巴黎没有再一次见到她。我想，如果她还是过去那样温柔和善良，我是能够给她出几个好的主意，说几句使她高兴的话的。

你要问我生活中一些具体的事和我写了什么作品？我只能对你做出一个回答，这就是你要看我的言论和我的行动，它们都是我生活中的表现。我有许多话要对你说，但我觉得我什么都写不出来。上帝啊，我生活中好像有某种捉摸不透的东西，在固定不变的字母中是表达不出来的。尤其是像我这样既没有打过胜仗，也没有建过城市或者毁掉过城市，在大地上没有留下过痕迹的人，我们能够在编年史上写些什么呢？我们只有精神生活，在精神上给别人造成影响。人们可以知道，这种精神上的活动已经进行到了什么地方，有多大的范围，多大的影响？

我能不能去意大利旅游还很成问题，因为我还没有作这个计划，我不得不考虑到我那容易变化的周围环境。你总是对我说你自己，我想的还是我在巴黎又能够见到你。告诉我你到底什么时候能够到这里来。

我在一些日报上了解到了你坐的轮船出的事故 ^①。奇怪的是，我并没有想到你会怎么样，但我从有关的报道中，感觉到这次事故肯定和我有某种联系，但是什么联系，却不很清楚。

再见，亲爱的玛格丽特！只要你在意大利能够过得快乐，得到健康，你就把这些快乐和健康从这里带走吧！然后你会经过瑞士，一定要在那里看一下！

你最忠实的
亚当

---

① 1847年3月15日夜间，一艘英国船和一艘法国船在第勒尼安海相撞，第二天被拖到里窝那港。

致菲利克斯·弗罗特诺夫斯基

朗格鲁纳① 1847年7月27日

亲爱的菲利克斯兄弟，我们都是"圈"里的仆人！

我们感到高兴的是，这么容易就推选了你②，这对我们来说，也是一种鼓励。推选你的意义你是不难理解的。兄弟们选你不仅是你的思想和忠于事业的精神，而且也因为你尽可能以朴实和真诚的态度将它们都表现了出来。你身上有一种力量，能够使它们得到充分的表现。你的态度和言谈虽然表现过一种不应有的自负，但你在改正这些缺点，这也是你的优点，虽然它表现得并不突出，但却是需要的。有的兄弟比我们更具有精神上的力量，甚至显得更圣洁，但他们没有你那么真诚和朴实，因此在"圈"内不被信任，我们也不信任他们。

你的当选是我们"圈"现在的需要。我们以后还有各

---

① 法国地名。
② 弗罗特诺夫斯基接替了诗人的职务；这标志着密茨凯维奇和托维扬斯基分道扬镳。

种要做的事，而现在我们就是要尽力保持我们的这种波兰的朴实和真诚，要从那个已经灭亡的祖国，那个压制了一切最深刻的感情的贵族的粗暴行为和在我们中已经根深蒂固的贵族老爷的傲气的罪孽中解救出来。这个贵族老爷的傲气本是犹太人和法国人的性习，在巴黎有其存在的社会条件。兄弟啊！现在是我们在相互之间的接触中，要改变这种性习的时候了，如果能这样，说明我们有了提高，能够达到大师的要求了。

关于这一点，我们已经说过多次，大家都认为，为了真的达到这个要求，我们每天都要祈祷，每个晚上都要打心底里做一番检查。这是我们每个人都要做的事，但这只是我们的一项工作，为了使这项工作取得成效，使我们的思想得到提高，变得更加单纯，使所有的兄弟都能够这样，单是这么做还不够。因为我们的意志还不够坚强，如果有一种力量在反对我们，在侵犯我们，在阻挡我们，我们就会感到孤立无援，在这种情况下，我们就要互相帮助。一个脱离了我们这个整体的兄弟可以有很高的精神境界，但是在我们的这个"圈"中，没有大家的互相帮助，是不可能达到这种境界的。

这种情况我给你们已经说得很清楚了。如果我们能够回想一下我们的过去就好了，因为我们通过这种回顾，能够知道我们过去有什么对我们今天是有用的。在我们的"圈"中，没有纯朴和真诚的品格，没有严谨的工作态度和生活方式，我们无法采取什么行动。

兄弟！你的立场完全是波兰的，而你却是一个流亡者，在你看来，那些以色列人、法国人或者斯拉夫人①对我们会有什么看法，请告诉我！我愿听从你的召唤，如果有些事我们需要一起商讨，我马上到你们那里去。

我向弟兄们表示衷心的祝愿，像兄弟一样拥抱你们！

你的弟兄和事业的仆人

亚当

在这个时候，我又收到了蓬科夫斯基兄弟的信，请你告诉他，如有可能，把他的钱寄给我一些。还要问一下罗莫阿尔德·盖德罗伊茨，他能不能也借给我一些，等我在部里拿到了钱后，就还给他，因为我们这里连一个格罗什都没有了。把钱花完后我一直在等着巴黎发给我拖欠的薪水。②

亚当·密茨凯维奇

---

① 指托维扬斯基在捷克的信徒。
② 从蓬科夫斯基后来的信中得知，补发薪水的努力没有成功。

致尤留斯·密海莱特
和爱德加拉·库伊内特 ①

罗马德尔波泽托街114号 ② 1848年3月11日

公民们!

法兰西共和国的创建开创了人民自由的纪元,你们懂得这是一个什么样的新纪元,你们为它的来到做了准备工作。法国人已经充分地利用了他们享有自由的政治权利。

可是你们在法兰西土地上的波兰兄弟却仍然是奴隶,不公正的法律使他们成了专制的牺牲品,你们已经看见有人对你们的一个同事,只因为他是波兰人就实行了这种专制。你们也曾尽力反对这种专制制度,但现在对你们来说,是要制定一个保证所有的波兰人的利益的法令。

公民们!你们要向共和国的临时政府请愿③,要求它立即取消那些压迫波兰侨民的法令和条文,让它正式宣布波兰人和你们在法律面前是平等的。你们要采取的第一个步骤是

---

① 两位都是法兰西大学的教授。原信是法语,译者据波兰语版转译。

② 原文是意大利语。

③ 他们接受了诗人的提议,向临时政府提出请愿,以青年的名义要求取消对波兰侨民的不合理法令。

使波兰获得自由。

祝愿和兄弟情谊！

我可以肯定，大学里的那些年轻人会响应你们的呼声。

致策琳娜·密茨凯维乔娃 ①

罗马　1848年3月11日

取消反对侨民的法令是保证我们政治上享有独立自主权利的一个最重要的步骤，但这有可能引起激烈的斗争。我们也不能满足这种赐予我们的自由。妥协和折中对我们来说是不行的，我们需要完全的自由，按照那些法令的规定，我们不仅有居住的自由，还要有行动的自由。

告诉密海莱特和库伊内特，要他们把这封信给年轻人看，或者把它印出来，他们可以照他们的意思修改一下。我写得很匆忙，必要的话，他们可以改变其中一些提法。策琳娜！你可以署我的名，这件事不能拖延，要密海莱特和库伊内特不要只管这封信，而是要年轻人派代表采取强有力的步骤，因为政府会把这件事的处理拖下去②。告诉他们，这个行动也是出于法国人的心愿。

---

① 　原信是波兰语，但只留下了部分内容的法译，译者据波兰语版转译。
② 　两位教授的请愿没有成功。尤留斯·密海莱特告诉了策琳娜，同时把自己和密茨凯维奇的通信寄给了大学的两个杂志和大学生俱乐部；策琳娜告诉诗人："根本就没有组织什么代表团，因为他们总以为，政府会这么去做，可直到现在，任何决议都没有做出。"

致托斯卡纳大公列奥波尔德二世^①

佛罗伦萨　1848年4月17日

国王陛下！

我以波兰的名义表示：这些客居在意大利托斯卡纳土地上的波兰人是自由和独立的波兰的唯一代表。谢谢国王陛下对他们的处境和愿望的好意的关切，使他们能够继而回到自己的祖国。

我们每个人都记得，国王陛下发给独立的波兰的军队第一批非常丰厚的军饷。^②

---

① 原信是法语，译者据波兰语版转译。
② 1848年爆发的欧洲革命使波兰流亡者受到了极大鼓舞。3月29日，支持密茨凯维奇的派系代表在罗马集会，决定建立军队、返回波兰作战；同时通过了一个政治改革方案，内容包括把土地分给无地少地的农民、宗教信仰自由、男女平等、犹太人和斯拉夫各阶层人民平等。4月10日，诗人率领由十一人组成的波兰军团从罗马出发，15日来到佛罗伦萨。奥波尔德二世在政治上支持改革，4月17日接见了诗人，当晚给军团送来几千法郎的军饷。

我的同志们都委托我，向国王陛下您表示我们的感激之情。

主要领导

亚当·密茨凯维奇

致摩德纳政府总统约瑟夫·马尔莫希^①

佛罗伦萨　1848年4月17日

政府的总统公民！

在罗马的波兰的军队高举民族的旗帜，也得到了庇护五世教皇的祝福，现在要经过伦巴第和一些斯拉夫国家到波兰去了。

我们的使命是要建立一个波兰军团的联盟，然后再建立一个斯拉夫军团的联盟。我们的标志是：基督精神、天主教，具有福音精神的英雄主义和在世上的法律面前的平等。

公民！我们要寄给你一本在罗马印制的《波兰的政治象征》。现在我们要去米兰，在那里等待我们那些从瑞士来的波兰弟兄。在那里我要向那些编入了奥国军队的波兰人，所有的斯拉夫人，我们的弟兄：达尔马提亚人、伊利里亚人、克罗阿特人^②、捷克人和斯洛伐克人发出号召，他们都具有能够引领我们前进的精神。

---

① 原信是法语，根据波兰语转译。
② 指斯洛文尼亚人。

你们很快就会听到这种精神的呼唤，你们也会看到，它是怎么变成行动的。在里窝那，这个港口的整个斯拉夫的海军通过它们的舰长，已经许诺了给我们提供帮助①。

总统公民！你在报纸上也会看到，我们在意大利的老百姓中是如何受到了欢迎的，特别是在恩波利和佛罗伦萨，托斯卡纳的人民是怎么友好地接待了我们。

国王陛下也盛情地接待了我们，向我们表示了他那有名的慷慨大方，满足了我们的需要，还给我们提供了运输工具。

摩德纳政府的总统公民！我们认为我们有责任，要正式告诉你：波兰军团要经过博洛尼亚到你的摩德纳那里去了。

我们认为摩德纳人都具有意大利的爱国主义情怀，因为他们不久前就有过这样的表现。总统公民！你的思想感情我们是了解的，意大利的公众舆论已经说了很多，并且向我们提出了保证。

> 波兰军团的领导
> 亚当·密茨凯维奇

---

① 这一说法的真实性难以考证。法国的利韦农港当时停泊了十二艘奥地利军舰，但只有少数舰长是斯拉夫姓氏，对波兰军团也没提供帮助。

致伦巴第临时政府①

米兰 1848年5月3日

作为伦巴第临时政府成员的先生们!

民族的复兴,特别是意大利反对奥地利的斗争告诉波兰侨民,是采取行动的时候了。波兰人如果支持意大利人,那么他们自己的国家也就快要获得解放了。在奥地利帝国的五百万波兰奴隶如果和意大利人合作,就会获得自身的解放。这样也会使伊利里亚人、达尔马提亚人、克罗地亚人和那些和意大利交界的奥地利帝国斯拉夫省的人民知道,要行动起来才能实现他们民族独立的愿望。这些奥地利帝国斯拉夫省的人民要采取的行动和捷克王国以及占匈牙利王国的人口的大多数的斯拉夫人要采取的行动都有密切的联系。

但是波兰人在意大利的活动的目的和奥地利军队中的斯拉夫人是不同的,如在奥地利军中,就有三个波兰的团队,

---

① 根据维也纳会议决议成立了伦巴第–威尼西亚王国,位于意大利北部,由奥地利控制。欧洲革命中,米兰市民在3月22日驱逐奥地利驻军,成立伦巴第临时政府。原信是法语,译者据波兰语版转译。

因此这里的步兵很多都是波兰人，奥地利军中的炮兵几乎都是捷克人。总之，在二月以前来到意大利的奥地利军队中的大部分士兵都是奥地利帝国斯拉夫省的斯拉夫人。

要对士兵们进行教育就要有一面旗帜，士兵们要参加战斗。波兰人懂得，斯拉夫人的解放事业对意大利也具有重大的意义，他们知道首先要占领伦巴第王国的首都伦巴第。我们的第一批战士曾高举用教会精神武装的民族的旗帜，还有一些别的波兰的军官和战士今天也要到这里来。波兰军团作为一个营的第二支队伍在法国也建立起来了，由米科瓦伊·卡明斯基上校指挥，他们现在应该在瑞士。还有许多波兰人依然在法国，那些在德国的波兰人想回到祖国却遇到了很多困难，他们像是迷失了方向，不知道该怎么办。但是当他们知道有波兰人的军队在意大利的土地上，并且得到了伦巴第政府的关照后，也要到我们这里来。这样便产生了波兰军团 [①]，它最初只有约一百个军官和士兵，过了几个月，就增加到了两千个战士，后来那些原来在奥地利军队中服役的波兰、伊利里亚人和捷克人也都参加了这个军团。其实斯拉夫人当初并没有像我们现在这样，具有这么深厚的民族感情。我们深信，建立我们现在的波兰军团，然后在这个基础上建立斯拉夫军团联盟，在目前的情况下，比在意大利共和

---

① 这里指的是亨利克·东布罗夫斯基的波兰军团，1797年在伦巴第建立。

国[①]时期建立这样的军团所具有的力量要强大得多。

因此我们要告诉你们：作为伦巴第临时政府成员的先生们，你们要授权并帮助我们建立这样一个斯拉夫军团，同时也要促使波兰第一军团的建立。在这个基础上，意大利共和国的伦巴第政府就可以和波兰的亨利克·东布罗夫斯基将军[②]订一个条约，作如下的规定：

一、波兰军团高举自己的民族大旗，军官和士兵的衣领上要佩戴波兰和意大利的花结，但只听从波兰军团总部的指挥。

二、军团成立后，也听令于伦巴第政府战争部长。这支军队可以作为伦巴第政府的后备军，对它的使用和认定和所有意大利的军队一样。

三、波兰军团只参加反对奥地利以及和奥地利结盟的国家的战争，在任何情况下，它都不能用于在意大利国内去镇压意大利人民和在国外去反对法兰西共和国。

四、波兰人既然为伦巴第政府效力，他们当然也享有所有伦巴第公民享有的权利。

---

① 拿破仑远征意大利时建立了多个共和国，其中在伦巴第建立的从1802年起叫意大利共和国。

② 这是比喻，指伦巴第临时政府和密茨凯维奇的波兰军团。

五、波兰军团已由波兰国民政府认定，是服务于波兰的，但它也是意大利军队的一部分。

六、伦巴第临时政府为了加快波兰军团的建立，给意大利军队的一些指挥官已经下达了命令，叫他们让所有斯拉夫出身的战俘都到米兰来，让其中的波兰人都参加这个军团。此外同样很重要的是，要想尽一切办法，在敌人的军队里和奥地利帝国的那些斯拉夫省中，用波兰语和其他斯拉夫语言，发出爱国主义的号召。

七、要向临时政府提出我们的建议。因为他们知道，我们的计划能够取得多大的成效决定于它能否尽快地得到实施。由政府宣布波兰军团的建立比由一些代表人物或者通过私人关系来加以宣传效果要好。法国和德国人知道波兰军团的建立之后，他们肯定会尽快地给他们那里的波兰人提供方便，让他们到伦巴第来。我们以为，瑞士政府还会给波兰人提供武器。但因为有许多别的国家的侨民在这里闹事，造成了破坏，瑞士政府对这也感到害怕，所以我们也不能要求他们对波兰人有什么想法和要达到什么目的有过多的关心和考虑。我们同样认为，法兰西共和国政府会给我们所需要的一切提供好心的支援。我们也能够做出保证，伦巴第的政府和人民都会理解我们真诚的愿望，是要服务于我们共同的事业。他们在我们中，一定能够找到那些久经贫困生活的考验，已习惯于遵守军纪，同时热切盼望着去为自由和幸福而斗争的人们，这些波兰人经过这么长时期的等待，为了完成我们的事业，他们能和我们的意大利兄弟并肩战斗。

最后，我们希望伦巴第临时政府能够指定一个人专门研究我们的这个提议，我们也会给他提供我们这个提议一些细节的有关材料。

作为伦巴第临时政府成员的先生们！请接受我们要对你们表示的忠诚和敬意！

我以我同胞的名义，已受命为完成我们民族的解放事业去努力。

亚当·密茨凯维奇

致玛格丽特·傅勒①

米兰波西街特洛迪号房② 1848年5月4日

亲爱的朋友！

我收到了你的两封信，但我一直很忙。我不知道，什么时候能够离开这里，但不管怎样，我在这里至少还要待一个礼拜。

我看见夫人你的精神状态没有得到很大的恢复，你很害怕遭受那些其实是很一般的痛苦的折磨，把它们看得太严重了。夫人你的痛苦的大小就看你能不能忍受，它们并没有你想象的那么大。你要相信上帝，要大胆地接受十字架的信仰，即使你并不以此为乐，也要相信它，因为夫人你现在缺少一种道德的力量，能够保持你的机体的健康，上帝能够减轻你在肉体上遭受的痛苦。你要记住，对那些胆小鬼，是要用鞭子抽打，才能叫他们去参加战斗。如果是勇敢的人，他就会自愿地走上战场，而无须去对他进行这种体罚。

---

① 原信是法语，译者据波兰语版转译。
② 原文是意大利语。

夫人你要相信，你会完全恢复你的健康，感到精神爽快和高兴。

我现在住在阿科纳第①这里，当我们来到城里后，他们就对我很好，要我住在这里。我和马志尼见了面，他是唯一的一个具有政治能力的人，目前，这种人是很需要的。你对他也没有看错。

亲切地握夫人的手！

亚当

---

① 支持意大利独立和统一事业的西班牙人。阿科纳第夫人和傅勒是好友，在给傅勒的信中，她写道："密茨凯维奇这个月都一直和我住在同一个屋檐下，是我的客人。我对他的天才从来没有像现在这样感到惊异，他永远是一个很有力量的诗人，我喜欢他，虽然我们并不是对所有的问题都看法一致。"

致亨利克·纳克瓦斯基

米兰波西街特洛迪号房 [1]　1848年5月14日 [2]

公民！

我们在这里已经知道你们在5月6日发出的号召。你们真诚的愿望和为民族事业的完成所做的努力，也使我们觉得有责任马上向你们通报我们现在的情况：

一、在上帝的帮助下，我们在罗马为波兰军团的建立，已经打好了基础，下一步就是要进而建立一些斯拉夫的军团，现在我们要说一下我们建团的原则是什么。教会最高的行政管理机构对我们具有民族特色和展示了白鹰形象的旗帜给予了祝福。

二、我们已被我们的兄弟认定，是这个新建立的军团的领导，这也得到了罗马政府的承认，因此我们

---

[1]　原文是意大利语。
[2]　原信署1848年5月14日，但邮戳是5月13日。

现在有责任要带领这个队伍。由于天命的指点，我们已经找到了前进的道路，并且穿上了军装，武装起来了。

三、伦巴第政府决定成立这个军团，他们接受了我们提出的条件，准备给我们提供波兰和其他斯拉夫民族的战俘。

四、波兰军团现在成立所具备的条件，和东布罗夫斯基将军当年和拿破仑的意大利共和国政府订条约时具备的条件是一样的。

五、我们正在等待我们在法国的同胞的到来。

公民！我们知道，你们也是这么想的，因此我们以为，我们制订的原则和你们的原则是一样的。我们也请你们像我们的兄弟一样，尽量给我们提供一些帮助。为此，你们先要去找瑞士政府的管理机关，要它为我们那些在那里过境的同胞提供方便，如有可能，也发给他们一些武器。我们会从米兰派一个同胞兄弟斯乌扎尔斯基到你们那里去，和你们一起负责处理这些事务。

既然建立军团的事已经定下来，而它需要的营房也已经准备好了，我们现在就没有必要去请意大利人给我们成立什么管理委员会或者积攒资金，因为我们已经有了武器和军饷。这样我们也要请你们把你们的号召改变一下，比如在瑞士，还有我们的同胞和一些分散的队伍，他们需要你们的帮助。我们在伦巴第，已经是要采取行动的时候了，我们想要看见我们的武装人员是否已经高举民族的大旗。我们要使我们采取的一切措施都是为了我们共同的利益。

我们已经委任希奥多乌科维奇上校为我们临时的指挥官。卡明斯基表示了也要带领他的队伍到我们这里来。我们认为，还有一些别的队伍也会到这里来。我们也早就想过，有些军队因为过早地想要到波兰去，他们到了那里不知道该怎么办，又会回到我们这里来。机遇和命运把我们这些武装人员都连在一起，而且在这里竖起了我们的旗帜，这里的人民和政府都对我们表现了兄弟的情谊。即使在奥地利的军队中，也有那些遭受痛苦、盼着早日得到解救的波兰人和我们的斯拉夫盟友，他们都是要和我们站在一起的。

公民，请接受我们对你们的兄弟情谊和祝福，也请你把我们的这种情谊和祝福转给委员会的成员们！

亚当·密茨凯维奇

致法兰西共和国外交部长
尤利乌斯·巴斯蒂德[①]

米兰　1848年5月30日

部长公民！

我们波兰人都会听信你的审慎的判断。法兰西共和国部长公民，你在我们给伦巴第政府呈送的关于建立波兰军团的计划以及伦巴第政府给我们的回答中，已经了解到了我们制订这个计划出于什么原因和目的。

我们属于那些已经想到了波兰民族运动的未来的波兰人，我都聚集在意大利，就是要主动地参加和奥地利的战争。不久前发生的那些事变使我们的这个愿望能够实现了。很明显，现在对波兰人特别是对波兰的侨民来说，除了我们已经选定的这个军事前沿的阵地之外，再也没有别的阵地了。意大利是目前和奥地利唯一处于战争状态的国家。它和那些已经爆发了民族解放运动的国家搭界。如果意大利人想要缔结和平条约，那么我们在伊利里亚和捷克就会有更大的活动范围，因为这些国家的人民虽然和我们有相同的话语和

---

① 原信是法语，译者据波兰语版转译。

感受，但他们没有建立他们的政府，不能以官方的形式和我们打交道。

我不知道，法兰西共和国在处理它和波兰一些敌对的强国的关系时，采取的是什么方针政策。这决定于法国政府，但它为此也要对上帝负责。波兰到今天，既没有物质条件，也没有政治手段，能够影响到法国政府做出这一决定，但它能够唤起这两个民族之间的友好感情，这样就或迟或早地会使他们认识到，这种友好感情是和他们之间最珍贵的共同利益联系在一起的，这是法国政府制定他们的这个对外政策真正的依据和前提。在目前情况下，我们以为，法国政府可以不改变他们对这些和波兰敌对的强国现在采取的政策，但它仍然可以支持波兰民族的解放事业，帮助我们建立我们国家的军队。我以为，法国政府在以下几个方面，可以给我们提供帮助：

一、要你们在意大利的外交代表给我们表示一点友好的关照，使我们能够得到撒丁王国国王和威尼斯政府的支持。

二、使我们已经召唤的那些波兰人能够到意大利来。

三、给我们提供一些资金，这在目前是对我们的救助，因为我们现在只有我们的军饷，用于长途行军是不够的。我们不能要求伦巴第政府给我们钱，因为我们为它还没有做什么事。在我们还没有走上战场以前，我们在这里不能提出任何要求。但我们波兰人的这些要求可以向法国政府提出来。我们这里只有一个营，你们如能提前给它发三个月的军饷，就会帮它克服所有的困难，使它保持它应有的独立性。你们还要发给我们一千支机关枪和军用器材，这些我们在这里都是得不到的。这样我们才是由法兰西共和国武装的队伍。

现在我们给你派来米哈乌·哈奇科公民，他是一个波兰的上尉，他会把这封信交给你，你如果有什么不明白的地方，他都可以向你解释清楚。①

部长公民，请相信我们对你的忠诚和敬仰。

亚当·密茨凯维奇

---

① 外交部长把信转给内政部长，后者为这些波兰军团志愿者签发了护照，和提供了一些物资。

关于建立波兰斯拉夫军团
的国王法令草案 ①

瓦莱焦 ②　1848年6月17日

一、建立一个波兰人的军团作为意大利军队的后备军。

二、这支军队佩戴意大利军的花结，但它的军旗是波兰
　　民族的军旗。它的战士佩戴波兰和意大利军队的两
　　种花结，由波兰军官指挥。它建立后听令于意大利
　　战争部长，享有和意大利其他军队同等的权利。

三、这支军队只参加反对奥地利以及和它结盟的一些国
　　家的战争。在任何情况下，都不能用于在意大利国
　　内镇压意大利人民和在国外反对法兰西共和国。

四、在这支军队里服役的波兰人享有意大利公民和士兵
　　享有的一切权利。

五、在从意大利的领土上把奥地利人赶走后，波兰人就
　　获得了自由，他们可以继续在军队里服役，也可以

---

①　这是呈交撒丁王国国王卡洛·阿尔贝托（1831—1849在位）的草案，最
　　后没得到批准。原文是法语，译者据波兰语版转译。

②　意大利地名。

到为维护他们民族的利益所需要的地方去。

六、捷克人、莫拉维亚人、伊利里亚人和其他斯拉夫民族的人都有权参加波兰军团。

七、军团暂由一个步兵营、两个骑兵连和半个炮兵连组成。

八、军团的第一支军队在米兰已建成，以后要建的军队就按它的建制。

九、列奇将军[1]阁下会专门管理这个军团最后建成的一切事宜。

十、伦巴第政府至今做出的关于建立军团的所有决定依然有效，要继续贯彻执行。

军团的代表亚当·密茨凯维奇为组建军团的第一支部队、在和伦巴第政府的商议中所做的一切，都会给予肯定。

---

[1] 泰奥多·列奇（1778—1866），伦巴第的意大利独立和统一事业领导者，军队统领。

致文岑蒂·马杜谢维奇

巴黎巴蒂尼奥尔区林荫路12号　1848年7月21日

公民!

我已经向你说了关于在伦巴第建立波兰军团的事,现在我把我在今年5月3日给伦巴第政府的信抄了一份给你附上。那上面提出的条件伦巴第政府全都接受了,由于没有人来参加,我等了很久,伦巴第政府批准了军团可以有六百人的编制,并且决定了在军团的第一个营建立以前,暂不考虑它以后的编制,因此我们如有一支六百人的军队,就可以投入战斗。

伦巴第政府还曾表示,要保留意大利的军旗,就像在东布罗夫斯基将军建立军团的那个时期一样。我没有同意它的这个要求,但如果是一支不超过一百人的队伍,就只有在公众的场合举行庄严的庆典时,才能举起我们的旗帜,走到这座城市的城门前,让他们去参加战斗,就不能打出我们的旗号。我可以肯定,如果只建一个营的军队,那在政府那里是没有困难的,那么我们就以这个营参加战斗吧!

我们给伦巴第政府的一些信的抄本等我准备好了,就寄给你。

我们希望你和那些和你关系密切而又真心诚意地想要为祖国服务的同胞的士兵们加强团结。今天，祖国在全世界都没有她的地盘，但是她的儿女不管在什么地方，只要保持了自己的记号和语言，只要有自己的领导，就一定要建立自己的军队，这是波兰的流亡者要担当的责任。

你既然告诉了我已经参军的人数，那么你一定有足够的财力，为他们提供给养，使他们能够到米兰来。

波兰军团的主要领导
亚当·密茨凯维奇

我还要告诉你，我们听到了我们的同胞和一些外国人说，这里还建了一些别的军团，它们的建制和我们的军团是完全不一样的。这些军团在我离开米兰以前，也就是6月26日以前，我也只是有所耳闻，并不知道它们当初是怎么建立起来的。

亚当·密茨凯维奇

致安杰伊·托维扬斯基

巴黎巴蒂尼奥尔区　1848年8月2日

大师和先生！

你可以向法国最真实地表明天命所铸就的你现在的立场。不是作为一个上帝意旨的代言人来表明你的这个立场，而是因为你对自己亲近的人要提供帮助，认为这是你的责任，也是对民族和人类负责。这样你提出的要求就合法了。

法兰西想知道，最近发生的六月风暴是怎么回事？它是怎么发生的？造成了什么后果？这只有你一个人，能够说明这场风暴发生的原因和它的性质是什么。弄清这次革命爆发的原因也就知道法兰西的过去和未来了。

你完全可以以你个人的名义，对那个法国的管理机关，说明今天的主要问题是什么。你也可以向我们说明你的想法，我们可以把你的想法加以引申和发挥。或者你让我们看到你的亮光，我们也会采取负责的态度。

你的召唤和思想会给我们的行动增添力量，这种力量在别的地方不仅得不到，而且有没有都不知道。

对法兰西如何做出回答涉及波兰的问题。关于基督的精神、斯拉夫精神和波兰精神你已经说得很清楚了，并且采取了行动。我们的责任是要结束和波兰流亡者的争论。

只要你对我们发出号召，我们就会以最大的努力和最好的办法，在适当的时候采取我们的行动。

你的兄弟、仆人和学生
亚当·密茨凯维奇

致撒丁王国驻巴黎大使
安东尼·布里尼奥莱·萨尔①

巴黎巴蒂尼奥尔区   1848年8月10日

阁下：

波兰人的军队已经离开了法国，要到米兰去，那里有伦巴第政府承认的波兰军团。这些波兰人认为，在目前情况下，他们更要加快他们的步伐。他们都是一些被流放的人，是波兰的流亡者，他们这么长的里程和这么困难的行军完全是自费的，只希望意大利能给他们提供帮助。

他们现在已有一支部队就要到马赛②了，在那里还要缴纳从马赛到热那亚的路费。

阁下！波兰人总是希望阁下您能够帮助他们渡过地中海。他们认为，只要他们到了意大利，就有办法继续他们的行程，这样就有可能尽快地奔赴他们的同胞战斗的地方，和撒丁国王陛下的军队并肩战斗。

---

① 原信是法语，译者据波兰语版转译。
② 这是第二批志愿者，和第一批加起来有六十人；到8月底，陆续来到马赛的有一百一十多人。

他们也曾发誓，即使他们得不到任何帮助，他们也要想尽一切办法到那里去，因为那里有他们民族独立的事业要他们去完成。波兰人这次也是为了意大利的事业的出征，如果遇到由于外交和政治利益的争夺而造成的困难，这是他们这些好心人难以预料和事先无法知道的，因此他们也不能为那些给他们造成了这种困难的人的良心负责。

　　波兰人将我这封信还抄了一份寄给了在都灵的战争部长H.科列格诺先生阁下。

亚当·密茨凯维奇

致伊格纳齐·克卢科夫斯基

巴黎巴蒂尼奥尔区圣桑岱街42号　1848年9月1日

兄弟，我们共同事业的仆人！

你们在那里，我们在这里，都有过痛苦的经历。我有好几天没有写信了，就是要等着向你们通报一些肯定是令人高兴的事。时至今日，到处都是那么令人悲哀，可你们做得不错，没有急于说明你们在那个军队里的情况。很明显，阿尔贝托是不想要你们了 [①]。既然他们要你们听从意大利的命令，你们暂时就这样吧！要不你们就到热那亚去！在那里你们会得到舆论广泛的支持。现在就是在最坏的情况下，你们还可以到里窝那去，或者到教皇的国家里去。你们到了那里就会知道，那些并不认为一定要到军队里去，才能为祖国服务的人，会走另外一条道路。他们并不认为他们要担当什么责任，他们只是做他们能够做的。他们心中有一种愿望，根据自己的能力办事，结果怎么样，就听上帝的安排了。但是

---

① 卡洛·阿尔贝托受到英国和法国的压力，同时也怕引起俄国不满，没有给流亡者提供帮助。

老一点的流亡者一直在意大利，在军队里服役，他们只有在战场上，才能行动起来。希望你们都想办法到威尼斯来，这里有你们的依靠。在法国的流亡者的命运今天是最惨的，他们没有人关心、遭受贫困的折磨，被人瞧不起，没有必要再到这里来了，我在这里还听说，我们的旗帜都收藏起来了。

在六月事件发生后，我们能够采取行动的依靠都没有了。可我经过再一次的努力，还是表示了可以保证资金的来源，建立新的队伍。现在米兰对我们的赞许和阿尔贝托的不乐意都成了我的障碍，但是我以为，扣下的资金还是要给的。这里的流亡者一直在忍受着他们的痛苦，他们希望把他们派到什么地方去，可现在更困难了。我们的这个队伍人数很多（一百一十几个），本来都是挑选出来最优秀的，现在就只能待在马赛，由于没有钱买地中海的船票（本来是可以不要票的），就不得不延迟他们的行程。他们原是要去热那亚的，但我不知道他们去了没有，因此我让米哈乌·霍奇卡去了那里，想给他们带个口信，派遣志愿者的事要暂缓一下。

有许多事情要办，就看你们能不能坚持。你，我的兄弟，你要和捷孔斯基还有维特科夫斯基一起商量一下，在现在这种困难的情况下，能不能找到别的出路。我以为，订条约的事在意大利变得复杂化了，法国也陷入了动乱的局面，这是今天从部里传出来的消息。英国的立场也摇摆不定，它很害怕，因为英国国内有可能爆发全面的战争。一定要注意保护军团的利益，要搞到资金和运送人员的工具，为此我一直坚守在这个地方。米哈乌走后，给我一点很少的生活费都没有了。

大师和菲迪南下令被囚禁了，因为他们运送了我们的志愿者而受到审判。但由于我们大力地营救，上帝保佑，这个法令暂缓执行，大师在这几天大概就要出狱了。现在这里到处都是恐怖、囚禁和缺席审判，如果报道出去，是骇人听闻的。

我刚刚写完这封信，就收到了捷孔斯基 [1] 和别尔格尔给我的信，紧握你们的手，向你们表示发自内心的亲密感！

亚当·密茨凯维奇

---

① 捷孔斯基在信中详细描述了卡明斯基指挥的波兰军队战斗情况。

致吉隆·德·圣热莱男爵 [①]

巴黎　1848年10月12日

男爵先生！

请允许我对先生你说几句话，为的是要说明一下在我们最后一次谈话中还有几个没有说清楚的问题 [②]，这也是我在此前给你关于在意大利建立波兰军团的照会中没有提到的。

至于波兰人和意大利人为了维护他们的民族性，一定要联合起来在道义上和政治上的重大意义，我在这里就不用再说了。这种联合的意义你也永远是承认的，现在，撒丁王国政府已决定要采取行动，他们最迫切的是要拟定一个建立军团的章程。军团现有的人数，和它以后应当具有的人数是多少？它现在和以后在物质上有什么需要供给？男爵先生！这是我首先要向你说的两件事，请先生注意！

至于军团的组成人员，我们都同意可以限制一下波兰人参与的人数，让别的斯拉夫族人，如捷克人、伊利里亚人都

---

① 原信是法语，译者据波兰语版转译。
② 男爵此前答应会帮助密茨凯维奇。

能参加到它的干部队伍中来，但要使波兰的因素在精神和数量上都占优势。

在法国的波兰侨民如果要参加军团，他们的人数就可以组成一个旅了。波兰人住的那些地方因为他们遭到追捕，经常发生暴乱，他们以后会怎么样也难以预料，但他们在国外有数以千计的年轻人是能够参军的。因此，波兰军团的建立在人员供应上不会有任何困难。只是目前还有一些在道义上反对它的建立的因素，对它以后的发展会造成不利的影响。

男爵先生你知道，波兰的侨民中有许多政治派别，其中任何一派在道义上都没有足够的力量，能够带领所有的侨民，去开展有利于国家建设①的活动。因此最主要的是我们的军团要高举我们民族的旗帜，它的代表性是超出所有政治派别涵盖的范围的。大家知道，那些称为贵族的波兰侨民拥有大量的物质财富，但他们中拥护这面旗帜的人却很少，不会有很多人参加到我们的队伍中来。民主党派在这方面要积极些，他们可以派他们的特使，或者以通讯的方式开展一些活动，但对于组织和领导一支武装力量是不够的。不过我们相信，只要我们建成了一支波兰的军队，不管是贵族还是民主派中的志愿者，最后都能够把他们吸引到我们的队伍中来。

我们知道有许多波兰的公民，他们充满了爱国的热情，

———————————

① 指恢复波兰的独立。

虽然至今和任何党派都没有联系，但他们已经准备好，要把他们所有的钱财和能力，都献给军团要完成的波兰的事业。过去由于我们没有看到这些有利的因素，致使我们对于意大利的一些政府提出的要求都未能做出肯定的回答，对军团以后的命运也难以预料。

我们上面所说的情况的出现可以给我们提供人员和创造物质的条件——如果这能很快实现的话——这样我们在较短的时间内，也不用作很大努力，就可以实现我们的计划。现在要做的是：一、在那些既受到撒丁王国政府的信任又是波兰人最信赖的人中，选出一个或者更多一点的人；二、让这个人或者这些人组成的委员会去动员那些志愿者参军，并将已参军的士兵运送到意大利的边境上去；三、挑选一个撒丁管理民事或者军事的人员，让他参加波兰委员会的工作，并且常和撒丁政府沟通一下；四、让一个撒丁驻外的大使或者另外一个撒丁国王陛下信任的人去加紧联络那些愿给军团捐钱或者在政治上拥护军团的波兰人、捷克人和其他斯拉夫国家的代表，和他们的关系要密切一点，这很重要。波兰人和其他斯拉夫国家的代表若要和我们取得联系，就一定要非常小心谨慎，因为波兰委员会至今还不是一个得到公开承认的组织，它不能掌握那些容易遭倒霉的人的财产和命运。这个委员会如果要管理资金，它也会接受监督，而这种监督也只有一个由宪法规定正式成立的政府，才能对它行使。

只要撒丁国王陛下和政府接受我们的建议，并且下达执行的命令，我们坚信，波兰军队的给养不用动用自己的钱财就能得到保证。

　　我这里也没有必要再说，所有这些首先要采取的步骤，我们都是严格保密的，一直要到我们的军队开赴战场，需要正式发布新闻公开亮相的时候为止。至于要到什么时候，只有撒丁政府能够确定。可我们一直在为所有要采取的大众的和个人的行动做准备，例如发布我们的宣言、为报纸写文章和派特使等，而这些也要听从和我们一起战斗的国家，也就是我们的盟友的旨意。

　　　　　　　　　　　　　　亚当·密茨凯维奇

致路易·卡瓦伊格纳克将军 ①

巴黎　1848年10月15日

总统公民！

我已经有好几次向法国政府报告了在意大利成立波兰军团的消息。我以为，我向政府说明的这个情况决定了数以千计的波兰过去的侨民和同样有很大数量从波兰国内来到我们这里的年轻人的命运。

民族研究所现在要过去波兰的侨民都到意大利去，他们在那里要采取的行动虽然表现了他们的爱国情怀和愿望，但他们十八年来，现在却第一次不得不处于一种无所事事的状态。在波兰国内，所有态度积极的和有进取心的年轻人都不得不到国外去，他们很自然地都来到了法国。这些新来的流亡者的命运也很不幸，因为他们不习惯在这里工作，甚至连法语都不懂，没法生活下去。只有给他们指明去意大利的道路，才能使他们避免贫困和堕落。

现在我觉得我有必要再一次向共和国政府介绍一下波兰

---

①　原信是法语，译者据波兰语版转译。

军团目前在意大利的情况。

这个军团的干部队伍按照那个临时政府的决定，在米兰已经建立起来了，和我在1848年5月3日向这个政府提出的建议是一致的。军团在意大利头两次的参战特别是在罗拉托的战斗，都由卡明斯基上校指挥。奥地利人占领米兰后，军团就退到韦尔切利①去了，在那里一直待到了今天。此后撒丁国王的政府又单独下了一道命令，说明过去由伦巴第政府做出的那个决定依然有效，并任命希奥多乌科维奇上校暂时代替在战斗中受了重伤的卡明斯基的职务，负责军团的一个步兵营，外加一个骑兵连的指挥。随后我们就带领这几支波兰人的队伍到皮埃蒙特②去了，他们中有些人已经到了指定的地点。另一方面，托斯卡纳大公国的政府也和那支已经到了里窝那的波兰人军队的上尉指挥官米哈乌·霍奇卡公民订了一个契约③，让他再建两个步兵营和一个波兰的骑兵连。我们认定，这些新的建制会使波兰军团更加强大。

和意大利的这些政府所订的条约主要作了如下的规定：

一、军团保留它的旗帜和民族的色彩，听从波兰的
　　命令。

---

① 意大利地名。
② 意大利地名。
③ 托斯卡纳政府代表是战争部长吉亚科姆·贝卢奥米尼，契约内容包括军团不能使用波兰旗帜。

二、军团被认为是意大利军队的后备军。

三、在任何情况都不用于参加反对法国的战争。

四、官兵的服役期为六年。

五、在波兰独立战争爆发的时候，波兰人可以自由
　　退役。

按照我们在这里提出的原则和要求建立的波兰军队将
决定这个国家的命运。在这个具有决定意义的时刻，我们很
荣幸地要向法国政府提出下面的建议，如果它能给予我们帮
助，波兰军团的人员就会很容易地得到补充：

一、请法国政府给那些想要来到意大利的波兰流亡
　　者发给路费。其中一部分可直接发给流亡者本
　　人，另一部分交给由意大利政府任命的那些军
　　官，他们负责动员流亡者们参加军团。

二、准许波兰人自由地乘坐共和国的邮船，渡过地
　　中海。

三、公布有关那些现已来到法国想要去意大利参加
　　军团的波兰流亡者的有关法令。

　　　　　　　　　　　　　　　亚当·密茨凯维奇

和托斯卡纳共和国代表所订条约的方案①

巴黎　1849年3月初

　　托斯卡纳共和国的代表弗拉波利为一方和在意大利的波兰军团以及那些要来到意大利参加这个军团的波兰人的代表，亚当·密茨凯维奇为另一方，都表示同意由公民亚当·密茨凯维奇1848年5月3日在米兰制订的一个要呈送给伦巴第临时政府的方案。这个方案在1848年5月3日，也得到了伦巴第政府的同意，并做出了决定，要贯彻执行。在伦巴第战争部1848年7月1日对这个决定的说明中，提到了皮埃蒙特王国国会于1848年10月8日要皮埃蒙特政府执行的一个法令，就是要坚持军团在米兰建立时制定的那个组织原则。

　　提到了部里做出的另一个决定，要把那个组织原则加以发展。

　　提到了托斯卡纳立法委员会1848年10月7日关于接受波兰人来托斯卡纳参军的决定。

　　提到了代表托斯卡纳政府的一个部长和委员会的书记贝

---

①　原文是法语，译者据波兰语版转译。

卢奥米尼和属于在意大利的波兰军团一支部队的指挥官米哈乌·霍奇卡在佛罗伦萨签订的一个协议。

大家都同意成立一个波兰军团。

致约瑟夫·马志尼 [①]

巴黎巴蒂尼奥尔区圣桑岱街42号　1849年3月23日

公民！

从我们在米兰见面的那时候起到今天，我一直在不断地让许多波兰的士兵参加意大利的军团，这期间我也遇到过意大利一些政府外交部门代表的阻碍和我们波兰的贵族和民主派人士给我造成的困难。如果说到意大利政府部门过去的那些代表，他们已不可能阻挠我们了。弗拉波利上校，托斯卡纳的临时代办是一个新时代的意大利人 [②]，他知道你们需要什么，对波兰士兵为你们效力也很重视。

士兵和军官你们都很需要，所有的波兰侨民都是士兵，我们也有很多军官，但是波兰贵族的党派要派遣的是那些愿意效忠于君主制国家的人去意大利，他们只找到了十几个这

---

① 第一次意大利独立战争期间，教皇庇护九世逃离教皇国的首都罗马，马志尼、加里波第等人建立罗马共和国，四个月后在法国的军事干涉下失败。原信是法语，译者据波兰语版转译。
② 路易·弗拉波利（1815—1878），托斯卡纳共和国和罗马共和国的政府代表，诗人和他讨论过波兰军团如何为托斯卡纳服务。

样的军官，没有波兰士兵。有少数波兰的士兵现在在皮埃蒙特，他们都是一些逃兵，被贵族抓住了，皮埃蒙特政府迫使他们退出了我们的军团。波兰民主协会要给你们派去几个政工人员和有能力的军官，但它不能建立军队。

其实这样的军队已经存在，它就是军团。公民！它当初的建立你在米兰是见过的。在伦巴第建立的波兰军团有两支队伍现在在托斯卡纳，另外还有两支队伍这个月底要乘船去马赛。我们算了一下，在下个月的头几天，它们在人员上就能增补到一个营那么多了。我们以为，我们如果现在再组建一些队伍，从托斯卡纳政府那里也能得到他们行军的费用。

波兰军团已经公布了它的组织原则，这是一支共和国和社会主义的军队。它和波兰民主协会不同的是，军团高举的是民族的旗帜。它作为意大利的后备军，要为自己的兄弟意大利服务。我们的军官和我们的士兵到你们这里来，不是为获得军衔和个人的升迁，他们要为捍卫两国人民的共同利益而战斗。

公民！请你注意一下下面所说的这个军团现在的状况：

我坚信，我年前对米兰政府也不断地表示过我的这种看法，这就是为了维护那些已经复兴的意大利的国家的利益，有必要建立一支新的军队，这支新军要完成新的任务。不管以后会有什么样的战争，托斯卡纳共和国、罗马共和国和意大利境内所有的国家，或迟或早都会和罗马或者托斯卡纳合并成一个国家。因此要建立起一支武装力量，为实现这个国家的统一而战斗。皮埃蒙特的国王的国民军就是一支要为意大利获得解放而战斗的武装力量。但是罗马和佛罗伦萨还可能遇到亚德里亚那边的敌人①或者那波利国的敌人②的进攻，我以为，在这种情况下，你们是用得着波兰军团的，因为过去没有人让它参加过和奥地利人的战争。

公民！为了这件事，你要派一个可靠的人去和希奥多乌科维奇上校商讨一下，他以前是在米兰的波兰军团指挥官，现住在托斯卡纳的普拉托。他的通信处是：希奥多乌科维奇上校，普拉托的总督和国民近卫军的指挥官。哈乌克上尉统领两支队伍，我不知道他在什么地方。

请接受我向你表示的兄弟的情谊！

亚当·密茨凯维奇

---

① 指奥地利人。
② 指西班牙人。

致詹姆斯·菲尼莫尔·库珀①

巴黎巴蒂尼奥尔区圣桑岱街42号　　1850年6月3日

尊敬的先生!

　　我让送这封信给你的人也去找一下米勒先生,同时我也很幸运地有了机会,能够使你想起那些过去的事情,因为我知道你很喜爱欧洲的艺术。我记得很清楚,艺术是你在我们这个古老的欧洲唯一看重的东西。米勒先生属于最杰出的雕塑艺术家,他的一些最新的作品在我们这里获得行家们很高的评价,而我对它们则更为赞赏。他去了美国,把他的作品也带到了那里,要给美国的观众展览。

　　我不知道,那里的观众是怎么欣赏他的作品的。在这个地球上我们的这一边,米勒却不让他的作品去面见观众,先生你由此也可以看到,我们的艺术和我们的艺术家在这里的情况是怎么样的。为了让先生你对这有更多的了解,我在这

---

①　詹姆斯·菲尼莫尔·库珀(1789—1851),美国小说家,是最早在欧洲获得声誉的美国作家之一,曾任美国波兰委员会的会长,支援十一月起义和波兰流亡者。他1930年在罗马认识了密茨凯维奇,两人关系很亲近。原信是法语,译者据波兰语版转译。

里要说明的是，我们这里的艺术家只说路易·菲利普统治的那个时代才是艺术创作的黄金世纪，是伯里克利和美第奇的时代。我们这里的艺术家们的处境就像波兰的流亡者一样。这也是我对米勒先生感到十分亲密的一个原因，我以为，先生你也不会反对我对他的热情的拥戴。

尊敬的先生！你一定得到了我们的女友玛丽娅·玛尔拉伊 ① 已经去世这个令人悲哀的消息。她在世的时候，我有时候从她那里可以了解到你的情况。现在我没有别的办法，只好问一问你的那些常在各地旅游的同乡，你有什么新的作品，但是关于你和你的家属的详细情况，我却一无所知。请你通过米勒先生给我说几句话，这说明你还记得你过去这个对你非常忠心并且非常愿意为你效劳的仆人。

亚当·密茨凯维奇

你曾有过来欧洲旅游的计划，要参观这里的艺术品。你现在还有这个想法吗？你要不要再来访问巴黎？

---

① 　她是英国记者，爱尔兰人，诗人家的好朋友。

致圣巴贝协会委员会的委员们①

巴黎巴蒂尼奥尔区　1850年10月4日

一

我被法国政府委任，在法兰西大学讲授斯拉夫文学课，因此我离开了瑞士，在这里，我担任过洛桑学院的教授。

我在法兰西大学讲课，要阐述的是斯拉夫各族人民的精神，指出他们为获得他们的政治权利和坚守他们的宗教信仰的要求，还要说明他们在自己的国家要采取什么行动以及斯拉夫运动和法兰西运动的关系。

在路易·菲利普当政的时候，我作为一个教授，却没有讲课的地方。我当时只有一半的收入，可是我有五个孩子上学，没法给他们学费。

二

先生们！

———————

①　原信是法语，译者据波兰语版转译。

我知道，你们的协会的主要目的是要让圣巴贝学校的孩子们接受良好的教育，同时我也知道，你们是那么慷慨大方，还经常利用你们的这种特权，来帮助那些不在这个学校学习的孩子。

　　我打心眼里认为自己是个法国人，为了法国，我抛弃了在瑞士固定的和待遇不错的工作岗位，在那里接受了另外一项临时性的工作，月收入不到两千法郎。这种牺牲对于一个有六个孩子的父亲来说，不是没有妨碍的。从1846年开始我就没有讲课了，只能得到本来就很少的薪金的一部分。

　　我在法兰西大学的讲堂上，毫无疑问是能够为这个国家服务的，这不仅是因为我在这里讲的是一个新的课题，而更重要的是，我在这个讲堂上，用几种语言，连成了一条纽带，把整个北方都围起来了，也将斯拉夫世界和法兰西连在一起了。欧洲所有最重要的报刊对于我的讲课的新闻报道就说明了这一点。

　　我的孩子大都出生在法国，他们接受了法语和法国习惯的教育，但他们也像我写的书一样，已经成为我的两个祖国都在燃烧的火焰。我要把我的大儿子托付给你们，如果你们愿意接受，而他也能够像你们的孩子一样，懂得什么叫法兰西，那我就太幸福了，我要向你们表示感谢。

亚当·密茨凯维奇

洛桑大学名誉教授

现在法兰西大学教斯拉夫语言和文学课

致康斯坦齐亚·乌宾斯卡 – 沃德波洛娃

巴黎巴蒂尼奥尔区　1850年10月27日

　　你从基辛根①的来信我在勒阿弗尔②收到了，我在这里已经玩了几个礼拜，是要在海滨沐浴。我从来没有像现在这么健康，我这里所有的人都很健康。我感到高兴的是，你现在的心理状况也很好。我有一句话总是要唱给你听，这就是你要永远记住，你的健康的好坏就看你自己怎么样，看你的心理状态如何。你愈是感到精神爽快，感到兴奋，感到浑身是劲，那你的身体就越好。这种心理状态不是说你要去更多地思考，成天想着各种各样的愿望能否实现，而是要有一个目的，这个目的就是要使自己提高到有一个活生生的信仰。我们周围的一切都是我们拥有的财富，世界会变得越来越好，我们每一个人作为一个微小的颗粒，都要为这个美好的实现去努力奋斗。要战胜所有的困难，消除贫困。这一切都是不能逃避的，为此我们要拿起武器去流亡，战胜困难并不

① 　德国地名。
② 　法国地名。

是说要在气愤中去消除，或者作为一个难以完成的任务去克服那些障碍。你要把所有的贫困都看成利益，知道怎么去对待它。

不管遇到什么困难，只要你保持心平气和，甚至感到高兴，你就能够战胜它。我希望你每天早晨都要想到你是能够战胜一切困难的，如果心中没有感到轻松愉快，那就不会平静：这是作为一个战士一定要有的真正的武装和养给。轻松和愉快并非别的，而是要进行深刻的忏悔，不是用虚假的言辞，而是要作为一个战士，进行真正的忏悔。你要记住，一个人的失败，总是因为他有罪过。如果没有人引导，我们自己就要走在前面，只有我们自己走到前面去了，才会看到周围的一切是怎么样的。你，亲爱的夫人，你出生在这么一个时候，出生在这么一个社会，在这里，人们成天过着旅游的生活①，只想要尽可能方便一点。你也养成了这种习惯，你的内心更有一种奋发激进的感觉，你的天性更加优越，也更高贵。你高高地升起过，也掉下来过，你也迷失过方向，每一个孩子只要是刚学走路，他开始都一定会摔倒，或者步子迈得不对。不要总是为过去的错误感到痛苦，但一定要把它们都亮出来，让自己看到这些错误是怎么出现的，是不是自己身上有什么缺点或者有过不好的意愿？此外还要注意到天

① 当时欧洲贵族和富人有出国旅游的习惯，一年至少一次，比如夏天去疗养地，冬天去意大利。

命给我们的安排，它既能使我们得到安宁，还会给予我们力量。到那个时候，你就再也不会有什么忧虑，你的生活只有一个目的，为了谋求共同的利益去努力工作，如果我们没有获得这种利益，那么我们至少要利用我们生活中的一切，使我们这个世界变得更好，也更高贵。因为我们的生活，是要为我们的祖国和家庭服务的。只要我们都成了朋友，我们就能一起，在我们现在的这个祖国，尽力开展我们的活动。

我要告诉你，我过去对你说过的话，也是你认为是很对的话，这就是在你的身上，还是在你思想上，都要保持一种欢乐的状态！

你好心的
亚当

关于开设书店的事，请不要用我的名义，因为我不知道这有什么好处。你给我的信可以多写一点，是不是一定要用我的名义？不管怎么样都要忍一忍！

亚当·密茨凯维奇

那个包裹我如果收到了，就一定按照你的意思处理。

给策琳娜·密茨凯维乔娃的委托书^①

勒阿弗尔   1851年9月27日

委托我的妻子策琳娜·密茨凯维乔娃女士以我的名义和在巴黎奎斯特街44号房子的房主就我们一年来在这里居住的事订一个协议。

策琳娜·密茨凯维乔娃女士订的那个租佃的契约有我的签字，仍然有效。

在法兰西大学讲课的

亚当·密茨凯维奇

此外，我不要求房主对房屋新做修缮。

---

① 　原信是法语，译者据波兰语版转译。

致博赫丹·扎列斯基

巴黎　1851年10月5日

亲爱的博赫丹！

我通过让给博乌达尔德（科希丘什科的房屋[1]现在的房主）带去了原先约好了要给他的两幅画：一幅画的是科希丘什科一家住过的那栋房子，另一幅是他的画像。你在这里或者在显克维奇那里也许还能得到一枚奖章[2]，这样也会促使法国人好好地保护科希丘什科在那里留下的遗迹。

祝你健康，望多发善心。

亚当·密茨凯维奇

---

① 科希丘什科被俄国释放后流亡美国和欧洲，曾在枫丹白露附近的贝尔维尔定居，这里指他当时住的房子。
② 这种奖章用以表彰保护科希丘什科留下的文物的人。

致法兰西共和国教育部长
希波利特·弗尔托乌尔 [①]

巴黎　1852年11月3日

　　我从阁下那里得到了消息，说已决定让我担任军火库图书馆的管理员。[②]

　　我很感谢阁下你的好意，因为您让我看到了高贵的帝国总统 [③] 让我做他最关心的事情。给我委任的这个职务完全符合我的意愿，使我能够继续为他的政府效力，但这却不能使我和他个人还有他的高贵的家属增加更多的联系。这些感触现在我可以在法兰西公开地说出来，使这个国家增加更大的活力，这是我的一个民族的感情，也是我对你和总统阁下表示的感谢。

　　部长先生，请接受我对你表示的最崇高的敬意！

---

①　原信是法语，译者据波兰语版转译。
②　这个任命是10月30日签字的。
③　即拿破仑三世。

致弗兰齐谢克·密茨凯维奇

巴黎　1852年12月初

　　亲爱的大哥！通过杜尔拉先生，我得到了关于我们的好消息，此外从他那里，我也了解到了你现在很健康，因为此前我曾听说流行霍乱死了很多人①，我一直很为你担心。在战争爆发或者瘟疫流行这么严重的时刻，你本来是要写几个字告诉我们，使我们安下心来的。但是看来，我要你给我们写信的话都是白说了。也许你是在等着有什么好的或者一切都很顺利的情况出现后，才对我们说吧？如果是这样，我们就等着你给我们报平安的新闻吧！

　　我们全家包括你的侄儿侄女都很健康。玛蕾尼娅我们一直到春天，都在等她从罗马回来。大一点的弗瓦迪斯瓦夫仍在圣巴尔巴娜学校学习，他的情况不太好，因为他总是觉得自己的健康状况不好。关于小的或更小一点的我没有什么要说的了。

　　我们家里的状况稍微好了一点，在经受了各种迫害之

---

① 指1849年发生在大波兰的瘟疫。

后，总算让我在图书馆找到了一席之地。我在那里只有两千法郎的薪水，这在巴黎根本算不了什么。但以后会有更好的机会，我现在已经有了一个固定的好住所，为此我花了一千二百法郎。我在法兰西大学的薪水会不会继续发下去，现在还不知道①。不管怎样，我能够安居乐业，不管是现在还是将来，都会比过去好些。

我这封信就是在图书馆的一个书桌上给你写的，我现在在那里工作，这个职位是拿破仑公爵，现在的皇帝下令给我的。现在和我要好的人越来越少了，因此他的这道命令对我来说，是很有用的。

以后还有时间给你说明这一切，而这一切也会有所改变。亲热地拥抱你！

亚当·密茨凯维奇

---

① 从1852年6月起，诗人只能从法兰西大学拿到一半工资，每年两千五百法郎。

致司法部长和公章管理局长
约瑟夫·阿巴杜奇 [①]

巴黎 1853年3月6日

我从阁下那里得到了消部长先生!

1840年我被法国政府任命,主持法兰西大学的讲堂,但我当时非得有法国的国籍,才能成为这里的教授。因此,1841年4月15日,我在巴黎市政府作了声明,表示我在法国住了十年后,就应获得法国的国籍。

与此同时,当时的公众教育部长维克多·科乌辛和法兰西大学的行政主管列特罗翁先生也写了一封官方的信函,请国王制定一项法律规定,让我快点获得法国的国籍。但我以为,我不应当获得这样的善待,而且我也不需要共和国临时政府给一个有法国国籍的外国人的照顾。我宁愿以我的外国人的身份在法兰西大学担任这个临时性的职务。

一直到1851年12月2日发生的事件和拿破仑的政府最后宣布成立之后,我才向公章管理局长您提出了获得法国国籍的请求,因为拿破仑的政府在我看来,是唯一的一个波兰人

---

① 　原信是法语,译者据波兰语版转译。

即便宣誓效忠于它，也能保持自己民族的荣誉的政府。

这件事在法国国会上讨论过，最后做出的决定曾经公布在《箴言报》上，但它解除了我的教授职务。这个新的决定说明了我的一切要求都没有得到通过。

但这时候，我却有幸被认命为军火库图书馆的管理员，公众教育部长阁下给我寄来了任命的决定，说明皇帝陛下表示让我做他最关心的事情。因此我以为，我既然是一个正式的公务员，就可以再一次向公章管理员阁下申请法国的国籍①。既然公众教育部长阁下说明了皇帝陛下对我的好意，从今天起，我就是他忠实的仆人。

部长先生！我很荣幸，也能成为阁下您最顺从的仆人。

亚当·密茨凯维奇

------

① 　这次申请也没成功，当局并不喜欢诗人在政治上的活跃。

致卡罗琳娜·托维扬斯卡

巴黎絮利街军火库图书馆　1853年5月26日

夫人和亲爱的姊妹！

我很高兴，因为你告诉我了卡加的健康状况已经好了一些。就在几天以前，我们还听说他很虚弱而十分担忧，我也给他寄去了他需要的一百法郎支票。

我和科梅罗夫斯基早就认识，和他有过几次很重要的谈话，可是后来我们之间老是争吵不休，这是不应该的，所以我退出了，并且对他说了我以前说过的话，这里我就不再重复了。他到我在巴黎现在住的这个地方来过几次，但我没有去过他那里。他的那个协会不愿意见到我，我也不想和他见面。我从苏黎世回来后，他到我这里来过一次，时间很短。可他说以后和我谈话的内容要广泛一点，此后我就再也没有见到他了。他在苏黎世也给我写过信，信中还写了大师①的话，这些话都是责备异教的等等。

科梅罗夫斯基先生在和人的交往中，可以看出是一个好

---

① 安杰伊·托维扬斯基。

人，一个高尚的人。但我没有责任一定要让他进入社会的高层，而且我也没有这个能力。由于各种原因，我也不能和他在一起，这里就不详细地说了。

我在图书馆已经住了一个月了，我患龈脓肿和风湿病已经很长时间了，现在好了一点。我的女儿玛蕾尼娅也从意大利回来了，长得比她的母亲还高，也比她胖。弗瓦齐约①身体好了些，他感到待在学校里很烦闷，那里在许多方面对他都有妨碍，他在我这里，在他的母亲的影响下，或者受到外面的影响，也有过一些愿望，想干点什么。我把这些年轻人都放在了那些寄宿的学校，关于他们没有什么好说的。我是一个法国人、一个投机分子，又是一个最爱饶舌的人。我们全家最喜欢的是那个最小的尤久，这孩子性情好，家里的人都宠着他，但他也不要别人为他劳神。

在法国，甚至全世界，所有的人都在围着一张桌子打转转②，还经常出现一些奇怪的现象，例如有人大喊大叫，或者不停地敲打着桌子。我在这里还见到了一个案件的审理，有许多证据都证明了世间出现了一种非同寻常的现象，我好像也感觉到了，但我并没有见到它。

我以为，天命让精神都变成了物质，但是智慧如果变成

---

① 诗人的大儿子弗瓦迪斯瓦夫的爱称。
② 1853年春天，一种神秘主义的说法从美国流传到欧洲，指有的桌子会自转。

436

了物质，那就是低一等的，它对世界会有错误的认识。听说有个地方，一些天主教的神父在大白天遭到了人们的攻击，他们不知道如何防卫，那些人用刀和剑来刺他们，还看见他们的身上流了血。这当然是魔鬼玩弄的把戏，这么说，这些代表精神的人也不得不防避幽灵用刀来砍杀他们。

希奥多乌科维奇上校到我这里来过，他很关切地说到了大师和你们，我在这里向你们问好！也代表他向你问好！

亚当·密茨凯维奇

夫人和姊妹，你如果收到了我这封信，要写信或者托人告诉我。

关于预言家安杰伊·托维扬斯基的备忘录 [①]

致拿破仑皇帝陛下

巴黎军火库图书馆　　1853年12月17日

　　在巴黎二月革命以前很长一段时期，有一些来自各民族的人，还有各种不同的看法都认为，拿破仑的时代马上就会来到，皇帝的一家又要当政了，其实有关这方面的一些情况已经不止一次地出现了。

　　我也是有这种看法的人中的一个，我们相信，天命赋予了一些人这种超凡的预见和预感的才能，使他们能够完成一些新的任务。

　　大概在1841年，安杰伊·托维扬斯基来到了巴黎，他曾公开地宣布，他是被派遣来的，他要帮助那些在心灵中保持了对上帝的信仰和相信上帝的慈悲的人，我们很快就尊他为我们的大师。他的虔诚的信仰和强大的、能够战胜一切的精神力量都表现在他的高尚的行为中，使我们看到了他是一个基督教男性信徒的典范，已经成熟到可以很好地进行宣传教义的活动。他使我们认识到了我们每个人都要完成的这项特

────────────

① 原信是法语，译者据波兰语版转译。

438

别重大的事业，这也是我们对上帝和对我们的民族应负的责任，他也告诉了我们如何去完成这项事业。他还对我们说，今天，每一个基督教徒都要有一个高尚的灵魂，这才符合已经到来的时代的要求。

他的整个一生都做到了言行一致，这表现在他参与的那些不断发生的事件中。我们看见那些反理性主义者们在和他作了一次谈话后，就接受了基督教信仰，还有那些新教的教徒也投入了天主教会的怀抱，有病的人都恢复了健康。

这种情况都发生在各个民族不同阶层的人的身上，有波兰人、法国人、意大利人、天主教神父、犹太教牧师和新教牧师。

大师的话鼓起了我们的勇气，我们要去进行宣传，要采取行动，让别的人也和我们一样，了解和认识他的真理。

如果说到我，我觉得我有责任，要用生动的语言和笔调，说明法兰西应当认识的一样最重要的东西，这就是拿破仑的思想，我公开地说明过这种思想在当今占有统治地位。此外我还要指出的是，这种思想对整个世界的宗教界和政界也是有影响的。我以为在那个时候（1848年2月以前），我真是命里注定要亲近帝国大公的一家，我也说明了马上就要发生的事变，它将创造一个基督教政治的新纪元。

基督教多少世纪以来，都给那些被择优的灵魂带来了欢乐，使那些专心致志于思考这种教义的信教的群体变得更加圣洁，但基督教至今并不是各民族的大事件的仲裁者。意志软弱的人离开了这个世界，投入了上帝的怀抱。意志坚强的大丈夫虽然是世界上最优秀的人物，但他如果走出了教会的大门，他又只能按照世界的老规矩办事，他只能走他的老路，他看到的他的周围仍然是那个旧的世界。

拿破仑是我们这个时代最杰出的人物和一个真正的基督教徒，"他对人们比别的人都友好，他比最伟大的战士和最伟大的行政长官都更富于正义感，更优秀。"（《约瑟夫国王回忆录》）他第一次在大地上让人们看见了什么是真正的基督教，看到了世界上一切美好的、公正的和有情感的东西都会给人们带来欢乐，使人们更加意志坚定。同时他也使我们看到了他作为一个皇帝为人正直的品格和待人情深意长的性习能够战胜一切邪恶势力，他至今被认为是唯一一个真正的权威。拿破仑觉得"对一切都要有严格的要求（这是一种古希腊罗马的正义感的表现），这种要求并不是他生来就有的"。（《约瑟夫国王回忆录》）但他认为这个世界并没有把他看作是它的家庭中的一员和它的朋友中的一个。在黑暗势力每天都在不断地扩大它的范围的今天，他更需要上天给予他的帮助和力量。

拿破仑并没有努力去祈求上天帮助他战胜旧的世界，他在和旧世界的斗争中失败了，但是上帝对他选出来的这个使徒还是很关心的，因为拿破仑的精神不仅感动了整个法国，而且依然在引领着法国。拿破仑通过他所统治的法国，还指出了法国具有基督精神的人民大众前进的方向。他从来不知道什么叫休闲，也不让他的人民有休闲的日子，而总是让他们有事要做。

天才的拿破仑想要克服的那些困难在路易·菲利普统治的那个时期不仅没有减少，而且越来越多。政治风波也越来越频繁地出现，同时还出现了另外一种由于精神世界的压力所产生的不正常现象。可是安杰伊·托维扬斯基说："要限制死者和生者的接触越来越不可能了。"

到处都在发生震动，使人们心神不安，那些被上帝派遣要去管理各民族的事务的人们也完成不了他们的任务。这位政治天才①即使有最美好的意愿，根据他的经验也不能给各民族指出一条自由的道路。

安杰伊·托维扬斯基的这些思想曾被他的学生们广泛传播，后来我们又以拿破仑的名义加以宣传，可是这却引起一些国家的政府对他的不满，因此他也得到过命令，要离开法国，后来他去了罗马，要在那里听取教会首脑的裁决。可是格里戈利十六世教皇又命令他离开教会的国家。他一直到二月革命后才回到法国，本来还可以做点什么，但政府又下了命令，要囚禁和驱赶他②。直到要对他执行这道命令的前天，执行命令的长官才感到政府对他的这种做法是不对的，

---

① 指拿破仑。
② 拿破仑三世对巴黎警察局表示，托维扬斯基回法国的话，会在波兰侨民中煽动政治阴谋。

要恢复这个虔信上帝的人的自由，因为所有的事件都证明，他的言论和他的使命都是很正确的。

亚当·密茨凯维奇

致约翰·巴普迪斯塔·古伊梅特[①]

巴黎军火库图书馆　1854年11月17日

尊敬的先生！

军火库图书馆有大量关于农业、化学、应用化学、小词典和民事审理等方面的书。我也没有必要向你说明哪些书是你的工作中最需要的，或者是你要研究的了。

关于制药和化学方面的德文杂志我们这里没有。

图书馆每天从上午十点到下午三点开放。你在礼拜二、礼拜三或礼拜四来的话，都可以看见我在这里工作。

妻子感谢你还好心地记得她，她很长一段时间一直受到疾病的煎熬。

请接受我对你表示的崇高敬意。

亚当·密茨凯维奇

---

① 约翰·巴普迪斯塔·古伊梅特（1795—1871），法国企业家、化学家、发明家。原信是法语，译者据波兰语版转译。

致康斯坦齐亚·乌宾斯卡－沃德波洛娃

巴黎军火库图书馆　1855年5月18日

我在这些时候写信给你可不容易，尊敬的和亲爱的夫人！我很健康，但我总是感到十分震惊，也很疲倦。策琳娜的病拖了很久，感到非常痛苦。这种痛苦使这个可怜的人在最后几个礼拜终于赢得了一个好的心情，她死的时候脑子里很清醒，也很平静，甚至感到高兴。[①]当她从我这里知道已经没有活下去的希望的时候，她做完了家里所有该做的事，她像要外出旅游一样，和所有的熟人都告了别。她说过的话和她的行动都证实了一个真理，这个真理就存在于我们曾预见和已经感觉到的未来世界中。她的生命的最后时刻也可以部分地解开为什么她遭受了这么多年的痛苦这个谜。可以说，在她和我们告别的这个时候，我们才第一次有了相互之间的亲密联系。她对我说，她要以她的灵魂来帮助我，和我在一起，为什么她在世的时候不是这样。

---

① 策琳娜·密茨凯维乔娃在3月5日凌晨去世，密茨凯维奇说她的死是"受伤的战士的死去""伟大的灵魂的离去"。

我不想更多地来说这些痛心的事了。我倒是想让你，尊敬的夫人高兴起来，就像你说你已经恢复了健康，可以来看我，使我感到高兴一样。好在你现在不在巴黎，因为我们这里的天气很糟糕，阴暗，雨雪泥泞，非常寒冷，我也不敢出门槛一步。但这是一定要结束的，希望你在太阳出来后到我们这里来。

我们家里的人都很健康。愿你大发慈悲，祝你健康！

善良的仆人
亚当·密茨凯维奇

致艾德蒙德·马伊纳尔德 [1]

巴黎　1855年6月25日

　　你保持沉默后，我以为，你已经没有什么重要的事要对我说了。你的生活现状虽然单调，但还是可以忍受的，而且它以后还会改变。我的情况也会改变，我本来可以休假和去东方旅游，这个虽然到现在还没有实现，但还是有可能的。总而言之，你在放假以前就可以得到我的消息了。我以为孩子们都会过得很好，图卢兹 [2] 的气候很适合他们。我因为晚上睡不着觉，感到很难受，现在又老是做梦，白天打不起精神。可是这种状况比那种长时间的生气还是好受些。总的来说，我的健康状况还是好了一些。

亚当·密茨凯维奇

　　希望你给我写信，如果你很忙，那就给我写一些你的生活状况和生活方式的具体情况吧！

---

①　原信是法语，译者据波兰语版转译。
②　法国地名。

致约翰·伦纳德^①

巴黎军火库图书馆　1855年7月30日

尊敬的先生！

昨天我到过先生你那里，这足以证明，有消息说我死了还为时过早^②。我今天写信，也是要再一次证明我还活着。这种情况的出现是有很多缘由的，首先，我记得我昨天去维埃纳街已经很晚，我还记得我到你那里的时候，月亮都已经升起来了，这样就很容易把我当成鬼魂。如果先生你有这样的看法，那么今天我写这封短信就是为了反驳这种谣言。这封信我是花钱邮寄的。先生！任何时候也没有听说过鬼魂能够到邮局里去寄信，在大白天把信投放在信箱里。

我要这么做，我所做的这一切，都是为了证明我依然有权被认定在那些活着的人中。

① 约翰·帕特里克·伦纳德（1814—1889），入籍法国的爱尔兰社会活动家，1848年青年爱尔兰叛乱后，成为巴黎的爱尔兰（民族主义）侨民网络的核心人物；密茨凯维奇通过他认识了一些爱尔兰流亡者。原信是法语，译者据波兰语版转译。
② 伦纳德从报纸读到密茨凯维奇去世的消息，因此赶来军火库图书馆，知道是谣言后给诗人留了字条。

与此同时，请你也把我算成是永远献身于你的仆人中的一个。

　　　　　　　　　　　　　亚当·密茨凯维奇

　　尊敬的先生！我还要告诉你，你的一个熟人想要我的墨迹。现在我知道这是什么意思，他是要一个鬼魂的墨迹，我这封信就是这种墨迹唯一的展示。

致尤泽夫·格拉博夫斯基

巴黎　1855年9月2日

　　我写了这个条子给赞，你先读一下，它说明我是无辜的。赞也可能认为，如果这个条子给了别人，那就不是给他写的。我们长时期地面临这么一个可怜的处境，使我们感到要处处小心，今天我们在这些国家里，更要小心谨慎一点。

　　我很高兴，因为我知道，就是在这种情况下，你还是很健康的，你的妻子也很健康。我还听说你的儿子们都办了婚事，我虽然没有给你写贺信，但你要相信，我真为你家里的那一桩桩的好事感到非常高兴。你是我的老朋友。

　　我家里的人都很健康。我带着孩子们到枫丹白露去了几个礼拜，要看看那里的松树、云杉和蘑菇，我们对这些东西就像你们参观巴黎的世界博览会那样感兴趣。我有可能暂时辞去图书馆的工作，因为部长好像要我去国外进行科学考察。如果是这样，我就要到很远的地方去，我要去伊斯坦布尔和希腊。这个你会从弗兰齐谢克那里知道，因为我在走之前要写信给他。他对我总是保持了一个立陶宛人的沉默，这种沉默比毕达哥拉斯们的沉默有过之而无不及。对一个立陶宛人没有什么好的要说，他就像一条鱼样，永远不开口说话。因此我很少去见我的那些立陶宛的朋友，上帝知道，我们见了他们也不说话，请接受我对你的亲热的拥抱。

亚当·密茨凯维奇

请翻到另一面！

尊敬的先生！我这封信是用公文纸写的，要让你知道，我不是圣吉纳维夫图书馆的管理员，我在军火库。

给弗兰齐谢克·拉瓦伊松①的委托书②

巴黎　1855年9月10日

　　我作为军火库图书馆员签署了下面的委托书，我因受本月5日的委派和公众教育部长的命令，要去东方进行科学和文学的考察③，在这期间，委托弗兰齐谢克·拉瓦伊松代领我在图书馆的薪金，并替我处理一切有关事宜。此外我还要请他替我领取一千五百法郎的伙食费，这也是他在1855年9月5日这一天来信告诉我，说要从1856年的借贷中给我的。

亚当·密茨凯维奇

①　他后来接任了管理员的职位。
②　原信是法语，译者据波兰语版转译。
③　这其实是一次以考察为名的政治任务。当时正值克里米亚战争，法国当局支持波兰流亡者在土耳其建立波兰军团；诗人由巴黎的波兰侨民的贵族代表弗瓦迪斯瓦夫·恰尔托雷斯基和亨利克·斯乌扎尔斯基陪同，9月22日到了伊斯坦布尔。

致安克维奇来的亨利耶塔·库奇科夫斯卡

马赛　1855年9月13日

如果我几个月才给你写一封信，你不会认为我不礼貌吧！尊贵的夫人！过去，我是在我的生活中有了定局，才写信告诉你。可是最近几个月，没想到我又遇到了许多困难，主要是我的住地会有改变，我本来要带领全家到别的地方去住①。可是最后我的这个愿望并没有实现，我只能一个人出去旅游，把全家的人都留下。这一切都是那么突然，因为在几天前，我接到了政府对我的委任，要去东方进行科学考察。今天我已坐上了要驶往伊斯坦布尔的船，至于在那里要玩多久，我不知道。

夫人！你最后一封信使我感到很悲哀。我真的不知道，夫人你遇到了这么多的不幸，你不知道，我过去一想到你，就感到非常亲切，我把你完全当成一个幸福的人，可是现在，这种幻象完全消失了。

---

①　诗人想过要迁居瑞士。

请不时给我写信!

亚当·密茨凯维奇

致维耶娜·赫洛斯汀 [1]

孔斯坦丁诺波尔　　1855年10月21日

　　我从玛蕾尼娅那里知道了夫人你身体很健康，非常高兴。弗瓦齐约一定对你说了我在旅途中的情况，我一路上都很幸运，也感到很高兴。我在这里就不说孔斯坦丁诺波尔看起来是怎么漂亮了，夫人你从一些对它的描写中已经知道得很清楚。但是在透影画 [2] 或透景画 [3] 上看到的它的内部情况却不一样。要有一种真正民主的思想观点，而且要很坚定，才能接受一个东方的城市给你留下的第一个印象，但我对这里的一切都习惯了。

　　我甚至可以对你说，我对这里的一些城区都很喜欢，觉得它们很像我的家所在的那个立陶宛的小城。你就看看这里的集市广场吧！都铺上了一层马粪和羽毛，母鸡和火鸡可以

---

[1]　原信是法语，译者据波兰语版转译。

[2]　绘制在透明织物、毛玻璃两面的画。

[3]　绘制在双面半透明画布上的画，大多数是风景题材，结合透视原理、光影、有色玻璃等，呈现出视觉上的立体效果。由路易·达盖尔（1787—1851）发明，近似视觉装置。

在这里自由地行走，在那一群昏昏欲睡的狗中，还有各种其他的动物。但要从这个广场上走出来，还要绕过一些小的街道，这些小的街道是那么原始，可又那么漂亮，我这里就不多说了。我绝对不会要你来东方旅游。可是我，上面已经说了，我对这里的一切都习惯了。实际上，我只有一次在白天来到了这个广场，想要买一些死老鼠和被那些喝得醉醺醺地失去了知觉的英国人和土耳其的搬运工人杀死的猫。这些人都围堵在一条小街的两旁。我来到了博尔弗尔河边，坐上了一只小船，我见到的船上的那些人都住在岸边上，我的这次旅行并没有感到不愉快。

这里还有一个情况夫人你知道后一定很高兴，这就是这里的商人做买卖都很正派，而且也很随和，可以砍价。我在走过这个首都一些很宽阔的市场的时候，也想到了你，可是没有一个人来请我到他的店里去，而且我在这里也没有见到任何宣传和广告。我来到了那些摊贩的商品前，看了看这些货物，可是那些摊贩就好像没有看见我一样。我问了一个摊贩，他只是告诉了我商品的价钱，便又陷入了沉思。我因为没有土耳其钱币，有人要我去赊账，我这一生还是第一次有了买东西的愿望。除了这一次例外地去了集市外，我还参观了一些公共的大楼，但在孔斯坦丁诺波尔，我自己的事却一件都没有干。

我终于找到了一个住地，在这里可以住几个礼拜，现在就是要找到一间方便的房间了。我们在这里是在自己家里做饭。我在写这封信给你的时候，我的一个旅伴拿了一把刀，砍断了一只鸡的脖子，做成了抓饭，这是一顿上好的午餐，这样的生活将使我食欲大增。如果我以后有幸能够在一个礼拜四在你那里吃午饭，那就请你也给我两份这样的抓饭。

请给我说一说伯爵先生和希波利特先生现在怎么样了，使我别把他们忘了。

一个真正愿听你的话的人

亚当·密茨凯维奇

致亚当·恰尔托雷斯基^①

孔斯坦丁诺波尔　1855年10月25日

公爵殿下！

我被派到这里来之后不久，关于建立波兰军团的事，在法国的英国的部里就已经做出了决定。此外关于萨迪克·帕沙^②和扎姆伊斯基将军之间的关系是什么，最后也说清楚了，所以我对公爵殿下您，没有什么要说的了，我以为，我的预告或者说我的认识并不是很早就提出来了。现在我又听说，和政府订契约的事还在那里拖着，可是我认为，我有责任向公爵殿下说明，我在这里看到和听到的，都给我留下了什么印象。

我知道萨迪克对波兰和对公爵殿下您都有深厚的感情，所有他周围的人的思想情绪，也和他是一样的，我和他们一

---

① 亚当·叶日·恰尔托雷斯基（1770—1861），巴黎的波兰侨民的贵族代表，十一月起义时曾任国民政府主席。
② 原名米哈乌·恰伊科夫斯基（1804—1886），波兰小说家，和恰尔托雷斯基关系密切，曾任后者驻罗马的特使。1850年改宗伊斯兰教，改名萨迪克·帕沙。

起，玩了整整两个礼拜。萨迪克只要有时间，也经常和几乎所有的军官谈话，他们谈话的内容涉及面很广。我也访问过一些战士，我有时候想，如果公爵能和我们在一起，那您一定会很高兴的。但我要添加一句的是，我们一来到布尔加斯①，就听了关于萨迪克和他的军营的一个非常奇怪的说法。有人对我们说，到那里去会挨饿，可我们却看见了这里有面包干，还有熏肉制品。还有人悄悄地对我们说，我们来这里是冒险，会遭到攻击。我们对这都一笑了之，因为我们是正义的，萨迪克的军营秩序很好，所有的人都是自愿来到这里的，大家在这里都很高兴。士兵们依靠指挥官对他们的训练，军官们的团队都是选出来的最优秀的干部。那里有一些老兵，也有来自波兹南和波兰的年轻的子弟，大家团结一致，相互之间像兄弟一样亲密。他们的精神和情调并不表现在士兵粗暴的叫喊或者沙龙里意思含混不清的议论中。我在这里感到我来到了祖国的怀抱里，如果我这一阵不是感到身体虚弱，我是不愿离开这个军营的。

公爵您一定知道，萨迪克·帕沙有各种各样的百人团，除了乌克兰人的百人团之外，还有多布罗加②和库班③百人团。他对那些乌克兰的非正规军也实行了严格的军纪。而且

---

① 保加利亚地名。
② 巴尔干半岛东北部地区。
③ 俄国南部地区，是哥萨克人的传统聚居地。

我也看到，这种严格的军纪并没有打破士兵和团队以及指挥官的紧密联系。第二团的情况我知道得少些，因为我是在第一团[①]。可是大家都说，那个团也是由一些坚强的战士组成的（他们自己就这么说），今天他们已经能够站在战斗的第一线上，这样的部队如能在数量上多发展一些，那将成为完成波兰事业一股巨大的力量。它现在的主要组成部分是土耳其的哥萨克人，同时他们也得到了保加利亚人、瓦拉希人[②]的支持，就不用说乌克兰人了。

　　每当我强烈地感受到这一切的时候，我就愈是感到现在有两个团和我们分开了，其中一些基本成员也和我们分开了，这是不应该的。可这都是弗瓦迪斯瓦夫·扎莫伊斯基将军造成的，幸好它们自己还没有散掉，但它们是应当和我们在一起的。我现在没有管这些事，而且我在巴黎的时候也不知道这个情况，过去有过一些谣传我并没有听信，可扎姆伊斯基却多次向我保证，他这么做都是遵照公爵殿下您的意旨，而且也是萨迪克·帕沙同意的。但事实上并不是这样，公爵的意思决不是不要萨迪克·帕沙对军团的领导。可是扎姆伊斯基又说他是公爵最亲近的人，最信得过的人，也是公

----

① 　第一团由萨迪克·帕沙指挥，第二团名义上由萨迪克·帕沙、实际上由弗瓦迪斯瓦夫·扎姆伊斯基（1803—1868）指挥，后者是第二团的创立者，也是参加过十一月起义的波兰流亡者。扎姆伊斯基寻求英国政府的支持，两个团之间存在芥蒂，利益并不一致。
② 　对罗马尼亚人、阿尔巴尼亚人和南部斯拉夫人的混血儿的称呼。

爵极力要保护的人，他在公爵那里比萨迪克占有更大的优势。他也说他要保护萨迪克，但他又说萨迪克不懂得战争，在波兰对他有许多议论等等。他还让一些土耳其人给萨迪克制造了麻烦，我不知道，他到底是在帮助萨迪克还是在抵制他。现在这里又给萨迪克的团队减去一部分士兵，只留下一些俘虏，把他们强行编在他的哥萨克的队伍中。弗瓦迪斯瓦夫公爵说，把这些俘虏留下来就是要让萨迪克的军营里有一些没有经过训练的组成人员。今天我才知道这里还有一些英国的定额①，一定是在第二团中。那么这里面波兰军人和哥萨克人的定额是多少呢，我不知道，可他们的名字和他们继承的历史传统都是和我们要完成的事业联系在一起的。

第二团中过去很长一段时间没有得到过军饷，也没有给他们发过军衣，现在因为英国人给他们出钱，他们在物质待遇上好了一些。可是他们还有一些困难，我以为，这些困难的存在扎姆伊斯基将军并没有料到。那些同意扎姆伊斯基的看法的人总是想要得到英国人更多的军饷，他们还不断地对我表示他们的军事观点，说他们会有一个美好的未来，会有更多的收入，很快就会高升，一句话，就是要谋利。对于这些人我们不能过多地把他们算在内，而且他们那些过多的要求很快就会落空，会给他们带来失望的痛苦。我可以向公爵殿下您保证，我在这里的军营里，从来没有听见有人说过什

———————————

① 指英国当局发的军饷。

么地位、利益和以后怎么搞投机取巧的事。扎姆伊斯基将军只看到了能够使人们在一起的物质待遇的表象，就像我们在路易·菲利普统治时期见到的那样。

当然，如果说我对公爵您说的这些关于扎姆伊斯基的情况没有表现我对他的不满或者成见，那也是自欺欺人。事实就是这样，我只是希望公爵殿下您将来对扎姆伊斯基将军有一个更明确的看法，不只看他的言论，而是要看他的言论造成了什么后果。这就是我要说的，而且我对弗瓦迪斯瓦夫公爵①也是这么说的。我说过，弗瓦迪斯瓦夫公爵也是用扎姆伊斯基的眼光来看这个波兰军团建军的历史，因为这段历史就是扎姆伊斯基对他说的，但他的说法有许多不符合历史事实。

在目前情况下，萨迪克·帕沙该做些什么，我也不知道。他总是想让军团里有一些哥萨克士兵，而且他一直在做这方面的努力。他这么做是以公爵殿下您的名义，利用您在军团中的威望，但我不知道他能不能达到他的这个目的，因为扎姆伊斯基也以公爵殿下您的名义，反对他这么做。

我因为身体不适，一直待在家里，我也不愿意见当地的那些行政官员，因为他们一开口就要问波兰人为什么有那么多的事。每当他们这么问我，我就回答说，你们去问公爵殿

---

① 弗瓦迪斯瓦夫·恰尔托雷斯基（1828—1894），亚当·恰尔托雷斯基的儿子，作为贵族代表和密茨凯维奇一起来到伊斯坦布尔。

下吧！我没有别的回答。

从您的信中我们知道您很健康，我以为，经受过那么多矛盾和困难的考验，您遇到这些新的忧心的事，是一定能够解决的。

在这里问候公爵殿下！

最低贱的仆人
亚当·密茨凯维奇

致约翰·列奥纳尔德 ①

孔斯坦丁诺波尔　1855年11月14日

　　亲爱的先生！请恕我在10月30日礼拜四晚上7点和8点之间，没有到你家里来喝茶，因为在这一天，我接到了布尔加斯近旁的萨迪克·帕沙军营中的奥斯曼帝国的哥萨克人的邀请，到那里吃晚饭去了。这个帕沙是我的老朋友，这些哥萨克人也可以说是我的同乡。对这一点，你可能感到奇怪，但是要对你揭示波兰流亡者的这个秘密，那就说来话长了。

　　我想，马尔丁斯先生一定还在巴黎，请给我说一说他现在怎么样，好让我记得他。我感到很遗憾的是，我失去了和斯密·奥布赖恩 ②认识的机会。

　　我从你的信中得知，你还没有忘记这些没有在你身边的朋友的事情。如果你得到了杜布林来的消息，请你告诉扎列斯基先生。

---

① 　原信是法语，译者据波兰语版转译。
② 　威廉·斯密·奥布赖恩（1803—1864），爱尔兰政治活动家，青年爱尔兰运动的领袖，主张用暴力争取爱尔兰独立。1849年被英国政府判处死刑，后改判为流放澳大利亚，1854年被赦免后来到法国。

我想，你那里所有的人一定都很健康。

如果你要告诉我你现在怎么样了，请依然把信寄到军火库！

请接受我最亲切的问候！

亚当·密茨凯维奇

致玛莉娅·密茨凯维乔夫娜 [1]

伊斯坦布尔　1855年11月15日

　　我很健康，我的玛蕾尼娅！我不知道怎么安排我以后的旅程，这就要看我离开这里以前还有什么事要做。

　　我寄来的这封萨迪克的信的抄写稿你把它再抄一遍，这些你都留着，以后要用。除了列诺伊尔先生你不要给任何别的人，因为我把这封信给他，是要托他做一些事的。

　　告诉弗瓦迪斯瓦夫，他还没有成年，不要有什么别的愿望。学会骑马和剑术是很必要的，对这不要疏忽。如果奥利希重复地讲课一个月只挣得五个法郎，也请姑妈让她去讲，但这首先要问一下校长先生，看这有没有必要。

　　亨利克先生已经穿上了军装，他还要弄一顶无檐帽。要使所有的波兰人和所有的人都能够得到什么东西，就像他得到那顶无檐帽样，感到非常幸运。但是除了获得新的成果外，还会有新的烦恼，亨利克夜里怕老鼠钻进他的帽子里，睡不着觉。这里也经常发生火灾，火光在窗子上，看得见。

---

① 　诗人的大女儿。

我还注意到亨利克总是把两样东西放在他的身边，一是他的那顶无檐帽，二是我的护照，因为有了这两样东西，我们在遇到危险时就能得救。别的东西虽然也很重要，但他却毫不关心……这些他都会写信告诉你们。

衷心地问候你们！

亚当·密茨凯维奇

如果加温佐夫斯基想要看那封萨迪克的信的抄写稿，就给他看！

亚当·密茨凯维奇

致塞韦雷·加文佐夫斯基

伊斯坦布尔　1855年11月19日

　　亲爱的先生，我感到遗憾的是，我离开巴黎的时候，你不在那里，我有许多话要对你说。我申请去东方完成文学的使命主要而且也只是为了参观一下那个国家，因为那里发生了那么多重大的事件，出现了那么多的新气象。我很注意波兰人在那里建军的事，关于这个又有那么多自相矛盾的说法。这里不可能也没有时间把我见到的或者能够想到的一切都对你说，但我认为我有必要对你简单地说一下我们感触最深的东西。你对我们应当有一个明确的概念，而且以后也应当是这样。

　　我到过布尔加斯，还在萨迪克·帕沙的军营里待了几个礼拜，萨迪克（恰伊科夫斯基）我早就认识，他有波兰的思想感情，他的愿望是最好的。他在这个东方[1]做了不少工作，如果有人支持他，他以后还会做一些有利于国家的事。他至今也一直是忠于亚当公爵的，和公爵的关系很亲密，通

---

① 　指伊斯坦布尔。

过他他还想要给波兰做点什么，可是他的这种愿望却没想到未能实现。扎姆伊斯基先生本来是由于萨迪克的努力，才能够来到土耳其工作，可是他在这里却以公爵的名义，处处给他制造麻烦，伤害了他，由于他那无数次的阴谋，把这里的波兰军团的第二团终于分出去了，把它交给了英国人管。

这个团完全是由波兰人组成的。萨迪克现在只能和一些乌克兰的哥萨克人、库邦的和李波万的哥萨克人在一起。只有军官是波兰人，但这都是精心挑选出来的，富于牺牲精神、具有高尚品德的人，这种优秀的人才是少有的。有人说这里的军营里酗酒、闹事和打架，这是不对的。我因为亲眼所见，可以肯定地说，像这样美好、活跃和有秩序的团队我从来没有见过。因此，当我看到这样一个新生物由于扎姆伊斯基的恶劣影响给它造成的伤害，更是感到十分悲哀。扎姆伊斯基采取了土耳其人的欺骗手段，煽动一些波兰人去反对他。现在萨迪克终于后悔他认错了人，本来为了维护这些人的利益他和另外一些人断绝了关系，可是这些人现在却要毁掉他，但我以为，他们是做不到的。我把这里的真实情况和扎姆伊斯基先生的所作所为，都告诉了亚当公爵，但我怀疑，这能有什么好的结果，特别是弗瓦迪斯瓦夫来到了这里，他简直对扎姆伊斯基着魔了，什么都听他的，最终他也会毁在他那里的。

你要知道，扎姆伊斯基的行为看起来，都好像取得了萨迪克的同意，并且对他是有好处的，可是我们从法国政府那里得到的所有的资助他都分给了他的第二团，现在他又把这个团出卖给了英国人。哥萨克人有一种民族的自觉，他们在波兰军官们的领导下团结一致，没有忘记过去和波兰人的友好关系。在他们的团队中，除了哥萨克人外，还有保加利亚人和瓦拉几亚人 ①，其中有些人受家庭的影响，很想加入斯拉夫基督教的行列，和波兰人战斗在一起，萨迪克或者杜列克很善于把他们争取过来，他这样做和扎姆伊斯基的低级趣味形成了对比。我在这里还要补充一句，就是萨迪克的军营里的人还表现了我们对拿破仑们 ②一贯深厚的感情，这种感情也是恰伊科夫斯基从波兰带来的。可是谁知道他的一部分军队现在却给了英国人。

你要把这封信好好地保存，有什么要说的只对那些你信得过的人说。我现在把萨迪克给我的信抄一份给你，你如果想看，就有劳去军火库跑一趟，玛蕾尼娅会给你看的。

祝你健康！

亚当·密茨凯维奇

写信给我，说说你们那里的情况，还有学校里的情况。

---

① 罗马尼亚人的主体族群。
② 指拿破仑一世和拿破仑三世。

致弗瓦迪斯瓦夫·恰尔托雷斯基 [①]

孔斯坦丁诺波尔　1855年11月19日

公爵殿下！

我在布尔加斯并没有想要去和你们谈话，如果双方都没有诚意，谈起来即便不是很糟，也都是些废话。实际上我也只能把我对你们说过的话再说一遍，如果我要多说一点，你们又不爱听，一般来说，也只能让你们保持一种外交礼貌上的沉默不语。

你们说，我过去的话都是说给你父亲听的。由于我和我们这么多的同胞对你父亲 [②] 的感情，使我感到有责任把事实真相说清楚，我把我们的最后一次谈话对他又重复了一遍，一点也没有隐瞒，但我也向他表示了我对你们在这里所做的一切的看法。你们的做法完全不是许多同胞对你们的来到所抱的希望那样。公爵！你在这里的表现证明了你不能成为波

---

① 这是诗人的最后一封信。一个星期后即11月26日，他因染瘟疫（可能是鼠疫，也有研究者认为是砷中毒或中风）在伊斯坦布尔去世。

② 亚当·恰尔托雷斯基。

兰事业的代表，也不能成为它的代表之一。你只是扎姆伊斯基的一个心腹，被派到这里来给萨迪克·帕沙搞破坏。当我看到这里为什么会搞成这个样子的时候，我在布尔加斯的营帐里就要你们去和萨迪克·帕沙作一次真心诚意的谈话，你们没有表示同意与否，后来表面上看，情况似乎好了起来。但我又说了，不只是扎姆伊斯基，而且你们都是想要把萨德克·帕沙从他的团领导的职位上拉下来，可是他为你们做了多少工作，他对波兰是多么有用，你们想过没有？你们不仅要使萨迪克在土耳其无法开展他的活动，而且还要阻止外国政府对他的照顾。为什么要这样，你们没有做过一个字的回答。毫无疑问，你们是带着扎姆伊斯基的旨令到这里来的，你们带来了一把尖刀，要刺杀萨迪克·帕沙。既然这样，那就应当公开地反对他，你们如果认为他没有用，或者在工作中有妨碍，那就要叫他把自己的职位让给比他合适，比他更能胜任的人。你们可以和萨迪克争论，也可以和他争吵，和他进行斗争，但是不能在他的屋檐下，在他的桌子旁暗地里搞阴谋，波兰人从不这么做，就是一个阿拉伯人来你的营帐里做客，他也不会对主人暗地里搞阴谋。

你们来到了东方，这里有一块充满了希望的土地，许多同胞的眼睛都看着你们，你们表演的那个舞台把你们高高地举起来了。公爵你从东方传来的第一个消息说你们带来的一个女人，可以为你们做事①。如果说到要改善医疗条件，那就要看医生和医疗设备如何，这些都要有足够的资金。不管怎样，不能问那些连军饷都拿不到的军官们要钱。你们忙着要让一些女人们住在修道院里，我觉得很奇怪，她们会冒犯你们这些外国人的。军营不是开展慈善事业的地方。福音书上说："穷人永远是有的。"这个军营不会长时期地存在，谁知道，以后我们还有没有我们见过的这种充满了活力和希望的军营？再说，在扎姆伊斯基看来，一份像他这样的将军应得的军饷就可以养活一个军医医院。扎姆伊斯基先生想得太好了，他真是个英国将军，可是他的使命也快结束了。我不知道在这位将军的领导下，你们现在的情况是怎么样的？我们民族的未来又会怎么样？

　　我在这里向你们表示了我所有的悲哀，我作为一个最低贱的仆人，向你表示应当表示的尊敬！

　　　　　　　　　　　　　　　　　　　　亚当·密茨凯维奇

---

① 巴黎的《波兰消息》杂志发表了弗瓦迪斯瓦夫一封长信的片段，提到官兵的健康状况不好，军医院的医疗条件也不好，他带来了一位女士，能设法改善医院的条件。虽然这位女士的身份和方法无法考证，密茨凯维奇也批评这一行为，但在克里米亚战争中，弗洛伦斯·南丁格尔（1820—1910）率领护士团进行了野战医院改革；扎姆伊斯基得到英国政府的支持，所以波兰军团尝试改革也是可能的。

译后记

作为波兰最伟大的诗人，亚当·密茨凯维奇不仅创作了波兰文学史上具有世界影响的一系列经典，如长篇叙事诗《塔杜施先生》、诗剧《先人祭》等，也将平生的精力乃至生命都献给了为波兰民族从俄国、普鲁士、奥地利的压迫下获得自由和解放的斗争。因为坎坷而辗转的经历，密茨凯维奇需要不停地给亲友、所在地的政府官员写信，这一切也系统和详尽地把他极为复杂的人生记录下来。有的书信表达了对亲友无微不至的关心和真挚的爱，在欧洲各地流亡、侨居中对故乡的思念；有的记录了他的文学创作状况，对外国文学、哲学或历史著作的翻译，对斯拉夫语言的研究，以及对所见所读的和同时代波兰或欧洲一些作家、诗人的作品的评价；有的描述了在瑞士和法国的大学里讲拉丁语学和斯拉夫文学的各种感受；此外，还有许多集中地呈现了密茨凯维奇为推动所投身的民族解放事业，在不同时期参与、组织的各种活动，包括其中的政治交往、人事斗争。长期以来，密茨凯维奇的书信在波兰保存得非常完整，华沙读者出版社于1955年出版的《亚当·密茨凯维奇全集》中有三卷是书信，收集了一千一百多封，我从中选译了具有代表性的一百七十七封，做了必要的注释，希望能帮助读者更深入地了解这位伟大诗人的一生。

1798年12月24日，亚当·密茨凯维奇生于立陶宛诺沃格鲁德克城郊查奥希村一个破落贵族家庭。1794年，波兰民族英雄塔杜施·科希丘什科领导的民族起义爆发，密茨凯维奇的父亲米科瓦伊参加过由诗人雅库布·雅辛斯基领导的斗争；他的母亲芭芭拉是一位地主管家的女儿。读中学时，密茨凯维奇就对文学产生了很大的兴趣，并开始写诗；1815年中学毕业后，他离开家乡来到立陶宛的首府维尔诺，考进了维尔诺大学的数学和物理系，可是他对数理没有兴趣，第二年春天就转入了该校的历史和语言文学系。这时期，波兰各地出现了许多反抗沙皇统治、争取民族独立的秘密组织，维尔诺大学也是一个大学生秘密活动的中心。密茨凯维奇经常参加校内的社群活动，1817年9月，他和几个最亲密的朋友成立了"学习爱好者会社"，简称爱学社。爱学社成立之初，只是为了社员之间在学习上能互相帮助，到1819年，它在章程中规定要关心"民族的事业"，通过"发展民族的教育为祖国谋福利"，于是也成为一个宣传民族主义和民主思想的组织。这时期，除了积极参加青年活动，密茨凯维奇也继续他的文学创作，主要是写散文和诗歌，也写文学评论等。

1819年，从维尔诺大学毕业后的暑假，密茨凯维奇来到了故乡诺沃格鲁德克的一个叫杜哈诺维奇的贵族庄园，遇见贵族小姐马雷娜·维列什恰库夫娜，两人一见钟情；9月初，他从维尔诺大学领了委任书，到立陶宛的小镇考乌纳斯当上一名中学教师。1820年的暑假，密茨凯维奇回到诺沃格鲁德克，见到一切都变了样了，在给爱学社的社员扬·切乔特的信中 ①，他写道：

> 我一路上都感到非常寂寞和孤单，当我走进一栋过去是我们现在已经是别人的房子里后，便在那曾经是我们的院子里跑来跑去。我心中的感伤使我不忍去看那空空如也的四周，我们以前住过的那一间厢房的门是开着的，但里面一片漆黑，你可以到我这里来看看。我在这里什么人也没有见到，也听不到过去那种"亚当！亚当！"的叫唤声。这种痛苦层层叠叠地压在我的心上，使得我长时间透不过气来。

他又来到杜哈诺维奇，在庄院的大门前遇见马雷娜，因为密茨凯维奇的社会地位不能匹配她的大贵族身份，马雷娜

---

① 见本书71页。

的家长反对他们在一起。同一封信中，他写道：

> 她坐在一辆马车上，我马上认出了她，实际上是感觉到了她就在这里。我不知道，我不知道这是怎么回事，我们之间已经错过了，所有的一切都成了一张白纸。我不敢去呼叫，也不知道我是怎么到这里来的。我要想想，我过去是怎么见到她的？我当时心里是怎么想的？这栋房子已经是另外一个样了，过去的一切都不存在了，我不知道，它的壁炉在哪里？钢琴在哪里？

但他和爱学社的朋友们仍密切地联系，在这一时期，出于诗人的倡议，立陶宛的格罗德诺、克列明涅茨、沃伦，还有其他一些城市也建立了秘密组织。由于在波兰的影响扩大，要求加入爱学社的人越来越广泛，因此到1820年秋天，又以维尔诺大学的学生为主体成立了叫爱德社的秘密组织，和爱学社是类似的性质，但主旨、参与更明确和集中。领导爱学社和爱德社、组织秘密活动的同时，1822年，密茨凯维奇又创作、整理和出版了他的第一部诗集，收入大学时代开始创作的《歌谣和传奇》；1823年4月又出版了第二部诗集，收入长诗《格拉任娜》和诗剧《先人祭》的第二、第四部。

19世纪20年代初，欧洲革命走向高潮，俄国当局却充当了欧洲宪兵的角色。1823年下半年，爱德社和爱学社的一百多名成员陆续遭到逮捕，1824年10月，密茨凯维奇被判流放俄国，11月8日，他和几位一起被流放到俄国的朋友来到彼得堡。翌年初，经当局批准，他去了南方的敖德萨，在克里米亚半岛的旅行中创作了一部《十四行诗集》，其中包括《爱情十四行诗》和《克里米亚十四行诗》。1827年，他在给著名的波兰爱国者、学者和政治家约阿西姆·列列韦尔的信[1]中写道：

> 但我到了克里米亚，在那里经受了海上暴风雨的袭击，我是那些最健康的人中的一个，因为他们不仅最有力量，而且在目睹这些十分有趣的景象时，能够保持清醒的头脑。我曾经踩在克里米亚石灰岩山（样子像一个古代的饭桌）的云层上，在吉拉伊的沙发上睡过觉，在玫瑰节和已经过世的汗的管家下过象棋。我在小彩画中看见了东方是个什么样子。

《十四行诗集》在1926年出版，《克里米亚十四行诗》成了波兰语学史上最著名的十四行诗经典。1828年，密茨凯维奇又出版了长篇叙事诗《康拉德·华伦洛德》。

1829年3月，沙皇尼古拉一世准许密茨凯维奇离开俄

---

[1] 见本书117页。

国。他先后到过德国的汉堡、德累斯顿、魏玛，瑞士的苏黎世、洛桑、日内瓦，意大利的米兰、佛罗伦萨、托斯卡纳和罗马，最后长期居住在法国的巴黎，这里也是1830年底爆发的华沙起义失败后，爱国者流亡国外的主要聚居地。1834年，密茨凯维奇出版了一生中最重要的作品、长篇叙事诗《塔杜施先生》。关于这部长诗，他在给著名作家尤里安·乌尔森·聂姆策维奇的信[1]中写道：

> 我正在写一部农村题材的长诗，希望保持对我们过去那些风俗习惯的记忆，描绘出一幅我们的乡村生活，狩猎、游戏、打仗、袭击等的图画。故事情节发生在立陶宛，大概在1812年，那个时候还有许多古代的传说，还可见到过去乡村生活残留下来的一些习俗。

作品中呈现的乡村和贵族日常生活风貌非常真实，这也是诗人认为自己写得最成功的地方。

对波兰民族如何能在俄国、普鲁士、奥地利的压迫下获得解放，密茨凯维奇一贯认为要采取武装斗争，"以暴力反抗暴力"是拯救波兰的唯一办法。1835年8月初，在写给诗

---

[1]　见本书191页。

人博赫丹·扎列斯基的信 [1] 中，密茨凯维奇对欧洲和波兰局势的发展提出五点看法，集中表现了他的政治观点：

一、在基督教欧洲的政治建筑物中，那根支撑着整个大厦的柱子要倒下来了。

二、被所有政治上的盟友抛弃了的波兰人不得不要求获得他们本来应当有的权利，这种权利叫我们以暴力反抗暴力。因此我们的民族认为，武装起义乃是拯救两千万人的波兰的唯一的办法。

三、凭良心说，未来的时刻已在召唤我们的民族投入战斗，我们也在召唤它，它会听从自己合法政权的命令。

四、敌人的打算都会落空。

五、议会通过的决议说明了所有占领者的政府的法令都是无效的，波兰民族不承认它们的合法性，外国人也应当明确这一点。

1839至1840年，密茨凯维奇在瑞士的洛桑大学讲授拉丁语学；1840年起应法国当局邀请，担任在巴黎的法兰西大学的斯拉夫文学讲座教授。讲座中，他没有局限于介绍斯拉夫各国的文学，而是广泛地涉及这些国家的历史、文化等诸

---

[1] 见本书221页。

多方面的状况，形成了一门斯拉夫学的课程，同时肯定法国在使欧洲各民族相互接近中所起的作用。来听讲的大多是波兰侨民，也有法国人和外国人，据说来自二十几个国家，颇多著名人物如波兰侨民中贵族集团的代表亚当·恰尔托雷斯基、法国作家乔治·桑都参加过，而且评价很高，巴黎的《民族报》报道说："任何一个讲座都没有这么使人感兴趣⋯⋯它展示了人们至今不知道的文学宝库。"巴黎的侨民们集资买了一个价值一千零五十法郎的银杯，刻上"亚当·密茨凯维奇，留作纪念，1840年12月25日"，这天是圣诞节，又是密茨凯维奇的命名日，他的朋友雅努什凯维奇邀请诗人等三十七人参加晚宴，席上，另一位波兰著名诗人尤利乌斯·斯沃瓦茨基受大家的委托，将银杯赠给密茨凯维奇。此举除致敬诗人的文学成就，也感谢他改善了法国对波兰和斯拉夫的认知，改善了流亡者的舆论处境，密茨凯维奇在第二天给博赫丹·扎列斯基的信① 中说：

> 法国人很喜欢我的课，如蒙塔朗贝尔、福谢和凯尔戈莱等，他们认为，这个讲堂的设立就是作为大学里一般的讲课，也是很明智的。⋯⋯昨天我们在尤斯塔切吃了一顿丰盛的晚宴，斯沃瓦茨基在这里还即兴地赋了一首诗，我也回应了一首，这是我自创作《先

---

① 　见本书292页。

人祭》以来从未有过的灵感。

这个讲座上，密茨凯维奇讲了对"祖国"的理解。他说10到11世纪时，"祖国"这个词在波兰最早的历史学家加尔·阿诺尼姆用拉丁语写的《编年史》中就已出现，因此自966年波兰建国以来，波兰人就有"祖国"这个概念了。诗人认为，"祖国"包括波兰从古到今社会生活中的一切，既表现在物质方面，也包括精神方面，爱国主义就是"要创造一个自由、幸福和强大的祖国"。对一个波兰人来说，不仅波兰是祖国，而且只要心系波兰，不论在什么地方，那里都有他的祖国。

1841年5月初，立陶宛的神秘主义者安杰伊·托维扬斯基从瑞士的布鲁塞尔来到巴黎。他曾是维尔诺大学法律系的研究生，年轻时就醉心于研究人性心理状况，有自己的一套神秘主义思想体系。1832年在彼得堡时，托维扬斯基与密茨凯维奇的妻妹海仑娜·马列夫斯卡、她的丈夫弗兰齐谢克·马列夫斯基有接触，1835至1836年间，他在德累斯顿又和密茨凯维奇的朋友安东尼·爱德华·奥迪涅茨交往密切，因此对密茨凯维奇的家庭情况非常了解。7月30日，托维扬斯基来拜访密茨凯维奇，这时诗人的妻子策琳娜已住进精神病院。托维扬斯基对密茨凯维奇的不幸表示关心，说上帝在召唤他们，他会帮助策琳娜尽快恢复健康，并要诗人把策琳娜从医院里接回来。与此同时，他还向流亡者保证说他们很快就可以复国，不幸的命运已经结束了。波兰笃信天主教，把俄国（东正教）视为东方世界，有强烈的弥赛亚热情，民间信仰也非常丰富，经历了由盛转衰和三次瓜分、多次抗争失败乃至被迫流亡之后，对自身处境作神秘主义的解释在侨民中很受欢迎。密茨凯维奇本来就深受神秘主义的影响（在《先人祭》中有所体现），而当时巴黎的波兰流亡者们因为各种原因，已经分裂成大大小小的派系、内部争斗不断，无法团结起来。托维扬斯基宣称，要在博爱思想的指导下实现斯拉夫和世界各民族的统一，而为达到这个目的，波兰民族负有特殊使命，将通过自己受的苦难使世界各民族得到拯救。这番说教从个人和民族的心理慰籍、愿景乃至现实政治考量，对密茨凯维奇都有很大的诱惑力，此后很长一段时间，他追随托维扬斯基，尊他为大师。

1842年5月初，托维扬斯基、密茨凯维奇以及其他信奉托维扬斯基的波兰流亡者在巴黎近郊的一个农舍里开会，宣布成立"上帝事业集团"，同时在南泰尔还成立了一个叫"波兰圈"的组织。这些活动引起法国当局的怀疑和不满，7月16日，托维扬斯基接到内务部要求离开法国的命令，18日离开巴黎，到比利时去了。受他的委托，密茨凯维奇继续领导"上帝事业集团"和"波兰圈"，先在波兰流亡者、后来还在法国人中发展信徒，加入集团的人需要宣誓，忠于它的"事业"。由于活动比较分散，密茨凯维奇将集团或"圈"的成员分为若干小组，每组七人，平日里小组可以单独活动，每礼拜则派一个代表开一次团会，一般由密茨凯维奇主持，他日常对各小组的活动也很关心。

对诗人来说，这未尝不是爱学社和爱德社在新形势下的的某种变形。从1844年7月底一封关于拿破仑纪念碑的信[①]中，可以窥见他如何把这些以神秘主义为名的活动和波兰民族的命运联系起来：

> 法国大革命的爆发使基督教有了新的需求，为我们这个地球开辟了一个新的时代。拿破仑作为法国大革命的精神之火和新的追求的具体体现，将所有那些在基督教前进的道路上走得最远的人们都团结起来，朝着一个精神的目标前进。拿破仑是一个新时代的法国人，他也是一个波兰人，一个意大利人，甚至部分的是个德国人，因此他种下了各族人民新的大联合的种子……

同年，因为诗人在斯拉夫文学讲座中宣传神秘主义，讲座被法国当局撤销；1847年，他与托维扬斯基分道扬镳，给接替他对"圈"的领导的菲利克斯·弗罗特诺夫斯基的信[②]中，他谈了自己的期待：

---

① 见本书345页。
② 见本书375页。

我们以后还有各种要做的事，而现在我们就是要尽力保持我们的这种波兰的朴实和真诚，要从那个已经灭亡的祖国，那个压制了一切最深刻的感情的贵族的粗暴行为和在我们中已经根深蒂固的贵族老爷的傲气的罪孽中解救出来。

19世纪40年代末，欧洲出现了革命高潮，革命在一些国家的胜利使流亡者受到了极大鼓舞，不同派系的首领都努力要在巴黎建立波兰军团，开回波兰去作战。密茨凯维奇则来到罗马，希望获得教皇的支持，1848年3月29日，拥护他的派系代表们开会通过要建立一支军队，并做出了政治改革的决议，内容包括把土地分给无地少地的农民、男女平等、犹太人及各阶层人民平等，等等，决议上签名的有十四人，这成为密茨凯维奇波兰军团的基础。4月10日，他率领由十一人组成的队伍从罗马出发，先到佛罗伦萨，沿途受到意大利居民的热烈欢迎。诗人给巴黎的《法兰西报》写文章，号召斯拉夫各民族团结起来，支援意大利，反对他们共同的敌人奥地利，一批波兰侨民志愿者从巴黎来到佛罗伦萨，参加了军团。之后在米兰，他们还受到意大利临时政府的热烈欢迎，密茨凯维奇在市政厅里发表了讲话，再一次指"为了人民共同的自由"，波兰和意大利两个民族要团结起来。

6月，密茨凯维奇回到巴黎，为筹募兵员和军费奔走，这一时期的书信很多与波兰军团有关，他认为不仅要建立波兰军团，还要建立斯拉夫军团。欧洲革命最终失败，1849年7月，军团被强制解散。后来，流亡者寻求在土耳其建立波兰军团，并得到拿破仑三世的支持，1855年夏天，克里米亚战争爆发，英国和法国终于同意在土耳其建立一个波兰师。密茨凯维奇离开法国，9月22日来到土耳其，10月6日又到了保加利亚的布尔加斯新港，当时已经有其他流亡者建立了不同的、相互竞争的波兰军团，诗人试图再组建一个犹太军团，和把大家团结起来共同战斗。但11月26日，他在伊斯坦布尔染上了霍乱或鼠疫（也有研究者认为是砷中毒或中风）并迅速地死去，没能见到愿望的实现。他的遗体在巴黎下葬，1890年被运回波兰。

因为长年的流放和流亡，密茨凯维奇有许多书信使用俄国、德国、法国、瑞士、意大利的地址，这些地址和署的日期大部分是用法语写的，还有一些信本身就是用俄语或法语写的。俄语或法语写的信，我通过《亚当·密茨凯维奇全集》的波兰语翻译进行转译，信中涉及的其他外文尤其是法语地址、日期及引用的德语，我都请教了同事和友人张英伦和宁瑛同志，有些干脆请他们帮忙翻译过来。在此，我要对他们表示深深的感谢！这类俄语或法语信件，以及地址、日期或信中使用了外文的其他地方，我都用不同字体并加注说明，以示和波兰语区别，希望能较直观地呈现这位伟大的诗人、戏剧家、学者和政治活动家平日写信的习惯。如有不当之处，请读者们指正！

张振辉
2021年9月6日